阳光划过你的脸

周海亮 著

路过心上的经典散文
邂逅一生的悦读，愿你翻过每一页

天津出版传媒集团
百花文艺出版社

图书在版编目(CIP)数据

阳光划破你的脸 / 周海亮著. -- 天津 : 百花文艺出版社, 2021.1
ISBN 978-7-5306-7984-5

Ⅰ. ①阳… Ⅱ. ①周… Ⅲ. ①散文集 – 中国 – 当代 Ⅳ. ①I267

中国版本图书馆 CIP 数据核字(2020)第 214756 号

阳光划破你的脸
YANGGUANG HUAPO NIDE LIAN
周海亮 著

出 版 人:薛印胜
责任编辑:郑 爽
装帧设计:宋双成
出版发行:百花文艺出版社
地址:天津市和平区西康路 35 号 邮编: 300051
电话传真: + 86-22-23332651(发行部)
+ 86-22-23332656(总编室)
+ 86-22-23332478(邮购部)
网址: http:// www.baihuawenyi.com
印刷: 唐山富达印务有限公司
开本: 640mm×910mm 1/16
字数: 260 千字
印张: 21
版次: 2021 年 1 月第 1 版
印次: 2021 年 1 月第 1 次印刷
定价: 49.80 元

如有印装质量问题,请与唐山富达印务有限公司联系调换
地址:唐山市芦台经济开发区农业总公司三社区
电话:(022)69383810 邮编:301505

在阅读中优雅老去

二十岁时，第一次去凤凰，不为古镇美景，只为能与偶居夺翠楼的黄永玉先生见上一面。

时逢雨季，沱江奔啸，烟波微茫信难求。苦待数日，仍没能等到想见之人。

在清冷的雨丝中独自徘徊，满心失落。无意走进一家书店，里面尽是沈从文先生的文本作品。无处可去，只好在僻幽的角落里翻阅旧籍。而后，一发不可收拾。

回程当日，总觉有重要东西遗落城中，寻思许久，才跑去那条巷子的书店里买了本周身泛黄的《边城》。这本有着深蓝小印戳的《边城》，至今仍安躺于我的书柜里——它不仅使我在未果的行程中找到些许补偿，更让我在之后的时光无比怀念二十岁的自己。

再后来，兴许命中所定，真与书结下了不解之缘。不但自己看书写书，更领着诸多热爱文学的人走上了自己想走的路。

我经常跟学生们说，阅读是写作的命脉，只有不断阅读，才能保持创作角度的新颖和思维的敏捷。然而，阅读所赐予的，又何止是这些？

不管在何时何地，只要手中捧着一本书，心里便会觉得安然。书不但能排遣无聊的寂寞，将岁月的伤痛逐一缝补，还能把心灵淬炼成一块玲珑美玉。

一个爱书之人，必是睿智且沉稳的。遇事不惊，处之泰然。古人所说的“腹有诗书气自华”，便是这意思。

生命本就是一次有限的跋涉。一个经常看书和一个经常沉迷在网游世界的人，心灵绝对是不一样的。前者，往往更能体悟一叶一菩提的真谛。

书本所给予心灵的力量，是不可言喻的。十年寒窗，说的并不是读书人的艰辛，而是意在表述读书人的坚忍和不懈。试问，有多少人可以在寒窗下十年如一日地重复做同一件事情？

正如北大教授曹文轩所说：世间最优雅的姿态，就是阅读。不论静坐还是倾卧，甚至在厕所里，它都是最美的姿态。因为这样的人，通常都会从骨子里散发出一种极具亲和力的书卷气。

阅读人物，通晓历史，可以他人鉴知自己得失；阅读杂文，百味世事，可在辛言辣语中澡雪精神；阅读情感，温热肺腑，可居书香浓情里滋养心灵；阅读故事，体会人生，可于静谧岁月中倾情流泪……

每一种书，都是风景；每一本书，都是亟待窥破的秘密。

宋朝诗人黄山谷有一句名言："三日不读书，便觉语言无味，面目可憎。"这其中说的，就是每日读书的重要性。

本套系列图书，所遵循的就是这个简单的理论。通过遴选当下不同类型的精华文章，给读者送去不同的心灵养分——成长卷让你懂得如何珍惜青春，成功卷让你明白如何把握自己的人生，真情卷让你寻回本真的感动，感悟卷让你看到世界别样的美好……

为了能找到年度最精华的文章，为了给读者省去寻找的繁琐，我们几乎把本年度的期刊翻了个遍，邀请了二十四位中学生喜爱的作家，目的就是为了去其糟粕，取其精华。

这些作家的名字，不仅经常出现在全国各大刊物，还经常出现在各省市的中高考语文阅读理解试题中——我们的宗旨只有一个，就是为这个时代的读者，奉献好书。

但愿我们可以放慢匆乱的步伐，一起在欢愉的阅读中，优雅老去。

一路开花

二〇一八年十二月书于云南曲靖

目录

第一辑　最高雅的画作

第二辑　沉默的子弹

第五辑 愤怒的石头

第六辑 上帝的恩赐

第七辑　一条鱼的狂奔

第一辑

最高雅的画作

“画个纪念堂吧！”贵妇人兴奋地说：“费城独立纪念堂！我喜欢费城独立纪念堂！想想看，伟大的人物、复杂的图案、神秘的数字、令人尊重的话、宁静庄重的色调、代表和平的独立纪念堂……上帝啊！我相信，这绝对是世界上最高雅、最有价值的画作！”画家笑了。他把完成的画作递给贵妇人。贵妇人的面前，一张标准的百元美钞。

只要七日暖

几年前,我在市供暖公司上班,每天负责收取供暖费。我们这座北方小城,到冬天,家里如果不通暖气,似乎连空气,都能结成坚冰。

那年冬天来得特别早,仿佛秋天刚过一半,就到了隆冬。那个下午,在窗口前等待交费的人,排成长龙。我注意到一个男人,总是在轮到他的时候,就站到一边,独自待一会儿,似乎后悔了,再从队尾排起,等再一次轮到他,却又站到了一边,待一会儿,再一次回到队尾。好像,他想跟我说什么,却总也开不了口。

临下班的时候,整个交费大厅,终于只剩下他。我问他要交费吗,男人说是交费。声音很大,很突然,语速夸张地快。似乎一下午的勇气和力气,全都集聚在一起了。

我问他家庭住址,他急忙冲我摆手。不忙不忙,他说:"先麻烦问一下,能不能只交八天的钱。"

我愣住了。心想,只交八天的钱,开什么玩笑?

他急忙解释:"我知道这违反规定,我知道,供暖费应该一次交足四个月。可是,我只想交八天的钱。你们能不能,破个例,只为我们家,供八天的暖气？”

男人五十多岁的样子，已经满脸皱纹，包括嘴角。那些话便像是从皱纹里挤出来的。每个字，似乎都饱经了风霜，苍老且混浊。

可是为什么呢？我迷惑不解。

“是这样的，”男人说，“我和我爱人，下岗在家，还要供儿子念大学，没多余钱交供暖费的。其实不交也行，习惯了，也不觉得太冷。可是今年想交八天，从腊月二十九，交到正月初七……”

“可是，一冬都熬过了，那几天又为什么要供暖呢？因为过年吗？”我问。

“不是不是，”男人说，“我和我爱人，过年不过年的，都一样。那几天通暖气，因为我儿子要回来。他在上海念大学……念大三，两年没回家了……我也不知道他在忙些啥，打工忙，还是读书忙。不过今年过年，他要回来……写信说了呢，要回来……住七天……要带着女朋友……他女朋友是上海的，我见过照片，很漂亮的女孩子。”男人慢吞吞地说着，眉毛却扬起来。

“您儿子过年要回来住七天，所以您想开通八天的暖气，是这意思吧？”我问。

“是的是的，”男人搓着手，有些不好意思，“他回家住七天，我打算交八天的暖气费。家里太冷，得提前一天升温，否则他刚回来，受不了的。……我算过，按一平方米每天一毛钱计算——是这个价钱吧，今年，每平方米每天一毛钱，我家五十八平方米，一天是五块八毛钱，八天，就是四十六块四毛钱……错不了。”男人从口袋里，掏出一小摞钱，推给我，“我数过的，”男人说，“您再数数。”

我盯着男人的脸。男人讨好地冲着我笑，又怯怯的。那表情极其卑微,为了他的儿子,为了八天的供暖费。

当时我极想收下这四十六块四毛钱,非常想。可是我不能,因为不仅我,连供暖公司,也从来没有遇过这样的事。

于是我为难地告诉他:“我得向上面请示一下。因为没有这个先例。这件事,我做不了主。”

“那谢谢您。”男人说,“您一定得帮我这个忙……我和我爱人倒没什么,主要是,我不想让儿子知道,这几年冬天,家里一直没通暖气……”

我起身,走向办公室。我没有再看男人的脸。不敢看。

最终,公司既没有收下男人的钱,也没给男人供八天的暖气。原因很多,简单的、复杂的、技术上的、人手上的、制度上的,等等。总之,因为这许多原因,那个冬天,包括过年,我想,男人的家,应该冷得像个冰窖。

后来我想,其实这样也挺好。当他的儿子领着漂亮的女朋友从上海回来,当他发现整整一个冬天,他的父母都生活在冰窖似的家,也许,那以后,他会给自己的父母,比现在,多出几倍的温暖吧。

长 凳

乡下的雨比城里的雨大,我这样认为。

逢夏季,逢大雨,雨便把乡村浇得亮晃晃的,呈现一种模糊和扭曲的景致。于是河水暴涨,黄浊,湍急,直冲而下,村人就跑出来,急匆匆的,却不是为了看景,村人没那个雅兴和时间,他们出来,为了捞东西。

总会有可捞的东西。河的上游连着很多村落。河水里漂来垃圾、南瓜、巨木,甚至家具,当然,更多的时候,只会漂来一些碎草。碎草被河边裸露的树根挡住,就有村妇拿了粪叉,捞半天,捆紧,带回家,晒干,可以煮五六碗的稀饭。

方言里,这叫“捞浮”,几乎每个村民,都干过这事。

宝田与三麻同龄,论辈分,宝田管三麻叫“叔”,但从不叫,亲哥俩似的友谊。那时三麻正跟一条鲢鱼搏斗,三斤多重的鲢鱼自己蹦上岸,三麻扑过去,手一滑,鲢鱼又蹦回到水里。三麻骂:“成心逗老子呢你。”这时他听到宝田的声音:“凳子!”

是长凳,放在堂屋,一次可以坐三四个人的那种。凳子从上游漂下来,被雨后的阳光照着,闪着木质的暗黄色。等凳子靠近,宝田便拿一根粪叉，看准了，猛地向岸边一划。凳子在水中打一个旋儿，漂到叉子所不能及的地方。

宝田急了，喊："凳子，漂了！凳子，漂了！"他冲着凳子喊，很无助的样子，却并不看三麻。凳子漂出很远，颜色开始暗淡。宝田向回跑，寻着更长的粪叉，或者棍子。三麻正是这个时候，跳下水的。

三麻是村里水性最好的一个，没费多大劲儿，就把凳子捞回。他把凳子坐在屁股下，一边哆嗦着，一边用手抚摸。三麻说："多好的凳子啊！"

三麻把凳子带回家，三个孩子争抢着坐。一个孩子跛脚，很严重，吃饭时，几乎趴在地上。三麻的女人说："这下好了，这下好了。"三麻说："好个屁，那是宝田的凳子。"女人便看着他，尽是不满。

宝田常来。他对三麻说："这凳子，是我先看见的。"三麻说："是。"宝田说："我的叉子，没捅准。"三麻看一眼正在凳子上玩得起劲的跛脚儿子，说了一声"是"。宝田就不再说话，有时喝一碗三麻家的玉米粥，把嘴巴咂得夸张地响。

有时三麻去找宝田。三麻对宝田女人说："要是我不去捞那个凳子，凳子就会被冲远了。"宝田女人回答说知道。三麻对宝田女人说，家里孩子，腿不好。宝田女人回答说知道。三麻对宝田女人说："下次再捞浮，如果有凳子，我拼了命也为你家捞一条。"宝田女人的嘴就噘起老高。不会那么巧，她说："捞了这么多年，头一次看见你捞到凳子。"宝田火了，丢了手中的筷子，大骂他的女人。女人就哭，数落着宝田的窝囊。

凳子就放在三麻家的堂屋。宝田来了，常常坐在上面。一边用手摸着，一边说，多好的凳子啊！

那年，没有为三麻和宝田再下一场大雨。天热得很，三麻的承诺，被太阳烤焦。

第二年夏天，终于下了一场大雨。好像所有的云彩都变成了雨，直接倒进了河里。河水再一次暴涨，更混浊，更湍急，河面变得更宽。

雨还没有停，三麻就叫上宝田，要去捞浮。宝田问：“等雨停了吧，会有凳子吗？”三麻说：“现在去，会有。”

还没到河边，两人就发现河面上漂着一只凳子。尽管影影绰绰，看不确切。三麻问是凳子吗，宝田觉得像。三麻就狂奔起来，宝田在后面喊三麻，三麻没有回答，依然狂奔。他跳下了河。

三麻就这样被河水冲走了。宝田还记得，三麻在河水中举起的那条“凳子”，不过是一个窄窄的硬木板。

尸体是在下游很远的地方被发现的，三麻被泡得肿胀和惨白，像发过的笋。三麻的女人只看一眼，就昏过去；众人把她叫醒，她再看一眼，再昏过去；众人再把她叫醒，她就疯了。

她把跛脚儿子抓起来，扔到院子里。然后抱着凳子，去找宝田。她对宝田说：“别再捞浮了，叫三麻回家吧。”宝田嘿嘿笑，像哭。她再说：“三麻水性好，但水太凉，别让他下水。”宝田再嘿嘿笑，更像哭。她问：“三麻呢？”宝田便不再笑了，抹一把泪说：“对不住你，婶娘。”宝田头一次叫三麻的女人婶娘，三麻女人感觉不是在叫她。

那以后，村人常常听到宝田在夜里，打她的女人。女人的惨叫，传出很远。

有时我回老家，去三麻女人那儿坐坐。那是一个已经六十多岁的女人，我也叫她婶娘。

我问她：“婶娘，认识我吗？”她说：“认识，你是小亮。”我问她：“婶娘，身体还硬朗吗？”她回答说还好，什么病也没有。我问她：“婶娘，家里日子还好吧？”她说：“还好，只是，三麻没有坐的地方。”

她的家里，其实摆了一圈沙发。那是她的跛脚儿子添置的，他们一直住在一起。

后来我知道，她的家中曾经失火，那条被宝田送回来的凳子，早已化为一把清灰。

她盯着我，说着："三麻没有坐的地方。"如此重复，一直到我离开。

小的时候，在雨后，我也常常和大我十几岁的堂哥，跑去捞浮。我们捞到了碎草、葫芦、树枝、油桶、南瓜、竹篓、八仙桌。我们捞到了很多东西，但我们依然贫穷。

天使的晚宴

女佣住在主人家附近，一片破旧平房中的一间。她是单身母亲，独自带一个四岁的男孩。每天她早早帮主人收拾完毕，然后返回自己的家。主人也曾留她住下，却总是被她拒绝。因为她是女佣，她非常自卑。

那天主人要请很多客人吃饭。客人们出身上流，个个光彩照人。主人对女佣说今天您能不能辛苦一点儿，晚一些回家。女佣说当然可以，不过我儿子见不到我，会害怕的。主人说那您把他也带过来吧……不好意思今天情况有些特殊。那时已是黄昏，客人们马上就到。女佣急匆匆回家，拉了自己的儿子往主人家赶。儿子问："我们要去哪里？"女佣说："带你参加一个晚宴。"

四岁的儿子并不知道，自己的母亲是一位用人。

女佣把儿子关进主人家的书房。她说你先待在这里，现在晚宴还没有开始。然后女佣进了厨房，做菜切水果煮咖啡，忙个不停。不断有客人按响门铃，主人或者女佣跑过去开门。有时女佣进书房看看，她的儿子正安静地坐在那里。儿子问晚宴什么时候开始？女佣说不急。你悄悄在这里待着，别出声。

可是不断有客人光临主人的书房。或许他们知道男孩是女佣的儿子,或许并不知道。他们亲切地拍拍男孩的头,然后自顾翻看着主人书架上的书,并对墙上的挂画赞不绝口。男孩始终安静地坐在一旁。他在急切地等待着晚宴的开始。

女佣有些不安。到处都是客人,她的儿子无处可藏。她不想让儿子破坏聚会的快乐气氛。更不想让年幼的儿子知道主人和用人的区别,富有和贫穷的区别。后来她把儿子叫出书房,并将他关进主人的洗手间。主人的豪宅有两个洗手间,一个主人用,一个客人用。她看看儿子,指指洗手间里的马桶。这是单独给你准备的房间,她说,这是一个凳子。然后她再指指大理石的洗漱台,这是一张桌子。她从怀里掏出两根香肠,放进一个盘子里。这是属于你的,母亲说,现在晚宴开始了。

盘子是从主人的厨房里拿来的。香肠是她在回家的路上买的。她已经很久没有给自己的儿子买过香肠。女佣说这些时,努力抑制着泪水。没办法,主人的洗手间是房子里唯一安静的地方。

男孩在贫困中长大。他从没见过这么豪华的房子,更没有见过洗手间。他不认识抽水马桶,不认识漂亮的大理石洗漱台。他闻着洗涤液和香皂的淡淡香气,幸福得不能自拔。他坐在地上,将盘子放在马桶盖上。他盯着盘子里的香肠和面包,为自己唱起快乐的歌。

晚宴开始的时候,主人突然想起女佣的儿子。他去厨房问女佣,女佣说她也不知道,也许是跑出去玩了吧。主人看女佣躲闪着目光,就在房子里静静地寻找。终于他顺着歌声找到了洗手间里的男孩。那时男孩正将一块香肠放进嘴里。他愣住了。他问:“你躲在这里干什么?”男孩说:“我是来这里参加晚宴的,现在我正在吃晚餐。”他问:“你知道这是什么地方吗?”男孩说:“我当然知道,这是晚宴的主人单独为我准备的房间。”他问：“你妈妈这样告诉你的吧？”男孩说：“是……其实不用妈妈说，我也知道。晚宴的主人一定会为我准备最好的房间。”不过，男孩指了指盘子里的香肠，我希望能有个人陪我吃这些东西。

主人的鼻子有些发酸。用不着再问，他已经明白了眼前的一切。他默默走回餐桌前，对所有的客人说，对不起今天我不能陪你们共进晚餐了，我得陪一位特殊的客人。然后他从餐桌上端走两个盘子。他来到洗手间的门口，礼貌地敲门。得到男孩的允许后，他推开门，把两个盘子放到马桶盖上。他说这么好的房间，当然不能让你一个人独享……我们将一起共进晚餐。

那天他和男孩聊了很多。他让男孩坚信洗手间是整栋房子里最好的房间。他们在洗手间里吃了很多东西，唱了很多歌。不断有客人敲门进来，他们向主人和男孩问好，他们递给男孩美味的苹果汁和烤成金黄的鸡翅。他们露出夸张和羡慕的表情。后来他们干脆一起挤到小小的洗手间里，给男孩唱起了歌。每个人都很认真，没有一个人认为这是一场闹剧。

多年后男孩长大了。他有了自己的公司，有了带两个洗手间的房子。他步入上流社会，成为富人。每年他都要拿出很大一笔钱救助一些穷人，可是他从不举行捐赠仪式，更不让那些穷人知道他的名字。有朋友问及理由，他说，我始终记得多年前，有一天，有一位富人，有很多人，小心地维系着一个四岁男孩的自尊。

最高雅的画作

贵妇人把画家请进屋子。贵妇人说："亲爱的保罗，可以开始了。"

画家点点头，掏出画笔。"不过夫人，"画家说："您完全没有必要化妆。"

"哦，保罗，我想你搞错了。"贵妇人说，"我不是让你画肖像，我是想让你给我画一幅世界上最高雅的画作。"

世界上最高雅的画作？画家愣了愣，怎么会有这种奇怪的想法？

"因为每个人都说我太过俗气！"贵妇人的声音尖了起来，"我的儿子、我的丈夫、我的邻居、我的美容师、我的心理医生、宠物店老板、街头流浪汉……他们会偷偷说，嘿，瞧见那个臃肿难看的肥婆了吗？她不读书、不看报、不听交响乐、不看歌舞剧、看不懂艺术品、不参加任何慈善活动。她的屋子里绝没有一个石膏人像，墙上绝没有一副像样的画作，酒柜里绝没有一件有价值的艺术品……她的眼睛里只有钱。钱、钱、钱、钱是什么东西？"

"钱是什么东西？"画家笑了。

"当然是好东西。"贵妇人说，"喜欢钱有错吗？我的钱既不是偷来的也不是抢来的，那是我丈夫辛辛苦苦赚来的。”

“那就任他们去说吧。”画家说。

“那可不行。我一定得改变他们的看法，我可不喜欢别人嘲笑我一辈子。”贵妇人说，“所以，下个星期开始，我打算去剧院听交响乐，看歌舞剧，去博物馆欣赏艺术品，参加一些慈善活动……我还会去买几件像样的摆设，并且，墙上，一定要挂一件高雅的画作。保罗，我知道你是一位伟大的画家，我认为你完全可以胜任……不过你得完全按我的意思去画……很简单，将众多元素融合到一起，使之成为一件世界上最高雅的作品……”

“没问题。”画家点点头，摆开架势，“我们开始？”

“我们开始……首先，要有一位主体。”贵妇人想想说，“上帝或者神明？太普通。浴女或者农夫？太落伍。这样，你在画面最突出的位置，画一位杰出人物吧。比如科学家、作家、外交官、政治家……”

“画好了。”画家说，“他集政治家、外交官、作家、科学家于一身，他是一位伟大的人物，几近于神……”

“然后呢，你应该在画作上表现出人类不同于其他物种的高贵与智慧。”贵妇人说，“比如，一串阿拉伯数字……”

“照您的意思办。”画家说，“然后呢？”

“容我想想。”贵妇人说，“对了，似乎应该描上复杂细密的花纹，使画面更生动，变得更高雅。花纹就是历史，就是世界，就是美……我说的没错吧？”

“没错。”画家说，“接下来呢？”

“应该再加上一句话吧！”贵妇人说，“一句有意境、令人敬畏、表达信仰的话。‘我们信仰上帝’，你认为这句话如何？”

“非常好。”画家说，“还有吗？”

“你该让整个画作呈现出一种灰黑色的主调。”贵妇人说，“稍偏一点蓝吧……有一种宁静和庄重之感……总之别太艳丽，那样太俗……”

“是的。灰黑色，偏一点蓝。”画家说，“现在这幅画基本完成，您想看看吗？”

“先不急看。”贵妇人想了想，说：“总感觉还有些单调。人物、图案、数字、一句话……好像缺点什么吧？”

“缺风景。”画家笑着说，“风景，建筑，画作永远的主题。”

“对。”贵妇人点点头，“再添点风景吧！”

“可是画面已经很挤……”

“添在反面吧。”

“添在反面？”画家问，“您确定吗？夫人。”

“我确定。”贵妇人说，“是的，添在反面……反正我已经为这幅画花了钱……反正你说过，一切都按我的意思办……我相信这并不过分。”

“当然不过分……那就画个教堂，如何？”

“画个纪念堂吧！”贵妇人兴奋地说，“费城独立纪念堂！我喜欢费城独立纪念堂！想想看，伟大的人物、复杂的图案、神秘的数字、令人尊重的话、宁静庄重的色调、代表和平的独立纪念堂……上帝啊！我相信，这绝对是世界上最高雅、最有价值的画作！”

画家笑了。他把完成的画作递给贵妇人。

贵妇人的面前，一张标准的百元美钞。

空瓶子

没有考上理想中的大学，他心灰意冷。仿佛一切都失去了意义，他认为自己正在经历人生中最大的困难与挫折。整个暑假他浑浑噩噩，看什么都不顺眼，干什么都没有精神。临开学时，父亲问他，想不想做个游戏，他问怎么做，父亲找出一个空瓶，说："我们假设这个瓶子可以装得下你一生中所有困难和挫折，那么现在，对你考不上理想大学这件事，你认为装多少合适？"他想了想，说："半瓶吧。"父亲拿来一瓶酒，让他往空瓶子里倒，他毫不犹豫地将手中的空瓶装满一半。父亲用蜡和木塞将瓶口封紧，说："等你认为挫折完全过去的时候，再把这半瓶酒喝光。"

上了大学以后，他才发现问题并没有想象中严重。他竟然发现自己狂热地喜欢上自己的专业，他甚至庆幸自己能够来到这所大学。假期回家，跟父亲说了，父亲便拿出那个酒瓶，说："现在你认为你的挫折完全过去了吗？"他笑笑，将半瓶酒匀进两个酒杯，和父亲对饮。是烈性酒，他只能喝下一点点。父亲一边和他喝着酒一边问："现在你是不是觉得当初你把困难夸大了？"他不好意思地笑笑，说："好像是这样。"

大三那年，他失恋了。被人抛弃的滋味让他突然对自己失去信心，对这个世界失去了信心。假期回家，在父亲的再三追问下，他把与那个女孩的一切都告诉了父亲。父亲问：“我们接着做那个游戏？”他点点头。父亲问他：“那么现在你认为，往里面装多少酒合适？”他想了想，将空瓶装满三分之一。父亲问感情的事情难道没有学业重要？他笑笑不语。父亲再把瓶口封紧，对他说：“等你认为这件事情已经不能再影响到你的心情时，就把这些酒喝光。”

尽管失恋给他造成很大打击，尽管这打击让他在很长一段时间神志恍惚，但恋爱毕竟不是生活的全部。半年过去，他再一次恢复了以前爱说爱笑的样子。失恋会让一个人长大，他甚至感谢自己的这段经历。当然，过年回家时，也再一次和父亲喝掉那三分之一瓶烈性酒。酒喝完，父亲问：“你觉得这一次，你把失恋这件事情夸大了吗？”他仍然笑笑。他说：“好像真的是这样。”

然后，毕业，却找不到理想的工作。一切都与大学时的憧憬相距甚远，他感到前途渺茫，一切充满了未知。父亲打电话过来，说不妨回家休息一段时间，待有了好的精神状态，再回去找工作不迟。听了父亲的话，他再一次回到老家。父亲仍然拿出那个空瓶，说：“把你现在认为的困难装进去吧。”这一次他想了很久，却只往里面倒进去一点点酒。父亲问：“够了？”他说：“足够了。”父亲问：“你正在经历的，就这点困难？”他说：“是，就这些，也极有可能被我夸大了。”

一个月以后他重新返回城市，竟然顺利地找到了理想的工作。过年回家时，和父亲一起，将那点酒喝掉。

晚上和父亲一起去海边散步，父亲的手里拎着那个空空的酒瓶。父亲说：“其实你面临的困难和挫折越来越大——学业，情感，事业——

这些对你的人生越来越重要，可是你却认为它们一次比一次小……”他说：“的确是这样，可是当我喝掉那些酒时，我才发现，我当初真的是把这些困难和挫折放大了。”父亲问这个瓶子还有继续留下来的必要吗，他认为没有必要了……尽管将来肯定还会遇到更大的困难和挫折，但他知道，所有的困难和挫折终会过去，再回首时，看到的，不过是一个空空的瓶子。

父亲笑了笑，将手中的瓶子，扔进了大海。

天使的产房

小时候有一位要好的伙伴，父母都是乡医院大夫。那医院虽然破败，却很大很空旷。古老的建筑横七竖八，花园如同足球场般大小，却坚守着近百年的银杏树。记得那一年夏夜，我几乎天天往那位伙伴家里跑，好像是学校里成立了学习小组，又似乎是别的什么原因。医院家属院就在医院里，在那个花园的后面，去时，需要先穿过一道阴冷逼仄的走廊，再经过空无一人的漆黑的老花园。现在我已经很难将那时的情景描述清楚，我只记得夏夜里那个光着脑瓢的小男孩胆战心惊地走在空旷黑暗的医院大院，心中的恐惧，被自己一点一点地放大。

前几次回来，都是小伙伴的母亲送我。那是一位三十多岁的纤细小巧的女人，头发剪得很短，喜欢笑，喜欢柔声细语地说话。她会一直将我送到医院大门口，然后目送我走上沙土马路。她不停地与我交谈，她知道交谈能够减轻我的恐惧。她问我的学习成绩，问我的课余游戏，问我的书包，甚至问我的虫牙……她什么都问，却不会令我产生丝毫不快。她还会给我介绍她的医院，她说这几间房子是门诊部，那几间房子是挂号部和取药处，那边的几间是手术室，中间这两间是中医门诊，后面那整整一排，是病房……

那么，那几间呢？我扭过头，问她。

那几间房子被挤在医院的角落——医院虽然空旷，可是它们还是被挤到了角落。我从那里经过几次，只见到了两扇油漆斑驳的厚重的木板门和一个好像从来没有打开过的铜锁。我想屋子里肯定是黑暗的，那时我认为所有我没有去过的地方都是黑暗的。房子前面有一条小路，小路两边开满了花：鸡冠、串红、月季、夹桃、金边兰、太阳花……可是我从来没有见过任何人去那里看过花或者摘过花。那地方让我充满好奇，也让我骇惧。

她笑笑说，那是天使的产房。她的声音不大，柔软，有着绸缎般明亮细腻的质地。

“我们可以偷偷去看看吗？”我来了兴致。

“不要。”她笑笑说，“我们应该尊重他们，我们更不要去打扰他们——因为那是天使的产房。”

那时候我并不知道什么叫作天使，可是我知道什么叫作产房。我知道产房是生命诞生的地方，那么，天使的产房就是天使诞生的地方。她还告诉我所有的天使都长了翅膀，他们生活在我们看不到的地方，他们是单纯、美丽和善良的，可是他们诞生于人间。

她送过我几次，再以后，就不再去送我。她说我完全可以一个人走出医院，走上医院门前的那条沙土路，然后走回家。她说医院是救死扶伤的地方，没什么好怕的。

那以后，似乎，我真的不再害怕。夜晚的乡间医院里有什么呢？有门诊部、有挂号处和取药处、有手术室、有病房、有鸡冠花、有串红花、有月季花、有太阳花，有偶尔出来打扫卫生的老者，还有天使的产房……

天使们长了翅膀，住在我们看不见的地方。医院到底有什么可怕的呢？尽管几年以后，突然某一天，我知道，原来那几间房子，就是医院的太平间——当一个人在尘世的生命结束，就会走进去，从此与世间，再无瓜葛。

可是，难道她说的不对吗？那是“天使的产房”，那是天使们诞生的地方。

她让我单纯快乐的童年，没有产生出丝毫有关死亡的恐惧阴影。现在我想，那个时候的她，不正是人世间最美丽最善良的天使吗？

穷人节

去某国某地旅游，恰好遇上当地的穷人节。穷人节？仅这名字，就令人顿生好奇，备感亲切。

穷人节的主要节目，便是扭秧歌。我想这也贴切，我生活的那个城市，有钱人去歌厅舞厅，去酒店健身房，穷人们随便找个广场，大喇叭一响，秧歌扭起来，倒也自娱自乐。看来秧歌并非是中国穷人的专利，全世界无产阶级都喜欢扭秧歌，只是动作稍有不同罢了。

秧歌队扭过来了。队伍的最前面，几百名流浪汉腰扎彩带，头系红绸，组成整齐的方队，声势浩大。也难怪他们高兴，流浪汉终于得到重视，迎来属于自己的节日，怎能不开心呢？更何况，最为关键的是，当秧歌扭完，每人都能够得到一杯免费的热咖啡。

紧随流浪汉的第二方阵，便是我们常说的穷人。他们的方阵最为复杂，有待业者、失业者、工薪阶层，也有破产企业主。可是不管如何，从穿戴上，一眼便能看出他们是穷人。比如某人穿了件名牌上衣，裤子却是地摊货；比如某人虽然一身名牌，但鞋子只值十块钱；比如某人穿着一套价值不菲的西装，却只系着三块钱的裤带。更重要的是，他们全都操着一种“贫穷”的表情。那表情卑微，低下，恰到好处地证明着一种身份。总之一个人的贫穷是掩饰不了的，还好这个城市的人们并没有掩饰，一万多人的巨型方阵，便是证明。

然后，便是由白领和小商人组成的方阵。我想他们应该属于这个城市的中产者，怎么也把自己当穷人呢？拽住一人问了一下，那人说：“什么中产者？我们穿不起大名牌，吃不起大酒店，开不起好车子，买不起大房子，我们是城市真正的穷人！”我告诉他：“前面两个方阵里，有人甚至吃不饱饭，你跟他们比，算是富翁了。”他听了，反驳说：“我可不这么看。何谓穷人？买不起想买的，得不到想得到的，便是穷人。”说完，头也不回，扭着屁股往前冲。

再往后，我就彻底看不懂了。如果说第三个方阵还勉强算得上穷人方阵的话，那么组成第四个方阵的那些人，一看便是成功人士。他们的方阵大概由二百多人组成，多大腹便便，仪表堂堂，穿戴讲究，甚至，方阵里，缓缓行驶着很多名牌轿车。这让我很是纳闷，穷人节，你们来凑什么热闹？

我混进他们的队伍，三扭两扭，很快跟一位戴了十个钻戒的中年男人混熟。我问他：“难道您也是穷人？”他一边扭，一边点点头。我问：“可是您看起来很阔绰啊！”他说：“看起来很阔绰？当然，我有一个很大的公司，固定资产上千万，光轿车我就有十几辆，看起来的确很阔绰。可是你不知道，我公司的贷款和欠款加起来，足有三千万之多啊！”我说：“那就是说，你不但不是千万富翁，还是两千万负翁？”男人点点头，扭得更欢。

看来，这个方阵里的所谓的成功人士，远比前几个方阵的人更像穷人。

可是接下来的由不足百人组成的方阵，却是真正的富翁。我问过几个人，他们的净资产，大多超过几千万。这就很奇怪了，他们是这个世界真正的富人，他们应该过富人节而不是穷人节啊！将不解跟其中一人说了，他笑笑回答："仅从资产上说，我们的确算得上富人，可是，我们缺的是自己的时间啊！"

"缺时间也算穷人？"

"当然。"他说，"你们可以喝闲酒，聊闲天，可以逛公园，看电影，可以用一个下午的时间喝掉一杯咖啡，读完一本书，我们呢？我们恨不得把自己劈成两半来用，把一分钟掰成两分钟来用，我们努力工作，拼死拼活，到头来，为了什么？还不是为了成功？可是真成功了，却失去了人生最宝贵的从容。还有很多人，甚至因此失去家庭，失去朋友，我们连最宝贵的都失去了，你说，我们不是穷人，又是什么人呢？"

我并不完全赞同他的话，因为我不熟悉富翁的生活。然我刚刚退出"穷人富翁"方阵，秧歌队伍的最后一个方阵便闪亮登场。那是最为奇异的方阵，他们表情各异，穿戴各异，甚至有人光着膀子。再细看，竟能从他们的脸上看到工薪阶层的影子、白领阶层的影子、单位领导的影子、无业游民的影子、百万富翁的影子。很显然他们没有按照要求站到本应属于他们的方阵里，他们彼此开着粗俗的玩笑，有人甚至大打出手。

我小心翼翼地跟一个看似领导的男人搭上话。

"您是穷人？"

"我是穷人！"

"您为什么这样看？"

"我不知道！"

"不知道？"

“不知道！但我就是感觉自己是个穷人！”说到这里，他骂出一句粗话，吐出一口黏痰。那口痰正好吐到旁边一个光着膀子文着刺青的年轻人身上，年轻人骂骂咧咧，冲他晃晃拳头，他二话不说，冲上去就是一脚，两个人便扭打起来。

他不知道为什么感觉自己是个穷人，但是我知道。他们成功或者不成功，有钱或者没钱，有地位或者没地位，有时间或者没时间，有文化或者没文化，都无关紧要。重要的是，他没有素质——做人最基本的素质——我想这个方阵里的人都是如此。那么，他们是这个城市里，彻头彻尾的穷人。

我想告诉你的是，这个秧歌队伍，由两万五千人组成。而这个城市，何止区区两万五千人。

我只是游客，不是小城居民。然那天，我想也许，我也该跟随他们的队伍，扭一把穷人节的大秧歌。

我很开心

社长坐在办公室里，一根接一根地抽烟。屋子里烟雾弥漫，烟灰缸里堆起小山。社长叹一口气，起身，推开窗户。窗外夜幕四合，凉风习习，银灰色浅淡的月亮挂上树梢。一阵风吹来，桌子上的杂志翻动页片，窸窣作响。社长再叹一口气，带上门，下楼，瘦削的身体很快隐进夜幕。

他不知道这杂志还有无继续办下去的必要。他不知道这杂志社还有没有继续撑下去的必要。发行量持续下跌，社长的心，终在今天跌进谷底。

只有两个人的杂志社。一个社长，一个编辑。生存自然是艰难的。挺了一年，又一年，再一年，终是挺不下去了。其实还有希望，只需十万块钱，杂志社就能继续挺过半年。半年以后的事情，谁能说得准呢？可是十万块钱啊！去哪里弄十万块？

十万块，说少不少，说多不多。社长就有十万块钱，薄薄的一张存折，锁在抽屉里好几年。那是多年的积蓄，是留给儿子读大学的费用。去年挺不过来时，也曾动过那笔钱的心思，说给妻子听，妻子立即红了眼圈，说："你看着办吧……你考虑清楚。"她总是顺着他。她是那种通情达理的女人。对丈夫，对丈夫的事业，她甚至怀了一种溺宠。尽管她知道，这些钱一旦拿出去，就再也不会属于他们。

咬咬牙，他终是没敢动那笔钱。没动那笔钱，杂志社也挺到了今天。可是现在呢？社长再叹一口气，摇摇头，拐进路边的印刷厂。

这是一个只有二十多人的福利厂。杂志社的每一期杂志都是在这里印刷的。门卫是一个傻子。极年轻的傻子。他有青春的容颜和花白的头发，单纯的眼睛和呆滞的表情。他只会说两句话。一句"你好"，一句"请登记"。两句话他学了很多年。从没有人听到过他说的第三句话。

傻子跑出来开门，跳跃着，怪笑着，流起涎水。他对社长说你好。他对社长说请登记。他带社长走进门卫室，那里只有一张床、一张桌子和一把椅子。傻子不识字，可是桌子上却放了社长的杂志。那当然是社长送给他的。社长想傻子虽然看不懂杂志，可是总能够看得懂封面上的图片。看懂图片就足够了，平常人都不读书的今天，你能要求一个傻子什么呢？

社长常常给傻子讲杂志上的故事。听故事的时候，傻子出奇安静。讲完一段，他冲傻子笑笑，问："听懂了吗？"傻子说："你好。"他就再讲。又讲完一段，问："好听吗？"傻子说："你好，请登记。"傻子只会说这两句话。傻子的话含糊不清，却用了力气。社长认为傻子完全听得懂，他看得懂傻子的表情，甚至，他听得懂傻子的腹语。傻子的表情非常满足。口水淌至胸口，笑纹满脸飞舞。傻子说"你好"的时候，就像在说"我听懂了"。傻子说"请登记"的时候，就像在说"真好听"。——他真的看得懂傻子的表情——傻子的表情，满足并且快乐。

厂长不在。等待厂长的时间里，社长再一次给傻子讲起杂志上的故事。那些故事用了作家一个月或者一年又或者几年的心血，却仅有区区几个读者。故事从社长的心坎里往外掏，语气轻飘飘的，每一字却是重若千钧。傻子静静地听着，嘿嘿地笑。有时候，甚至，他咧起嘴巴，拍起巴掌。傻子的口水汹涌澎湃，他的眼睛灿烂明亮。

厂长的车子开进来了，傻子跑过去开门。社长起身，说："今天就到这里吧！就到这里吧，年轻人，我得走了。"

"我很开心。"傻子说。

"你说……什么？"社长吓了一跳。

"我很开心。"傻子说，"我很开心，我很开心。"

社长愣了足有十秒钟，然后，转身跑上楼梯。他撞开办公室的门，他从办公桌后面拽出厂长，他将厂长一直拽进门卫室。他几乎是拎着厂长进到门卫室的，厂长的身体在他手中飘了起来。他将厂长扔进屋子，摁在椅子上，然后，他冲傻子笑笑，说："年轻人，说句话。"

"我很开心。"傻子说，"我很开心，我很开心。"

厂长几乎从椅子上栽倒。然后，厂长和他一起笑。他们拍拍傻子的肩膀，掐掐傻子的面颊，捶捶傻子的胸膛，又将傻子抱起，扔到地上。傻子从地上爬起来，擦擦嘴巴，快活地看着面前的两位男人，咧开嘴笑。

"我很开心。我很开心。我很开心……"

社长想，他现在应该决定一些什么了。他能让一个傻子开口说话，能让一个傻子开口说出第三句话，他的杂志，还有什么理由不继续挺下去呢？

社长深吸一口气。在夜里，社长说："我很开心。"

一路沙拐枣

汽车在荒漠里穿行，公路两旁，胡杨、刺山柑、红柳、沙拐枣……他喜欢沙拐枣，莫名地喜欢，如同莫名地喜欢新疆。收录机里播放着《玛依拉》或者《美丽的姑娘》，有时也会播放《十二木卡姆》，什么他都喜欢。他喜欢独自驾驶着汽车，扬起一路风尘。

汽车需要在荒漠里穿行两天。两天以后，眼前的沙拐枣多起来。黄昏时候，一个很小的酒店突然闪现，他将汽车停下，走进店里，坐定，稍后，买买提便将沙湾大盘鸡端上来，是一种最简单的默契，简单到不必交流。买买提和他的酒店，已经守在这里多年。

第一次遇见大盘鸡，他就喜欢上它。金黄色的鸡块、翠生生或者红艳艳的辣椒、又面又糯的土豆，配上又宽又韧的皮带面，他一个人能够将满满一盘吃得干净。吃完以后他会在这里休息一个晚上，待天明时，驾车离开。终点是南方一座温润的小城，那里不仅有他的家，还有他的妻子和儿子。

他是货车司机。因为有了荒漠里的沙拐枣和又香又辣的大盘鸡，他孤独的行程成为享受。

可是那一次，当他吃完大盘鸡和半个伽师瓜，当他喝掉一壶买买提自酿的美酒，当他踏踏实实地睡了一觉，待清晨，当他要离开，他发现钱包找不到了。

"没关系。"买买提说，"下次来，再给我就行。"

"可是我明明记得昨天钱包还在。"说完他就后悔了——昨夜的酒店里，除了买买提一家，只有他。

"我说了没有关系。"买买提说，"不过一只鸡，一壶酒。"

买买提送他上车，送他几个伽师瓜。"回家一趟，总得给老婆儿子带点东西。"说着，拿出二百块钱，硬塞给他，"路上用。"

一路上，他想着钱包，想着说错的话，看沙拐枣们从身边一闪而过。几天以后他回到细雨霏霏的小城，见到妻子和儿子。他将伽师瓜切开，满屋清香。他给妻子和儿子讲一路上他经历的故事，却没有告诉他们他弄丢了钱包。下次出行将是几个月以后，那时白雪皑皑，荒漠中的沙拐枣已经萎枯，然《玛依拉》和买买提的大盘鸡依然会伴他。

可是冬天里，他没有再去；第二年，他没有再去；第三年，他没有再去……十几年过去，他没有再见到沙拐枣和买买提。沙拐枣每年都会抽枝、开花、凋零、枯萎，然这一切，再也与他无关。

现在，又一辆汽车穿过荒漠。公路两边，胡杨、刺山柑、红柳、麻黄、沙拐枣……年轻人喜欢沙拐枣，如同喜欢新疆。收录机里播放着《玛依拉》或者《美丽的姑娘》，有时也会播放《十二木卡姆》，什么他都喜欢。他喜欢驾驶着汽车，扬起一路风尘。

汽车在酒店门前停下。年轻人走进店里，坐定，买买提看到他，就愣了。

年轻人冲买买提笑笑。买买提冲厨房喊："沙湾大盘鸡！"

他们坐在餐桌边喝酒。他举举杯，买买提就干了；买买提举举杯，他就干了。依然是简单的默契，似乎他们已经认识很久。

他们不过是第一次见面。

买买提说："你与你父亲长得很像。"

年轻人说："他常说起你。"

"他失约了。"

"对不起。"年轻人拿出几张钞票，"这些是当初他欠您的钱。"

"我不是这个意思……他为什么不来？"

"车祸。"年轻人抬起头，说。

……他遇到车祸，十五年前，在那个安静潮湿的小城，在他决定启程的前一天。临死前他告诉儿子，一定要找到买买提，吃一盘沙湾大盘鸡，啃几片伽师瓜，喝几杯酒，把欠他的钱还上。最重要的是，他说错了话，他想求他原谅。他说他从没有怀疑过买买提一家，那句话，不过随口而出。

那一年，年轻人才七岁。七岁的年轻人，从此记住了父亲的话。

假如不是年轻人的突然出现，这件事，买买提已经彻底忘记。——他已经太老。他帮过太多的旅行者。再说，这算什么事呢？

可是对年轻人和他的父亲来说，这是一桩心事。现在，他与父亲，终可以释怀。他驾驶着汽车穿过荒漠，如父亲一样，他喜欢那些曲子，喜欢那一路沙拐枣。

父辈的祭日

出生到死亡，只有两天与生命真正有关：一是生日，一是祭日。这是生命的两个端点，代表了起始和结束，中间是或漫长或短暂的过程——自生日起，自祭日止。或许还可以这样认为，祭日是死亡的生日，是阴间的生日，或者是天堂的生日。

一位忘年交朋友几年以前突然去世，我想当死去那一刻，连他自己都毫无防备。他留下写了一半的小说，画了一半的油画，剪了一半的盆景，以及交了一半的人寿保险。他有三个孩子，两个儿子一个女儿，全都在外地。他去世以后，他们自然全都赶回来了，却只能守着父亲冰冷的尸体抹一把眼泪。几个小时以后，他们的父亲变成一把清灰，伴着他们长长的哭泣。世间万物皆是如此，孤寂或者热闹的旅程以后，终化为清灰或者尘埃。无神论者的生命，只有一次。

去年因在外省开会，没有参加他的祭日。今年，推开一些琐事，终是去了。他的家在遥远的鲁西南乡下，那里有延绵的群山，有凹凸不平的村路，有敢把一条毒蛇握在手里的脏兮兮的孩子，有一座低矮的土包般的坟茔。朋友长眠地下，一把清灰代表他世间的全部。

那天,我见到了他的三个孩子。

小儿子从县城赶回来。他带着他的未婚妻,买了父亲最爱喝的酒和最爱抽的烟。他自己出钱为父亲出版了那本写了一半的小说,他说他相信父亲可以在那边将这部小说写完。他还说出版一部小说一直是父亲多年的夙愿,今年,他终于帮父亲将这个愿望实现。他红着眼睛将酒洒到父亲坟前,又点上一支烟,恭恭敬敬地放在父亲坟头上。那天阳光很毒。我看到那支烟无精打采地燃着,终于熄灭。

二女儿从省城赶回来。她带着她的丈夫和儿子,坐了整整一夜的火车。她说她必须赶在父亲祭日这天回来,她说她要赶回来看看她受了一辈子苦的老父亲。她带回来很多纸扎:房屋、汽车、电脑、手机、打印机、宠物狗……火车上禁止运输这些东西,我猜想这一路,她肯定受了很多苦。那些纸扎忧伤而又滑稽,却代表着她的全部希望。她哭起来了,她的眼泪将干燥的地面击起灰色的烟尘。

大儿子从北京赶回来。他用上了所有的交通工具:飞机、汽车、蹦蹦车。他带着他的女儿,他的女儿已经考上了大学。他带回来很多书,国内的、国外的、哲学的、文学的……那些书包装精美,价值不菲。他将那些书一本一本地烧掉,他说这些书可以陪伴父亲熬过那边的孤单的日子。他跟父亲说了很多话,从中午直到黄昏,一刻也没有停歇。那些话他以前或许跟父亲说过,或许没有说,可是现在,他希望他的每一句话,父亲都可以听到。

每个人都很忙,每个人都请了假。假是那样难请,他们几乎动用了所有的关系。他们请假,只为回来看看已故的父亲,看看隐在青山间的一座小小的土包,或者,仅仅是对于自己内心的一种交代。

我注意到他们的母亲没来。她将他们送到门口,就返回了院子。

她杀了鸡，切了腊肉，将园子里的青椒、黄瓜和西红柿们摘光，然后专心致志地为孩子们准备晚饭。她坐在小院里择菜洗菜，阳光安静地照在她的脸上，你绝对看不到她的悲伤。可是她怎么可能不悲伤呢？后来我知道，一年中的每一个月里，她都会去老伴儿的坟头，默默坐一会儿，然后默默离开。她在回忆他们在一起的大半生的日子吧。那些忙忙碌碌的，琐碎的，吵吵闹闹的，或者安安静静的日子。她的悲伤是连续的，散开的，而不是集中的，爆发的。我相信她会将这悲伤，一直持续到她的死去。

然后，待孩子们归来，一家人围坐在一起吃饭，祭日就过完了。就这么简单。

第二天，她仍然站到门口，送孩子们离开。她绝不远送，她知道送得再远，孩子们也是要回去的。他们有自己的生活。——他们生活在自己的生日与祭日之间，我们把这段过程叫作生命，叫作生存，叫作生活，一回事。

我跟她说您真有福气，三个孩子这样孝顺。她听了，淡淡一笑，说："可是老伴儿过生日时，他们却很少回来……他们在电话里说，祝老爸生日快乐。就完了。他们总是那样忙……"

从她的眼神里我看不到任何不满，从她的语气里我听不到任何埋怨——这只是她对事实的一种复述。并且我相信，那时候，即使她的孩子们要回来，她和她的老伴儿也会加以阻止。他们忙。他们的事情远比父亲的生日重要。事实上生日真的并不重要。生命只有一次开始，那仅有的一次是你出生的那天，而不是你生日的那天。同样的道理，祭日也并不重要。生命只有一次结束，那仅有的一次是你死去的那天，而不是你祭日的那天。"过"生日和"过"祭日，不过是世人对于自己或者对于他人的一种仪式，甚至，一种形式。

可是我知道的是，生日是快乐的，祭日是忧伤的。你可以祝他们生日快乐，他们听得到、感受得到、触摸得到，他们笑着，喝着酒，讲着往事，吹了蜡烛，脸上抹满奶油，哼着歌，打着饱嗝，他们会在心里说，哦，又过生日了。你们面对面坐着，你们可以愉快地交流。

可是祭日呢？你能祝他们什么呢？或许他们真的可以听得到——或许这仅仅是我们的一厢情愿——就算他们真的可以听得到，又能如何呢？你们面对面坐着，可是你所面对的，不过是一把清灰，或者是一个长满杂草的土包。你们的交流，不过是你的自言自语。你又能干什么呢？

说说你的生命吧！它自生日开始，自祭日终止，中间，被切成很多个片断。切开一个个片断的是每一年的生日，是你来到这个世界的纪念日。那么这一天，你最需要感谢的人是谁？

当然，是你的父母。

军　装

一九三七年。南京。

天空不见一丝蓝色，废墟般的城市里，烧焦的残肢断臂随处可见。溃败的士兵蝗虫般拥出挹江门，他们没有秩序，面无表情地踏上同伴的尸体。到处都是呼喊声、惨叫声、老人的呻吟声、孩子的哭泣声。子弹和炮弹编织成密集的网，城在网中，毫无还手之力。

第一波日本人很快扑进了城。他们嗷嗷叫着，惊恐地将每一个活动的目标射杀。他们越过一片又一片废墟，穿过一条又一条马路，他们就像在丛林里狩猎，动作越来越熟练，神色越来越悠闲。突然一排轻飘飘的子弹从一栋摇摇欲坠的楼房里射出，几个日本兵猛然栽倒。他们戴了钢盔的脑袋上，冒起淡淡的青烟。

躲在楼房里的，也许是最后一支战斗着的守军。只有三十多人，只有打光最后一颗子弹的命令。三十多人挤在狭小的建筑物里，就像被捆绑在一起的手榴弹。他的左边挤着强子，右边挤着死去的连长。弹片将连长的半个脑袋削飞，仅剩一半脑袋的连长依然英俊。强子的手里紧攥着一挺机枪，那机枪严重变形，弯弯扭扭，好像一根天津麻花。

机枪“哒哒哒”地响起来，子弹击起远处的尘烟，切断日本人的喊叫。他认为强子是一名出色的机枪手，一名合格的士兵。

可是他呢？他是兵吗？也许是，也许不是。他参军没几天，他甚至没有属于自己的军装。记得他跟连长说过，连长说：“哦，寻一杆枪给他。”然后就指挥士兵摞沙袋去了。那些沙袋被摞得很高，形成了怪异的阵式。到处都是沙袋、步枪、水壶、子弹、手榴弹、机枪、铁锹、书信、豪言壮语、惊恐或者壮烈的士兵。连长说他们的防线坚不可摧。可是当战斗打响，那些沙袋，霎时同士兵的尸体一起飞上了天。

他跟连长说过三次。他说他得有一身军装。有军装，才有兵的样子。连长终于恼了，说：“那你随便从哪个死人身上扒下一套！”他试了试，没敢穿。他想那样的话，那些死去的战友，就不再是兵。他们战死了，却不再是兵，他不能这么干。尸体们叠股枕臂，被堆成小山，他趴在小山里，填子弹、瞄准、射击，再填子弹，再瞄准，再射击……他在死人的缝隙里坚守，就像坚守在隆隆战车前的螳螂。后来他们撤进了城，躲进那栋随时可能坍塌的小楼里。连长说：“打完最后一颗子弹，咱们就可以散了……追上队伍，或者回家。”然后弹片划过，他的脑袋仅剩一半。他用仅剩一半的脑袋冲他微笑，他的笑容凄惨并且绝望。

日本人迅速将他们包围，他们腹背受敌。甚至有日本士兵冲进屋子，他的枪筒几乎捅进日本人的嘴巴。子弹清脆地击穿日本人的后脑，那是他的最后一颗子弹。拖着血丝的子弹飞向天空，天空与天空之间，尸体、尸体、尸体。

他们跑向广场，他们知道战斗结束了。突围的过程异常惨烈，三十多人，也许仅剩他一个。广场上挤满了人，老人、女人、医生、孩子、学生、士兵。士兵们慌慌张张将枪扔掉，又慌慌张张地脱着自己的军装。

有人将军装埋进花坛，那些花儿全都失去了头颅；有人将军装投向烈焰，它们很快被燃烧，如同一面面战败的旗子，却裹起阵阵腥风。脱掉军装的士兵马上变回牙医、变回铁匠、变回农民、变回酒馆伙计、变回菜市场上的商贩。他们挤进人群，缩起脖子，眼睛死死地盯住地面——他们试图用参军以前的职业来救回自己的性命。

军装被染上鲜血、军装熠熠生辉、军装五彩斑斓、军装坚硬如铁、军装躺在地上，缩在火焰里，沦为尘土，或者化为青烟。一座城沦陷了，一起沦陷的，还有军装。

他跑过去，泪飞如雨。他从火焰里抢出一套军装，动作迅疾滑稽。那是一套几乎全新的军装，没有枪眼、没有鲜血、没有褶皱，甚至没有灰尘。他将军装抖开，浓重的草绿色刺伤他的眼睛。他向火焰跪下、向城跪下、向废墟跪下、向军装跪下。他说："我还是，兵。"

仍然有人胡乱地脱着自己的军装。他却胡乱地往身上套着陌生的军装。一模一样的军装，几个小时以前，它们还在战壕里并肩作战。连日本人都愣住了，他们赶过来，端起枪，眯起眼，却忘记扣动扳机。终于他穿戴整齐。他甚至有时间整理一下衣襟。然后他"啪"地立正，向火焰和废墟行一个并不标准的军礼。

枪响，军装上多出两个圆圆的小洞。他号叫着伸手去捂，牙齿将舌头咬断。

他想捂住的不是鲜血，而是军装上的洞。

请求支援

你决定成为一名剑客，行走江湖。你认为时机恰好。

你的剑叫作残阳剑。这柄剑威力强劲，你可以同时斩掉十五名顶尖高手的头颅。你的独门暗器叫作天女针。你面对围攻，只需轻轻按下暗簧，即刻会有数不清的细小钢针射向敌手，状如天女散花。天女针一次可以杀敌八十，中针者天下无解。

靠着残阳剑和天女针，你打败了飞天燕，杀掉了钻地鼠，废掉了鬼见愁的武功。他们全是江湖上一顶一的高手，他们全是杀人不眨眼的黑道魔头。从此你声名大振，投奔者众多。

现在你拥有一支军队，占有一座城池。你的军队勇士五千，良驹八百；你的城池繁华昌盛，鸡犬相闻。

你不停地和道上的兄弟签署着攻守同盟。你还和神枪张三、铁拳李四、一招鲜王刀结拜成兄弟。你们肝胆相照，荣辱与共。不求同日生，但求同日死。

所有的一切都是那么美好。你招兵买马，筑固城池。似乎四分五裂的天下不久之后就将统一，你将成为万人瞩目的头领或者君王，你将拥有无涯江山、无尽财富、无穷权力、无数美女。你沉浸在难以抑制的兴奋之中，你常常会在梦里笑出了声。

可是，鬼见愁突然杀了回来。

其实，那天你并没有完全废掉他的武功。那天你有了小的疏忽。鬼见愁凭着多年的武功造化医好了自己，又用三年时间练就了一门邪道武功。现在他率精兵五万，包围了你的城池。

敌十倍于你，你并不害怕。因为你的勇士们个个以一当十。

你的五千勇士扑出了城。你试图将鬼见愁的五万精兵一举歼灭。你甚至想晚上就可以用鬼见愁的脑袋做成一个马桶。可是你很快发现自己犯下一个错误——鬼见愁的五万精兵，完全以死相拼。他们踏着同伴的尸体往前冲，极度疯狂。你砍断他的矛，他会用拳头打你；你砍断他的胳膊，他会扑上来撕咬你的咽喉；你砍断他的脖子，他还会在倒下去的一刹那，用脚踢一下你的屁股。尽管你的五千勇士个个骁勇善战，可是最后，他们不得不退了回来。

五千勇士，只剩三百。

鬼见愁精兵五万，尚有八千。

你关了城门，开始求援。

你给神枪张三飞鸽传书，让他速来救你。几天后你得到消息，神枪张三早被一无名剑客杀于某个客栈。

你千里传音给铁拳李四，让他速来救你。铁拳李四回话说："现在我也被围，自身难保，如何救你？"

你在城墙上放起求援的烟火，这烟火只有一招鲜王刀才能看懂。一会儿王刀放烟火回答你，他说："我正在攻城略地，无暇管你。你好自为之。"

无奈之下，你计划弃城。你已经管不了城里百姓的死活。现在你只想自己逃命。

夜里你率剩下的三百勇士突围。那是一场惨烈的战争。你挥舞你的残阳剑斩下无数头颅。你的天女针霎时消灭掉鬼见愁八十名贴身保镖。可是当你抬头，你突然无奈地发现，现在，你只剩下一名勇士，而鬼见愁，尚有精兵一百。

你的天女针已经射完最后一根钢针。现在它成了废物。

你的残阳剑已经卷刃并且折断。现在它还不如一把菜刀。

你和最后一名勇士逃回了城。鬼见愁甩手一镖，你的勇士就倒下了。倒下前他为你紧闭了城门。他忠心耿耿。

鬼见愁将城围起，不打不攻。他想将你折磨致死。

其实鬼见愁只剩士兵一百。你只需再有一把残阳剑，再有一管天女针，就可将他们全部消灭。可是现在你没有了武器，也没有了士兵，更没有了兄弟和朋友。你呼天天不响，叫地地不应。

等待你的，只有死路一条。

最后一刻，你终于想起了你妈。

你向你妈求援。

你妈六十多岁。

你妈是一位农民。

你妈连鸡都不敢杀。

你给你妈打电话，你说学校又要收学费了，五百块。你妈说，好。我马上照办。

你命令不了别人。你可以命令你妈。

你用这五百块钱给你的游戏卡充值。你重新为自己装备了残阳剑和天女针。你单枪匹马冲出城外,将鬼见愁和他的精兵杀个精光。

你保全了自家性命。你还可以行走江湖,招兵买马。

即使在虚拟世界里,最后一位给你支援的,也肯定是你妈。

陪你五分钟

五分钟能干什么事情？烧一壶开水，喝一杯咖啡，打一个电话，或者坐累了，站起来，活动几下筋骨，伸一个懒腰。五分钟太过短暂，很多时候我们认为，五分钟根本算不上时间——因为生命如此漫长，因为生活太过闲散，或者太过急迫。

五分钟是他陪父亲的时间。也许五分钟，也许，远不足五分钟。五分钟是他听父亲说的，可怜的父亲将时间夸长，又将他美化。

父亲年事已高，常常忘事。睡觉前他会忘记关上窗户，忘记脱掉袜子，或者忘记关灯。甚至，有一次，临睡前的父亲突然想喝茶，他去厨房打开燃气灶，才想起来水壶忘在卧室。他返回卧室，却又忘记了该干些什么。父亲就这样睡去，让燃气灶着了一夜。这是一个危险的信号，他认为自己有必要在临睡前检查一遍父亲的卧室。

检查。就像部队里的班长检查刚入伍的士兵，就像学校里的老师检查新入校的学生，他认为这跟“陪伴”相距甚远。他去到父亲卧室，不过想看看他是否关上窗户，是否关掉开关，是否将一杯开水放在床头。非常短的时间里，他坐在床头，与父亲闲聊几句，或者，为父亲再加上一条毛毯。然后，他替父亲关好房门，去客厅小坐片刻，或者去厨房看一下，就该睡觉了。他睡得很沉。他很累，很忙。也许五分钟对他来说，已经太过奢侈。

他真的很忙。大多时间里，他不在家里吃饭。一天里可以与父亲打上几个照面，然他们的交流直接并且简单。——醒了？醒了。——饿吗？不饿。——药吃了吗？吃了。——去上班？嗯。——又去上班？嗯。——还去上班？嗯。那也许是世界上最简短的交流，他与父亲都不是那种健谈和善于表达的人。

可是那一天，当他下班回来，他见到正在小区凉亭和一个老哥们喝茶聊天的父亲。父亲端着一杯茶，对他的老哥们说，我儿子每天至少陪我五分钟！

语气和表情里，都充满了令他心酸的自豪。

那一刻他忆想起童年。童年里，当他参加了学校的运动会，当他学会了弹琴，当他考到了好成绩，甚至，当他玩了一整天衣服却还干干净净，父亲都是这样的语气和表情。父亲喜欢在别人面前夸他，那是父亲最大的快乐。

童年里，他喜欢父亲陪着他。他喜欢钓鱼，父亲陪着他；他喜欢滑冰，父亲陪着他；他喜欢捉蚂蚱，父亲陪着他；他喜欢躺在床上盯着天花板发呆，父亲陪着他。那时候，一天里，父亲会陪伴他多长时间？五个小时？十个小时？二十四个小时？似乎，整个童年里，父亲无时不在。

然现在，当父亲老去，当老去的父亲如同童年里的他一样需人陪、需人照顾，当父亲不过希望他每天陪自己五分钟——仅仅五分钟，可怜的父亲便心满意足，便有了足以令自己自豪的资本。然而，哪怕仅有五分钟，他也不能够满足父亲。五分钟里，他东张西望，心不在焉。

他上前，跟父亲说，回家吧！他想拥抱父亲，终是没有。

可是那天，他是牵着父亲的手回家的。就像童年里，父亲牵着他。

亲爱的，特雷西

母亲为儿子找出了一件睡衣、一双拖鞋、两本书。想了想，又找出一个魔方。魔方是儿子最喜欢的玩具，即使闭上眼睛，他也能在极短的时间内将彻底打乱的魔方复原。

儿子二十二岁。儿子非常聪明。非常聪明的二十二岁的儿子顶上前线，母亲知道，那里需要的不是睡衣和拖鞋，而是钢盔和子弹。可是母亲还是希望这些东西对儿子有用——战斗与战斗的缝隙里，儿子可以穿上睡衣和拖鞋，然后倚着战壕，读两页书，或者，拧几下魔方。

母亲将这些东西装进一个纸箱。母亲在纸箱上写下：亲爱的，特雷西。旁边的女儿静静地看着母亲，说："您好像还忘记了哥哥的抱枕。"

"哦，抱枕。"母亲问："他会需要吗？"

"当然。"女儿说，"您给他寄去睡衣、拖鞋、魔方、他喜欢的书籍，您还可以让他睡得更舒适一些。"

母亲就笑了。她将纸箱重新打开，然后，去儿子的卧室取来抱枕。儿子的卧室整洁却又繁杂，墙壁上，贴满猫王、梦露和李小龙的照片。每天早晨母亲都会来到儿子的卧室，有时她知道儿子不在，而有时，她会忘记儿子已经开赴前线。她低唤着儿子的名字,她说:“该起床了,特雷西。”

抱枕太大,这让她不得不换了一个更大的纸箱。她想当纸箱寄达前线的时候,儿子也许在吃饭,也许在睡觉,也许在站岗,也许,他已经冲出战壕,身边的子弹,如同乱飞乱撞的蝗虫。她重新在那个纸箱上写下:亲爱的,特雷西。这时她看到一位穿着军装的士兵走进院子,身子挺得笔直,轻轻摁响门铃。

女儿跑过去。母亲的心,开始狂跳起来。

她听到士兵说:“我很遗憾……”

她听到女儿说:“你们一定搞错了!”

她听到士兵说:“我们也希望如此……”

她听到女儿发出撕心裂肺的声音。“哥!”

她听到士兵说:“对不起……”

母亲已经抱起那个纸箱。如果没人摁响门铃,此时的母亲,应该已经走出小院,走上大街。母亲的身体开始抖动,纸箱跌落到地上,人倒在椅子上。她用手捂住脸,整个人都在战栗。然后,很久以后,母亲站起来,重新抱起那个纸箱。

她挤过她的女儿。女儿坐在沙发上,手里捏着一张早已被泪水打湿的讣文。母亲扫了一眼,她看到那个令她日夜牵挂却是肝肠寸断的名字:

特雷西。

她挤过士兵的身体。她冲他凄然一笑。她说:“谢谢你。”

“请相信,我同您一样悲伤。”士兵挺挺身体。

母亲再笑笑,走出小院,走上大街。天气很晴朗,阳光很明媚,街上很热闹,城市很繁华。母亲抱着纸箱,一直走,一直走,一直走。终于她将纸箱重新放在桌子上,她对面前的士兵说:“我想给我前线的儿子,寄一个包裹。”

士兵看看纸箱上的名字,扭过头去,跟另一个士兵悄悄耳语。士兵转过头来,对母亲说:“您确定吗?”

母亲说:“是的。我想给他寄去一件睡衣、一双拖鞋、一个魔方、两本书,还有一个抱枕……”

“可是太太,我知道这很残忍,但我仍然想很遗憾地告诉您,您的儿子他……”

“别跟我说这些。”母亲低了身子,“求你,别跟我说这些。我只想给他寄一个包裹:一件睡衣、一双拖鞋、一个魔方、两本书,还有一个抱枕……”

士兵盯着母亲,母亲一头白发,一袭黑衣。士兵咬了咬嘴唇,说好。“好的,您可以再检查一遍您儿子的名字。他是叫特雷西吗?”

“特雷西。亲爱的,特雷西。”

士兵收下纸箱,在一份表格上恭敬并且郑重地写下:亲爱的,特雷西。士兵抬起头,立正,然后,对素不相识的母亲,缓缓地行一个标准的军礼。

请参观我的花园

“请参观我的花园吧。”女孩说，这是世界上最漂亮的花园。这是花园的栅栏，栅栏上爬着的那些牵牛花儿，都是我亲手播下的种子。栅栏很低，这样行人即使站在街上，也可以看见花园里的鲜花。你知道栅栏外边开着的是什么花吗？你当然不会知道。是金银花！难道你没注意吗？一黄，一白；一金，一银。是我春天时栽下的，想不到这么快就开了花……

“我带你进花园里看看吧。”女孩说，“你慢慢看，这个花园大着呢。你跟住我，沿着卵石小路走，千万小心长着尖刺的蔷薇枝。你还要小心蜜蜂，这个季节的蜜蜂是最多的。当然，只有花开得多，开得好，开得香，才能引来成群的嗡嗡叫的蜜蜂……你知道这丛金黄色的是什么花儿吗？是四季菊！人们说四季菊只能栽在花盆里，我却成功地将它们移到了花园……”

“这棵树叫作合欢树。”女孩说，“你认识合欢树吗？你读过作家张贤亮的《绿化树》吗？我在收音机里听过。那里边说的绿化树，就是合欢树。你来得晚了，没赶上它开花。如果早几天来，早上十天，或者早上半个月，你就能看到它粉红的像绒毛一样的花儿。花开得很盛，堆着，挤了满树，就像撕了一片晚霞铺到树上，哪怕离花园很远，你也能闻到甜丝丝的花香。合欢花，又叫马缨花……”

“这棵树你肯定认识。”女孩说，“是的，这是桃树。这棵桃树是我从乡下带回来的，一开始它只是一棵树苗，又瘦又小。你知道这是什么桃树吗？是扁桃。你看到树丫上的桃子了吗？是扁的，不大也不红。但是非常甜呢。你要不要尝一个？你应该尝一个的。你知道扁桃又叫什么桃吗？叫蟠桃！我猜你肯定大吃一惊吧。当年孙猴子看守王母娘娘的蟠桃园，看的就是扁桃。所以你千万别小瞧我这个花园，有王母娘娘的蟠桃呢……”

“知道这几棵是什么花吗？”女孩说，“你说对了，都是玫瑰花。这是红的玫瑰，这是紫的玫瑰、黄的玫瑰、白的玫瑰……知道一天里什么时候玫瑰花最漂亮吗？当然是早晨。早晨，花苞上还沾着露珠，花瓣好像是透明的，早起的蝴蝶在花苞上跳起舞，淘气的猫咪在花丛间扑着蝴蝶……玫瑰是爱情的象征吧？等我长成穿着白裙的大姑娘，我想会有一位很帅的小伙子送我大红色的玫瑰花……”

“你再看看这边，”女孩说，“这边的花儿更多。江斯蜡、鸡冠、夜来香、巴西红、老来娇、太阳花、一串红、石榴……这边还有一棵无花果树。你知道吗？无花果树是世界上唯一一种一年结两次果实的果树呢。无花果成熟了，外面仍然是绿的，里面却早已红艳艳了。熟透了，就会裂开一点点，你站在树下，满树的无花果都在朝着你笑……”

“我的花园还不错吧？”女孩说，“很多人对我说，这是世界上最漂亮的花园。我让你看了花园里所有的树、所有的花，你肯定很高兴，是吧？看看，你的嘴都笑歪了。当然这是不能白看的，你知道，每天我都要给这些花花草草施肥、浇水、喷洒农药……我为这个花园付出了辛勤的劳动……给多少钱？你看着办，多一些，少一些，都行。你放心，我从不乱花钱，我会把这些钱存起来，等我弟弟上了大学，给他用……你小心别被这些蔷薇枝扎伤了腿……好了，现在我们关上栅栏门……"

男人微笑着，从口袋里掏出十块钱。"非常感谢你，"他把钱递给小女孩，"这的确是我见过的最漂亮的花园。并且我相信，你的花园会一天比一天漂亮……"

男人跟女孩道别，走向不远处等候的女儿。女儿不高兴地噘起了嘴巴，说："整条街都知道她是疯子，你竟还给了她十块钱……"

男人冲女儿笑笑说："刚才她真的很快乐呢。"

女儿问："她的快乐非常重要吗？我在这里，等了你将近半个小时……"

男人说："当然，她的快乐非常重要。尽管她是疯子，可是她和你一样，不过是一位小女孩……更何况，她用了半个小时的时间，给了我一个非常漂亮的花园……"

远处的女孩，安静恬淡，脸上遍洒阳光。她的膝盖上放一张卷了毛边的纸，纸上胡乱地抹涂着一些简单的线条和各种杂乱无章的颜色。在那上面，你根本分不清哪些是树，哪些是花，哪些是蜜蜂，哪些是栅栏……

第二辑

沉默的子弹

他转身，枪没有响。他将粮袋背到身上，枪没有响。他戴上头盔，枪没有响。他一步步接近灌木丛，枪没有响。他将一只脚踏进灌木丛，枪没有响。突然，他认为该给潜伏的狙击手留下一点东西——饼干、罐头、巧克力、烈性酒、钞票……什么都行。枪手放过他，等于救下他。他毫无戒备地将手伸进怀里。枪响了。

寻找一处桃源

寻找一处桃源，一处宁静和恬淡的所在。

那里该有一片桃林，春天时扬起一簇簇粉红。那些桃树应该古老，长着老者的筋骨和白髯。那些桃树又应该年轻，结出少女般娇艳的果实。桃林近处会有一口水井，青石砌成井台，苔藓爬上脚板。那井里会有一只绿色的青蛙，睁着明澈的眼，唱着响亮的歌。

该有一处房子。涂有红色或蓝色的漆，不大，却很精巧。有尖尖的挂着阳光的屋顶，有直直的散着炊烟的烟囱。房前会有一个篱笆，外面是开满油菜花的田野，里面是开满玫瑰花的小院。田野里会有一条羊肠小路，路边会有几棵白桦树或者香樟树。玫瑰园里会有一把躺椅，一条土黄色的狗趴在那。狗吐着粉红色的舌头。躺椅轻轻摇摆着。

不远处当然会有草地。清晨的草地是凉的，挂着露珠；夜里的草地是暖的，散着温香。草地散着或甜或苦的气息，走上去，或坐上去，或跑两下，或躺下来，都是一种至高的享受。甚至可以把饭桌搬到这里，甚至可以不搭帐篷露宿。没有人在意你或干扰你，你所做的一切都是自由的。

远处有山。山是很绿的那种。山上会有松树，有知了和野兔，有蘑菇和美丽的石头，有山鸡蛋和小虫的啾鸣。那山也是属于你的，因为这是一处桃源。

没有电话和网络，没有信件和明信片，没有公交车和出租车，没有信用卡和小区保安。在这里你会享受从肉体到心灵的最充分的自由，似乎全世界只剩下你。

你当然向往有这样一处桃源。你迫不及待地奔向你的桃源。我知道你厌倦了世俗，你渴望恬淡和宁静，安逸与自由。

你会在这里住一天，住两天。住一个月，住两个月。住一年，住两年。可是我还知道，你不可能在这里住一辈子。因为终有一天你会厌倦，就像厌倦世俗般厌倦桃源。

是的，这里有桃林。可是桃林里不仅有桃花，还会有害虫。那口水井里可能根本没有水，或者，即使有，也被那只可恶的青蛙搞脏。

你的房子，夏天可能漏雨，这需要你不停地补修。冬天它可能奇冷，你在屋子里升起一团火，浓烟将你的脸呛黑。还有草地。草地上当然有鲜花、有蝴蝶，可是草地上还会有蚊虫，有毒蛇。山上有野兔和鸟蛋，还会有蝎子和野兽。总之，你的桃源并不只有美好，你的隐居，更似探险。

这种探险是异常艰苦的。你喝的水，需要自己去挑；你吃的面，需要自己来磨；你喝的酒，需要自己来酿；甚至，你住的房子，也需要自己来盖。你寂寞了，不会有人陪你聊天；你生病了，不会有人前来探望。那是真正接近于原始的生活。那种生活，对心灵，或许是一种净化，但对身体，无异于一种折磨。

很多人经历过这种生活，比如陶渊明，比如梭罗。我相信他们是快乐的，这种快乐恰好跟生活的艰辛成正比。我更相信大多数人，绝大多数人，根本不可能忍受这种艰辛。把桃源当成度假胜地可以，但要定居，需要很大的勇气。

其实陶渊明和梭罗的桃源，也并不彻底。那还不是真正的桃源，即使他们把自己隐藏起来，仍然算不上真正的隐居。他们有书籍、有猎枪、有朋友、有聚会，他们偶尔或者经常遭受打扰。他们跟市井和世俗仍然有着千丝万缕的联系，他们做不到完全隔离。

我指的是，一个被世俗浸淫过的人，根本不可能回归桃源。即使你可以回归苦难。即使你抛开书籍和猎枪、朋友和聚会。或许肉体可以，但精神不可以；或许形式可以，但本质不可以。我们永远不知道真正的桃源在哪里，也许可可西里或者非洲丛林真有那样一处人类未曾到达的地方，但假如我们知道，假如我们过去，那里便再也不是桃源。那里变成现代社会的一角，它跟现代社会唯一的不同之处在于，那里的生活，接近于原始。真正的桃源是不存在的。那只是一个传说。

那么，到底有没有桃源？我说，有。

真正的宁静，或者回归，我认为，不是寻一处地理意义的桃源，而是寻一处灵魂意义的桃源。那是一片虚幻的桃源，它藏在你心，由你构建。所以，每个人的桃源，其实都不一样。你的桃源是一片草场，一座青山；他的桃源，或许仅仅是一栋木屋，几句诗行。你生活在城市里，走在大街上，坐在办公室里，躲在咖啡馆的某个角落，只要心中藏一处桃源，那么，无论你在干什么，无论你在哪里干什么，你都是陶渊明或者梭罗，甚至，你比他们更加彻底和高明。那是由你构建的真正桃源，那是灵魂的桃源。那里只有宁静和美好，没有阴暗与艰辛。你是那里至高无上的国王，或者与世无争的农夫。

其实，寻找一处桃源，就是寻找你的内心。

沉默的子弹

不过一束光，他就知道，生命不再属于自己。

光暗淡，微弱，灰白，转瞬即逝。他正掬一捧水，水送至嘴边，光悄悄划过他的眼睛。他愣住、呆住、僵住、冻住，不敢蹲下，不敢趴下，不敢逃走，甚至，不敢呼吸。他知道那是瞄准镜反射的光芒。狙击步枪的瞄准镜，冷酷并且精确。

他能够想象瞄准镜后面的眼睛。眼睛扣上瞄准镜，他的眉心即刻与十字中心完美地重叠。现在，草丛间隐藏的狙击手随时可以将手指轻轻一勾，让他在瞬间死去。

甚至来不及挣扎，来不及惨叫。甚至来不及颤抖或者抽搐。他似乎看见子弹从草丛里蹿出，冲开稀薄的空气，螺旋状飞行，将他的眉心刺出一个圆圆的小孔。小孔散出淡淡的青烟，一缕金黄的阳光从小孔里灵巧地穿过，然后，照上枪手仍然冷峻的脸。

恐惧排山倒海，将他吞噬。他弯着腰，不敢动。

其实他有两个选择：其一，他一个鱼跃，扑向并且抓起旁边的步枪。填满子弹的步枪被扔在两米以外，两米距离，半秒钟足矣；其二，他一个侧翻，滚向并且逃向与步枪相反的方向。那里有一个茂盛的灌木丛，那些灌木或许可以救他。可是他没有动。他权衡很久，终于放弃。他知道不可能成功——他知道草丛里的狙击手绝不会给他任何机会——这样的距离，瞎子也不会射偏。

他在丛林里度过半个多月。半个多月时间里，他连睡觉都睁着眼睛。每一秒钟他都高度警觉和戒备，头盔压得很低，手指扣紧扳机。他趴在河边的灌木丛里观察很久，直到确信这里就像自家院子一样安全。然后他走出来，卸掉步枪、卸掉干粮、卸掉水壶、卸掉头盔。他需要喝点水，吃点干粮。他需要让他的呼吸变得轻松。他需要让他的心脏正常跳动。他需要将紧绷的神经，放松片刻。

于是他成为靶子、成为羊、成为猪、成为死去的士兵。百发百中的步枪近在咫尺，此时却更显多余和滑稽。是的他仍然是兵，只不过他是死去的兵。暂时还活着的死去的兵。这想法令他绝望和悲伤。

他不知道他们对峙了多久。一分钟？一小时？还是一个下午？他弓着身体，捧着两手，如同在向看不见的敌人讨求一片饼干或者一颗子弹。当死亡被无限抻长，当死亡带来的恐惧被无限抻长，就等于经历过很多次死亡。似乎真是这样，一分钟、一小时或者一个下午，年轻的兵在意念里被他的敌人射杀过多次。每一次他都闭了眼睛，每一次他都没有倒下。然枪手的枪，迟迟没有响起。

突然他很想坐一会儿。终是一死，为什么不能舒服一些呢？为什么不能早一些呢？甚至，为什么不能试试运气呢？他慢慢放下双手，草丛不见动静；他慢慢往旁边挪一步，草丛仍然不见动静；他一点一点蹲下，草丛还是不见动静。坐上石头的那一刻他流出眼泪——滚烫的石头带给他前所未有的舒适感和幸福感。

枪手迟迟不肯将他射杀，这说明，或许，枪手根本不想将他射杀或者他根本不值得枪手射杀。然他仍然不敢拾起步枪。他深知步枪对他意味着什么，对潜伏的枪手意味着什么。他试探着抓起干粮袋，又试探着从干粮袋里拿出饼干。枪没有响。他从小河里掬起一捧水，又试探着将那口水喝下。枪没有响。他笑了。他知道现在，只要不去碰枪，他完全可以从容地离开。他向草丛举起两手，向一颗沉默的子弹举起两手。他高举两手退向岸边，又冲草丛做一个滑稽可笑的鬼脸。他再一次看到那束光——只有当瞄准镜轻轻晃动，那束光才会出现——他知道枪手被他逗笑。

他转身，枪没有响。他将粮袋背到身上，枪没有响。他戴上头盔，枪没有响。他一步步接近灌木丛，枪没有响。他将一只脚踏进灌木丛，枪没有响。突然，他认为该给潜伏的狙击手留下一点东西——饼干、罐头、巧克力、烈性酒、钞票……什么都行。枪手放过他，等于救下他。

他毫无戒备地将手伸进怀里。枪响了。

嗨，迈克！

迈克得了一种罕见的病。他的脖子僵直，身体僵硬，肌肉一点一点地萎缩。他的病情越来越重，最后完全失去了自理能力。他只能坐在轮椅上，保持一种固定且怪异的姿势。他只有十四岁，十四岁的迈克认为自己迎来了老年。不仅因为他僵硬不便的身体，还因为，他的玩伴们，突然对他失去了兴趣。

母亲常常推着迈克，走出屋子。他们来到门口，来到阳光下，背对着一面墙。那墙上爬着稀零的藤，常常有一只壁虎在藤间快速或缓慢地穿爬。以前迈克常盯着那面墙和那只壁虎，他站在那里笑，手里握一根棒球棒。那时的迈克，健壮得像一头牛犊。可是现在，他只能坐在轮椅上，任母亲推着，穿过院子，来到门前，靠着那面墙，无聊且悲伤地看面前三三两两的行人。现在他看不到那面墙，僵硬的身体让那面墙总是伫立在他身后。

十四岁的迈克曾经疯狂地喜欢诗歌。可是现在，他想，他没有权利喜欢上任何东西——他是一位垂死的老人，是这世间的一个累赘。

可是那天黄昏，突然，一切突然发生了改变。

照例，母亲站在他的身后，扶着轮椅，捧一本书，给他读一个又一个的故事。迈克静静地坐着，心中盈满悲伤。这时有一位美丽的女孩从他面前走过——那一刻，母亲停止了朗诵。迈克见过那女孩，她曾和自己就读同一所学校。只是打过照面，他们并不熟悉。迈克甚至不知道女孩的名字。可那女孩竟在他面前停下，看看他，看看身后的母亲。然后，他听到女孩清清脆脆地跟他打招呼："嗨，迈克！"

迈克愉快地笑了。他想，原来除了母亲，竟还有人记得他的名字。并且是这样一位可爱漂亮的女孩。

那天母亲给他读的是霍金。一位杰出的物理学家，一位身患卢伽雷氏症的强者。他的病情，远比迈克严重和可怕百倍。

那以后，每天，母亲都要推他来到门口，背对着那面墙，给他读故事或者诗歌。每天，都会有人在他面前停下，看看他，然后响亮清脆地跟他打招呼："嗨，迈克！"大多是熟人，偶尔，也有陌生人。迈克仍然不能动，仍然身体僵硬。可是他不再认为自己是一个累赘。因为有这么多人记得他，问候他。他想这世界并没有彻底将他忘却。他没有理由悲伤。

几年里，在母亲的帮助下，他读了很多书，写下很多诗。他用微弱的声音把诗读出，一旁的母亲帮他写下来。尽管身体不便，但他果真过得快乐且充实。后来他们搬了家，他和母亲永远告别了老宅和那面墙。再后来他的诗集得以出版——他的诗影响了很多人——他成了一位有名的诗人。再后来，母亲年纪大了，在一个黄昏，静静离他而去。

很多年后的某一天，他突然想给母亲写一首诗，想给那老宅和那面墙写一首诗。于是，在别人的帮助下，他回到了老宅的门口。

那面墙还在。不同的是，现在那上面，爬满密密麻麻的青藤。

有人轻轻拨开那些藤，他看到，那墙上，留着几个用红色油漆写下的很大的字。那些字已经有些模糊，可他还是能够辨认出来，那是母亲的手迹：

嗨！迈克！

一路阳光

那排双人座上坐了一位老人和一位年轻人。老人的脸上皱纹拥挤,年轻人的脸上长满粉刺。他们是一起上车的,年轻人小心地搀扶着老人,微笑着,让她坐在靠窗的座位。车子马上就要启动,老人打开窗子,把头伸到窗外张望。乘务员对年轻人说,让你妈把车窗关上吧,要开车了,那样危险。年轻人于是轻轻推推老人。老人不好意思地笑了笑,关上了窗子。她靠着椅背,很快打起了盹儿。

车子驶出车站,在土路上颠簸。车厢里很快挤满了人,车子被挤得几乎变了形状。有人提着鼓鼓囊囊的旅行袋,有人扛着脏兮兮的蛇皮口袋,有人抱着色彩鲜艳的纸壳箱,甚至有人在手里拿了钓鱼竿和新买的拖把。车厢里也许是世界上最复杂最拥挤的空间。何况,要过节了,似乎所有人都着急赶回家。

年轻人承受着拥挤,端坐不动。他的姿势有些别扭,细看,才知是因为老人。老人睡得安静和香甜,脑袋歪在年轻人的肩膀上。车不停地晃,年轻人用一只胳膊支撑着座椅,努力保持上半身的静止。看得出来,他所做的努力,只为身旁的老人能够睡得更舒服一些。后来他干脆将一只胳膊护在老人面前，以防有乘客不小心撞到老人，或者他们手里的钓鱼竿和拖把突然碰上老人的身体。年轻人做得小心翼翼，他像保护一个孩子般保护着老人。

乘务员挤过来，年轻人掏出钱，买了两张车票。乘务员看了他的样子，说："您可真是孝顺。"年轻人笑一下，不说话。他费力地将找回的零钱揣进口袋，上半身仍然静止不动。老人灰白色的头发被风吹乱，粘上他淌着汗水的脸。于是他冲前面的乘客轻轻地说："劳驾关一下窗子。"他指指身边的老人说，"她睡着了，别受凉。"

车子一直往前开，车厢里的人越来越少。有那么几次，年轻人似乎想推醒身边的老人，他把手一次次抬起，又一次次放下。终于，年轻人在一个小站推醒了老人。他对她说："我们到了。该下车了。"

他扶着似乎仍然停留在睡梦中的老人，慢慢下了车。车子继续前行，将他们扔在小站。

老人看着离去的公共汽车，忽然想起了什么。她问："我好像还没买票吧？"年轻人笑着说："车已经开走了，您现在不用买票了。"老人说："这怎么好？刚才，我一直在睡觉吧？"年轻人微笑着点头，他说："是，您一直在睡觉。"老人说："我记得上车时，你说你在东庄站下车，你坐过了两站吧？"年轻人说："是这样。不过没关系，我再坐回程的车回去就行。或者我还可以走回去，反正也不远。"老人问："你怎么会坐过站呢？你也在睡觉？"年轻人继续着他的微笑。他点点头说："是的。刚才我也在睡觉。好在您没有坐过站。"

老人向年轻人道别，踅上一条小路。年轻人大声问是否需要帮忙。老人说不用了，五分钟后就能赶回家。年轻人问老人是要回老家过节吗，老人说是的。老人的闺女在城里，儿子还在乡下老家。老人站在阳光下，一边说一边笑。她没有办法不笑。五分钟后，她就能够见到日夜思念的儿子。

年轻人一个人站在站牌下，等待回程的公共汽车。阳光照着他生机勃勃的脸，透进他的内心。他感到温暖并且幸福。

两只小蜜蜂，飞在花丛中

他十二岁了，却还读着小学二年级。他不能连贯地读出课本上任何一句话，不能计算出两位数以上的加减法。换句话说，他是傻子。

和别的傻子不同，他从来不笑。对一个孩子来说，不笑，代表他不快乐。好像他没有笑神经——他是一个忧郁的傻子。

学校领导几次找来他的母亲，商量她能不能把孩子领回家。他说："您儿子极可能读一辈子小学二年级……能不能把他带回去。"每到这时，那个头发蓬乱的中年妇女就会紧张得语无伦次。她说："让他留下吧……就算他一辈子都读二年级……我相信他会变聪明的……就算一辈子这样我也认了……一辈子读二年级我也认了……求你们，留下他。"学校领导说："我们已经很尽力了，可是他连笑一下都不会。"她说："没关系，笑不笑都没关系，只要你们能够留下他，让他继续读书。"她的表情固执并且卑微。她的执着让人不忍拒绝。

他就继续读小学二年级。仍然念不成完整的句子，仍然不会计算两位数以上的加减法。并且，从来没有人，看见他笑过。

那个女教师终于决定，和他的母亲，做一次长谈。她是他的班主任。她想他这样下去毫无用处,不过是时间和金钱上的浪费罢了。也许,让他时时守着自己的母亲,会是一种较好的选择。她一路打听,来到了他的家。他的母亲轻轻开了门,把她让进屋子。母亲给她倒一杯水,抱歉地说:"您坐一会儿,我先把他哄睡。"

那是怎样的一个家啊!接近于徒有四壁。只有两间屋子,阴暗潮湿,散发着难闻的异味。他的床,只能安在客厅的位置。屋里没有男人用的东西,很明显,这是一个单亲家庭。他已经躺下,盖一床破棉被。却睁着眼,表情严肃。在家里,他也不会笑——年轻的女教师,有一种深深的绝望。

母亲坐在床头,轻轻抚摸着他的头。他看着母亲,似乎在等待什么。于是母亲清清嗓子,轻轻唱起来:"两只小蜜蜂,飞在花丛中,飞啊飞啊。"她的声音沙哑。她的歌声没有丝毫的美感和感染力。可是年轻的女教师却惊奇地发现,他竟笑了!这个从来不会笑的傻子,因为这样一首歌,竟笑了!母亲没有停下,继续轻轻哼着,两只小蜜蜂,飞在花丛中……他继续咯咯笑着,表情快乐无比。

……母亲的声音慢慢舒缓下来,他的表情也渐渐平静下来。从兴奋,一点一点归于恬静。终于,他睡着了。只有睡梦中的他,脸上才挂着孩子应有的单纯的笑容。

母亲一边为他掖好被角,一边说:"只有听到这首歌,他才会笑,才肯睡觉……他一生下来,就是傻子……那时他爸还在,那时他才两岁……一次喝酒,他爸抱着他,唱了这歌,他就笑了……于是我学会了这首歌……如果他永远是傻子,那么,我就永远给他唱……也许,这世上,只有这首歌,他才能够听懂吧。"

母亲问:"您来,是劝他退学吧?"

女教师说："不是。我来，是想让您，教我唱这首歌。"

第二天，上课的时候，女教师对全班的孩子说，今天，我来教你们唱一首歌。

然后，她就轻轻地唱起来：两只小蜜蜂，飞在花丛中，飞啊，飞啊……

父亲的秘密

假期里，父亲和他八岁的儿子，去森林里游玩。他们往密林深处不停地走，不知不觉迷了路。四周的古树遮天蔽日，像一只巨大的笼子将他们困在中间。父亲背起疲惫的儿子，试图走出去。可是他无奈地发现，自己能够做的，只是每隔一段时间，重新回到原地。

那里有一个废弃的木屋。木屋里也许住过守林员，也许住过伐木工人，现在它空着，破烂不堪，仿佛随时可能倒塌。可它毕竟是一间屋子，这能够为父子俩增加一些安全感。晚上他们挤在里面，生起一堆火。外面传来野兽的叫声，似乎距他们很遥远，又似乎近在咫尺。儿子呜呜地哭起来，他问他们会不会死在这里？父亲用力拍拍他的肩膀。父亲说："不怕，我们会走出去的。"

可是第二天，他们仍然围着木屋不停地画着圈子。让父亲稍感欣慰的是，木屋外面有一口水井，水井里面有干净的水。他小心地踩着井沿的缝隙下去，用随身携带的军用水壶，打上一壶水。可是他们已经没有任何可吃的东西，恐惧的乌云笼罩了他们。

第三天，父亲放弃了那种徒劳的尝试。他对儿子说："这里有木屋，有水井，就很有可能是一些路过者的临时驿站。我们只要等在这里，就肯定会遇到人……你留在这里等我回来，我到附近找些吃的。”儿子问附近有什么吃的，父亲就笑了，他说：“森林里还能饿死人吗？你难道忘了野生蘑菇很有营养吗？”他为儿子打上一壶水，然后一个人离开木屋。他一边走一边回头对他的儿子说：“守着屋子，千万不要乱走……等我回来，我们一起吃晚饭。”

父亲并没有马上去寻找蘑菇。他把衣服撕成布条，系在木屋周围的树干上。系完，仔细检查一番，调整了几个布条的位置。他想这样如果有人经过，就会发现这些布条，再发现小屋，再发现小屋里的他们，并将他们带出森林。他想这可能是他们唯一的机会，他不敢有丝毫马虎。

那天父亲很晚才回来，他采回了一小把蘑菇。虽然仍然走不出去，虽然仍然没人发现他们，可是有了蘑菇，他们就有了活下去的希望。儿子问：“这蘑菇不会有毒吧？”父亲说：“不会……在走出去之前，我们天天喝鲜蘑菇汤。”儿子问这附近蘑菇多吗？父亲说不多，也不少。儿子说明天他也去采。父亲说不行，要他守在这里，万一有人经过怎么办。他们的目的是走出森林，不是在这里吃蘑菇宴。父亲朝儿子做一个鬼脸，儿子发现父亲的脸，有些浮肿。

父亲一连出去采了三天蘑菇。他出去的时间一天比一天长，采回的蘑菇却一天比一天少。每一次回来，他都是筋疲力尽，脸色蜡黄，完全大病初愈的样子。儿子问父亲怎么了，父亲说没事，有些累。儿子害怕地哭起来，他说：“爸爸，我们是不是真的走不出去了？”父亲说：“不会的，只要我们坚持住，就会有人发现我们……你别动我再去打一壶水来。”

第二天果真有人经过。是一位猎人。是父亲的布条把他引到了小屋。猎人把他们带出森林，他们再一次回到了城市。那以后，每次谈起这次经历，父子俩仍然心有余悸。

家里的饭桌上，从此没有蘑菇。甚至，儿子说，哪怕在菜市场见到了蘑菇，他都想吐。

可是时间会改变一切。十几年过去，有一天，儿子回家时，竟提回一小袋蘑菇。他告诉父亲，这是真正的野生蘑菇，是近郊的农民在大山里采的，刚才在街边叫卖，他看看不错，就买来一袋。"十多年没吃蘑菇了吧？"儿子对父亲说，"我想您可能都忘记蘑菇是什么味了。"

父亲笑笑，没说话。他似乎对蘑菇并不反感。

父亲把蘑菇倒在水池里仔细清洗。突然他低下头，从那些蘑菇里挑出两个，扔进旁边的垃圾桶。儿子问爸："您干什么？"父亲说："这两个蘑菇，有毒。"

"有毒？"儿子怔一下，"您怎么知道？"

父亲狡黠地笑了。他说："还记得十几年前我们的那次历险吗？那三天的时间里，我可能，尝遍了世界上所有的蘑菇……你当然不会知道，这是我的秘密。"

一簇塑料花

注意那个男人已经很久了，他穿着洗得发白的中山装，消瘦，修长，背微驼，戴一副无框眼镜。只看长相和穿着，他应该是某个单位的领导或者某所大学的教授，然而，他却靠捡垃圾为生。

我发誓绝对没有瞧不起他。我只是心生纳闷，这样一位男人，做什么不可以呢？——也许有些卑微是自己寻来的，也许有些人，天生就喜欢有些卑微的生活。清淡，忙碌，与世无争，朝不保夕。可是对他来说，这怎么可能？

从第一次见他，他就穿着中山装，冬天过去一半，他仍然穿着那件中山装。奇怪的是他的中山装虽然很旧，却总是洗得干净，甚至带着叠压的褶皱。这让我怀疑他有至少两件完全相同的中山装轮流来穿，或者，在晚上，他将衣服洗干净，想办法烘干，再小心地折叠起来，然后，第二天早晨，认真地穿上……

他常常在清晨来到这个小区，骑一辆虽然破旧却擦得锃亮的三轮车，手持自制的铁耧。他站在垃圾筒边仔细地翻找和挑拣，目不斜视。他做的是一件卑微的事情，却总感觉他在从事一项伟大的事业，从他的脸上你看不到任何卑微和渺小，只有专注和敬业。

后来听朋友说，以前，他真的是一位老师。不过不是教授，只是一位小学民办教师，学校在大山里，他的工资极低。后来那个学校撤掉，他就进了城。他有一个读大学的女儿，他一个人靠捡垃圾供她读书，生活的艰难可想而知。问他为什么不做别的，他说我一介秀才，能做什么呢？朋友讲到这里时，加一句感慨：“百无一用是秀才啊！”听得我心里很不舒服。朋友接着说他还写得一手好字，常常把捡来的没有用过的纸张订成本子，练习他的硬笔书法。问他练书法有用吗？他回答说没有用。没有用，仍然要练。有人见过他写的字，说他用过的每一张纸，都可与字帖相媲美。

我没有见过他写的字。我怀疑那是朋友的夸张。可是他正在被这个社会丢弃，并且愈来愈彻底——这毋庸置疑——他空有一身武艺，却毫无用处。

那天收拾衣柜，翻出几件虽然很新却不能再穿的衣服，心想反正留之无用，不如送给他好了。找一个大纸袋将衣服装好，下楼，站在健身场上等他，远远见他来了，忙把纸袋放进垃圾筒，再返回健身场装模作样地压腿。我见他弯腰拾起那个纸袋，打开看一下，又扭过头看看我，目光中充满不解。我赶忙逃掉，像做过一件亏心事般紧张。

大约两分钟后，他敲开我的房门。他抱着那个大纸袋，问我：“这是您放进垃圾筒里的吗？”

我说：“是的。是一些我不能再穿的衣服……我近年胖了……衣服没有用了……”

“哦，这样。”他笑笑说，“您确定要丢弃它们吗？”

我说确定。

他笑一笑，转身离开，没有再说一句话。他的中山装洗得发白，他有了白发，他的背影微驼。

第二天上午，他再一次敲开我的房门。首先映入眼帘的，是很大一簇花。塑料花，完全用废弃的方便面包装袋扎制而成。每一朵花、每一片花瓣都充分利用了塑料袋上原有的颜色和图案，缤纷绚烂，几乎能够以假乱真。男人的脑袋从花束后面伸出来，冲着我笑。

“送你的花。”他说，“我亲手扎的。”

“你亲手扎的？”我惊讶不已。

“是啊，以前教过的一个孩子教给我的。”他说，“当心情烦闷时，我就用捡到的方便面包装袋扎些花，然后送给帮助过我的人……我没有好东西送你，我只有塑料花。”

他扎得非常棒，似乎那些塑料花正在悄悄开放，散发出一缕缕的清香。真想不到这个戴眼镜的男人竟会有这样灵巧的手和这样细敏的心思，竟能让人们随手丢弃的废品，重新焕发出新的生命。

那么，这个男人，这个被人们认定为被世界丢弃的男人，也正焕发着新的生命吧！

那天我们聊了很多，男人却站在门口，死活不肯进来。最后他说，等他女儿大学毕业，他就再回乡下找一份教书的工作。他不管钱多钱少，他只是喜欢那个职业。他相信自己能够找到。因为，即使现在，他也一直没有放弃他的教本。

现在做这些，全是因为女儿。他有些无奈地说：“我得多挣些钱。”

他送我的那簇塑料花，至今，仍然盛开在我的茶几上。昨天突然接到他的电话，说他已经开始上课了，不过不是乡下，而是本市一所很有名的学校。他还告诉我，两年前我送他的衣服，他一直没有穿，但他肯定会好好保存。

他真的有两件一模一样的中山装。他并不需要那些衣服。当时他微笑着接受,只因为,他不想让我难堪。

在那段日子里,其实,试图帮助他的,远非我一个人。很多人都送过他东西,用的多是一种悄悄的方式。这些东西,有些用得上,有些用不上,他的回赠,永远是一簇塑料花。他说世界并没有完全将他丢弃,这么多人没有用一种令他不快的施舍方式偷偷地帮助他,就是证明。

还有什么话可说呢?我只能祝贺他。我只能祝福他。一个被人们认定彻底被丢弃的男人,竟然在他最艰苦的日子里,满怀信心地扎出一朵又一朵、一簇又一簇美丽芳香的塑料花,并努力维系着类似我这样的很多个陌生人的自尊。这样的男人,他的生命颜色,他的生命硬度,都远比我们优秀。

似乎这世上,真的没有人任何人和任何事,可以彻底丢弃任何一样东西。即使它们被丢弃,只要颜色还在,只要信念还在,只要爱与善良还在,终有一天,都会绽放出新的生命。

就像塑料花。就像他。

天籁之声

男孩迷上小提琴。如醉如痴。

每天他都站在小区花园的一棵馒头柳树下面，将小提琴拉出杀鸡般的声音。有路人经过，便陡然皱起眉头。这噪音令他们的头发根根竖立，让全身落满密密麻麻的小疙瘩。他们的表情让男孩伤心不已，于是他把练琴的地方，挪到自家阳台。

仍然吵。或尖锐或沙哑的声音刺透清晨或者黄昏，折磨着每一个人的耳膜和神经。受不了了，就过来敲门，求他不要再拉，求他的父母管管他。他们说艺术需要天赋，既然他没有天赋，就算再拉下去，也不过浪费时间罢了。他们的话让男孩伤心欲绝，咬着嘴唇关紧门窗。

于是每个夜里，房间里总是回荡着令人不堪忍受的杀鸡或者挫锯的声音。那声音让父亲无法集中精神读完一页书，让母亲无法安心看完一集电视剧，更让他神经衰弱的奶奶，夜夜心脏狂跳不止。父亲想这样可不行，得给他找一个真正不打扰别人的地方。

地点选在一个偏僻的公园。虽然偏僻，但毕竟还有三两游人，而待琴声响起，那些游人，立刻消失得无影无踪。

男孩的自尊心和意志力被一点一点地蚕食。好几次,他动了摔琴的心思。

可是那一天,练琴时,偶然遇见一位老人。老人静静坐着,手跟着他的琴声打着明快的拍子。当一曲终了,老人甚至送给他一个微笑。一瞬间他有受宠若惊的感觉。他想莫非他的琴声变得悦耳了?回去,站在小区里,琴弓刚刚滑动,路过的行人便一齐皱了眉头,匆匆逃离。

他不解,在公园里偷偷询问别人。别人说那老头是个聋子啊!几年前开始耳背,越来越厉害,现在,几乎听不到任何声音。男孩刚刚鼓起的信心再一次受到打击,他垂头丧气,几乎真的要放弃拉琴了。

有一天早晨,老人主动和他搭讪。

老人问:“你肯定听别人说起过我的事情吧?其实我一点儿都不聋,只是稍有些耳背罢了。”他给男孩看了他的助听器,说:“不信的话,咱们可以测试一下。”男孩跑到很远的地方跟老人打招呼,果然,老人的耳朵灵便得很。老人说:“我喜欢听你拉琴绝不是装出来的,虽然你拉得并不是很好,但绝不像他们说得那样糟。你知道我有个儿子吗?我有个儿子,现在在一个交响乐团拉小提琴,刚开始学琴的时候,拉得可比你难听多了。一段时间他也有放弃的打算,我跟他说,世间事,只要是你喜欢的,对你来说,就是对的。哪怕将来不能从事这个职业,当一个爱好不也挺好吗?这样他便坚持下来,两年以后终于能够拉出漂亮的曲子。现在有人夸他的演奏是天籁之声呢。”老人自豪地说。

男孩向别人打听过,果然,老人有一位在交响乐团拉小提琴的儿子。看来老人没有骗他。看来老人喜欢听琴,并非出于对他的同情或者怜悯。老人是他世界上唯一的知音。

每一个清晨,老人都会准时候在那里,听男孩把小提琴拉出一支支不成调的曲子。老人说听到琴声就想起远在他乡的儿子，想起儿子的童年，男孩的琴声无疑就是天籁之声。后来男孩的听众竟然慢慢多了起来，那时候，他真的可以拉出一支还算悦耳的曲子。

几年以后，男孩的小提琴已经拉得很成样子。他如愿以偿地考上一个文工团，成为一名小提琴手。他并非很有天赋的人，但他无疑是整个团里最刻苦的人。他知道自己永远成不了顶尖的小提琴演奏家，但他对自己的生活非常满足。

春节回老家，顺便去探望老人，恰逢老人的儿子回家过年。说起他练琴的事情，老人的儿子，只是淡淡一笑。

他问："你笑什么，难道我说错了吗？难道小时候的你没有把琴拉得很难听吗？"

老人回答说："当然没有。他小时候就拉得非常好，他天生就是拉小提琴的。可是在那时，我想，如果我不那样说，如果我不假装欣赏你的琴声，你极有可能彻底放弃小提琴。其实我说的天籁之声，也并非完全在骗你，只不过我把时间，提前了十年而已……可能你没注意到吧？很多次，在你演奏时，我曾偷偷摘下过助听器。不然的话，我想我的耳朵，可能真的会因为你的曲子而聋掉……"

老人的话，沙哑低沉，然他听来，字字宛若天籁之声。

父亲的光头

年轻的父亲和六岁的儿子正做着游戏，突然父亲问自己的儿子：“爸爸帅吗？”

儿子仰着脑袋，无限崇拜地看着自己的父亲。“当然帅！”他使劲点着头。

父亲问：“比罗纳尔多怎么样？”

儿子说：“他哪能跟你比？”

“比贝克汉姆怎么样？”

“比他更帅！”

父亲接着问：“那比陈佩斯呢？”

儿子快乐地笑了。“比他帅多了。”儿子斩钉截铁地说。

那么，父亲问：“假如我现在把头发剃光，还会比他们帅吗？”

儿子想了一会儿，说：“我想仍然比他们帅。”

父亲就站起来，拉了儿子的手。“走！”他说，“现在就陪爸爸理发去。”

儿子有些不愿意了。六岁的他隐隐地感觉到似乎落入到父亲的圈套。他不解地问父亲：“为什么要剃成光头？”

父亲说："你都可以剃成光头，我为什么不可以？"

儿子说："我是小孩嘛！"

父亲说："大人也爱美啊！难道你不知道罗纳尔多、贝克汉姆都常常剃成光头吗？还有那个陈佩斯，更是一直光着脑袋……并且你想，假如我剃个光脑瓜瓢，一会儿回来，猛地推开厨房的门，冲你妈做个鬼脸，再大叫一声，你妈她会怎么样？"父亲指了指厨房，压低了声音。

"她会被吓一跳！"儿子拍起巴掌。

"还有呢？"父亲眨眨眼睛。

"她不认识你啦！"儿子兴奋得满脸通红，"她会大声喊，快抓坏人啊！到那时我就给她介绍说，这位就是你的老公。"

父子俩一起大笑起来。然后，父亲牵了儿子的手，一起去街角的理发店剃光了头发。

只剩下厨房里的女人，偷偷抹泪。

然后，一天以后，父亲背着儿子来到医院，开始一个月一次的化疗。

然后，每隔几天，他都要偷偷来到理发店，把刚刚长出来的头发剃光。

然后，半年以后，他的头发终于全部掉光。他不再需要理发。

然后，一年以后，父亲永远离开了这个世界。

多年后男孩长成一位男人。他做过装卸工、送奶员、业务员、小区保安。他勇往直前，无所畏惧；他乐观向上，关心别人。一次与朋友谈起各自的性格，他说自己的性格，很大程度是因为受到父亲的影响。

"可是你的父亲不是在你六岁的时候就去世了吗？"朋友不解地问。

他说："的确，父亲在我六岁时候离我而去。可是他在离去以前，一直笑着为自己的儿子藏好了疾病和死亡，让我儿时弱不禁风的心灵，没有丝毫恐惧和阴影……"

暖 冬

小的时候，是那么疯。数九寒天的，跑到村东小河，砸开一块冰，人蹿上去，兴奋地尖叫。拿一根细竹竿撑着河床，那冰就行驶开来，成一条冰船，满载着童年的快乐。

照例是午后。照例，他是唯一的舵手，把一根竹竿挥得虎虎生风。却突然，脚下传来断裂的咔咔声。低头看，那冰已经破裂，在他的两腿之间，裂开一条半尺宽的口子。一块冰被分离成两块，慢慢飘向相反的方向。他急了，怪叫一声，扔开竹竿。人却掉进河里。冰水像无数把刀子，扎得他浑身刺痛和麻木。

好在河水不深，仅没到胸。他颤着牙关爬出来，缩成一团，高呼救命。恰好有村里老人经过，把他放上独轮车，送回了家。

他被母亲大骂一通。甚至，屁股上，落了母亲恶狠狠的笤帚印。母亲说那河那么深，你不知道？母亲说怎么不淹死你？母亲说棉袄棉裤都湿了，晒不干，你明天穿着炕席上学？他缩在炕头的棉被里，说：“我明天不上学了。”母亲说：“你敢？辛辛苦苦供你读书，你不去上学？你敢？”

母亲把他的湿衣裤拿到院子里晒。冬天的阳光，象征性地洒在上面。那些衣服，很快冻成冰棍。母亲坐在炕沿，看着他，愁眉不展。

那些年月，家里不可能有多余的棉衣棉裤。是啊，明天，冰天雪地的，他怎么上学？

他一直把自己包在棉被里，看母亲愤怒并苦难的脸。他小心翼翼地吃饭，小心翼翼地和母亲说话，小心翼翼地写作业和睡觉。他知道自己闯了大祸。他知道自己得一直待在炕头，直等到他的棉袄棉裤，彻底干燥。

夜里他醒来。他看到微黄的光圈和一抹年轻的剪影。那是母亲和她的油灯。

早晨他被母亲推醒。母亲说快起床上学，要迟到了。他惊奇地发现，母亲竟给捧来新的棉袄棉裤。干燥的棉袄棉裤，穿在身上，暖和并贴身。每一个扣子都亮闪闪的，像从夜空摘下的星星。他背着书包上学，走到院子里，突然回头。母亲正在玻璃窗后看他。那目光是从冬的缝隙中抽出的春的阳光，随着他，静静地织成一条温暖的路。

那天他突然长大了。他不再爬墙上房，不再去冰河划船。那一天，母亲年轻的容颜，永远并深刻地烙进他的记忆。

那年冬天特别冷。但他一直认为，那是他今生，最温暖的一个冬天。因为他有两件棉衣，以及母亲用目光，织成的路。

可是那个冬天，母亲却落下一生的病根。是类风湿。那天，她用了整整一夜，将自己的棉袄棉裤，认真地改小，套上他身。

然后，整整一个冬天，母亲没有自己的棉衣。

处境与心境

某地一个煤矿塌方，五名矿工被困在井下。

他们被挤在一个很狭小的空间里，黑暗、潮湿、空气稀薄。好在那里有一个浅浅的水坑，水坑里渗出些肮脏的淡水。这使得他们的生命，得以暂时地延续。

五个人中，有一个是在井下工作了二十多年的老矿工，其余四人，全是刚下井时间不长的小伙子。已经挺过了两天，仍然没有会被搭救的迹象，他们开始绝望。尽管黑暗中谁也看不到别人的脸，但他们可以听到不断有人发出的绝望的叹息。当恐惧的时间抻长，就不再有恐惧。恐惧变成了更加可怕的绝望，好像所有人都在等待死亡。

突然老矿工轻轻地咳了一声。

老矿工问："你们听说过十几年前的那次塌方吗？"

四位小伙子当然听说过。那次塌方被很多人很多次地讲起。他们还知道，那次塌方死了很多人。

老矿工接着说："可是你们不知道吧，我是那次矿难的幸存者之一。"

的确，他们不知道，他们很少和老矿工聊天。

“那次，我熬过了八天。没有吃的，没有水，没有光。可是我还是熬过来了。知道我是怎么熬过来的吗？”

老矿工感觉到黑暗中的四双眼睛，突然闪现出光芒。

“是啊，你吃什么呢？”有人问。

老矿工却不答。

“会不会挖蚯蚓吃？……这里有蚯蚓吗？”有人硬撑着站起来，点亮唯一的一盏矿灯。他在水洼边，真的挖出了几条蚯蚓。

“水呢？”有人问。

“这不用管。”有人回答，“现在，我们不是有水吗？”

“就算你吃蚯蚓，可是你不害怕吗？又没有光……”

“这也不用管。”又有人回答，“我们现在还有一盏矿灯，我们幸运得多。”

“不管怎么说，这八天时间，也太漫长了吧？”有人问，“你会做些什么呢？只是躺在那里吗？”

老矿工仍然不答。事实上，自从他抛出了一个问题后，就一直保持着沉默。

“我们可以这样。”有人建议，“每人轮流讲故事，讲得有趣些。说不定这样可以让时间得快一些。”

于是他们开始讲故事。除了睡觉的时间，他们都在讲故事或者听故事。现在他们没有时间绝望，或者，他们为什么要绝望呢？有人在没有伙伴、没有食品、没有水、没有光的矿井下熬过了八天，现在这个人就在他们中间，为什么要绝望呢？

最终在被困在井下的第五天，他们得救了。当然，每个人都很虚弱。可是救援人员发现，当他们被救出时，每个人都很平静。从他们的脸上，看不到丝毫的恐惧、绝望，以及突然获救的无所适从。他们就像在那里等待一辆晚点的班车，现在，班车终于来了。

几天后，四个小伙子找到老矿工。他们要对老矿工表示感谢。他们说："假如没有你的经验，也许，我们都会死在深深的地下。"

"可是我没有给你们任何经验啊！"老矿工说，"除了轮到我讲故事，我不是一直都在沉默吗？其实，找蚯蚓、讲故事、给自己信心，不都是你们想出来的吗？你们应该感谢的，其实是你们自己啊！"

四个小伙子想想，也是。不过他们对老矿工能独自一人在黑暗的井下挺过八天仍然赞叹不已。现在他们急于弄明白的是，这个老矿工，他是怎么熬过那八天的？

我根本没有经历过那次矿难。老矿工说："那几天我正在休假……在井下熬过八天，其实是我虚构出来的。"

一个虚构出来的故事，将四个年轻人挽救。只因为，他们坚信，曾经还有比他们正在经历的更为可怕的灾难。有人从那样的灾难里挺了过来，并且这个人就在身边，这样的事实，给了他们无限的信心。

其实环境并没有改变。改变的，只是人的心境。

只要坚信还有比眼前更恶劣更可怕的处境，只要坚信有人曾经在那样的处境里挺过来，生活中，就不再有绝望。

春光美

街路画一条漂亮的弧线，探进公园深处。公园绿意盈盈，却有桃红粉红轻轻将绿意打破。柳絮开得模糊，阳光里飘起，落满松软的一地。鸽子们悠闲地散步，孩子们快乐地玩耍，空气里弥漫着花香，沁人心脾。春天属于山野、属于城市、属于公园、属于公园里每一朵勇敢开放的丑丑的小花。

春色惹人醉。

可是女孩的棍子畏畏缩缩，慌乱并且毫无章法。灾难突然间来临，令她猝不及防。现在几个月过去，她仍然不习惯手里的棍子，不习惯战战兢兢地走路，不习惯眼前永远的黑暗。女孩面无表情，棍子戳戳点点。于是，那棍子，碰到了毫无防备的老人。

老人发出极其轻微的“嘘”的一声。

“对不起。”女孩急忙停下来，“对不起……戳痛你了吧……真的对不起，我是一个盲人……”

“没关系的。”老人轻轻地笑，“你不用解释……我知道，你只是有些不便。”

“只是有些不便？”女孩的神情霎时黯淡下来，“可是我看不见了，永远看不见了……就像现在，每个人都可以在这里欣赏春色，我却不能……”

“可是孩子，”老人说，“难道春天只是为了给人看吗？难道春天里的一花一草，只是为给人欣赏而存在吗？”

“难道不是吗？”

“当然不是。”老人说，“比如我面前就有一朵花……这朵花很小，淡蓝色，五个花瓣……也许它本该有六个花瓣吧？那一个，可能被蚂蚁们吃掉了……花瓣接近透明，里面是鹅黄色的花蕊……我可以看得见这朵花，然而你看不到。可是这朵花因为你没有看见它而开得松懈吗？或者，就算我今天没有坐在这里，就算我今天也没有看到它，就算整个春天都没有人看到它，它会因此而开得松懈吗？”

…………

“还有无数山野里的花花草草，有多少人会注意它？或许它的一生，都不会被发现、被关注、被赞美，可是，它们为此而懈怠过吗？还有那些有残缺的花儿，比如被虫儿吃掉花瓣，啃了骨朵，比如被风雨所折断，被石块所挤压，比如我眼前的这一朵，它们可曾因为它们的残缺和大自然给予它们的不公就拒绝去开放吗？”

…………

“春天或许是花儿最美的季节，却绝不是唯一的季节。你该知道，当秋天来临，所有开过的花儿，都会结成种子。就像我眼前的这朵小花，它也会结出它的种子……这与它的卑小无关……更与它的残缺无关……它是一朵勇敢的花儿，勇敢的花儿都是快乐和幸福的。你认为呢？”

…………

“你在听吗？孩子。”

“是的，奶奶，我在听。”

“花儿就像你，你就是花儿……为什么闷闷不乐呢？为什么要放弃开放的机会呢？为什么要放弃整个春天呢？”

“我没有放弃春天……可是我看不到春天……”

“你还可以去触摸，孩子……你可以触摸花草，触摸鸽子，触摸土地和水、阳光与柳絮……其实盲人也是可以看到这世界的，却不是用眼睛，而是用心、用感觉，甚至，用爱……”

“您是说，用爱吗？”

“你认为呢？你该知道，在这世上，除了你，还有你的父母，你的亲人，爱你和关心你的人……如果你连春天都不再去爱，那么，你怎么去爱他们？我知道你看不见春天，可是你的心里，难道不能拥有一个温暖而美好的春天吗？只要你还相信春天，那么对你来说，这世上就还有春天。只要你是快乐的，那么，你的亲人也是快乐的。只要他们是快乐的，那么，你也就快乐了。我说得对吗？孩子。”

“……可是我不知道这里的春天是什么样子的。奶奶，你愿意把你看到的告诉我吗？”

“当然可以，孩子，我很乐意……你的面前有一朵花儿，蓝色的花儿，五个花瓣……你的旁边有一棵树，树长出嫩绿色的叶子，那些叶子很小，漂亮的心形……在旁边有一个草坪，碧绿的草坪，有人在浇灌它们……再往前，是一条卵石甬道，鸽子们飞过来了，轻轻啄着人们的手心……柳絮落下来了，就像一条一条调皮的毛毛虫……”

女孩听得很是痴迷。她的表情随着老人的讲述而变化，然每一种变化，都是天真和幸福的。似乎，女孩真的看到了整个春天。

女孩是笑着离开的。她的棍子在甬路上敲打出清脆的声音。她步履轻松。她像春的精灵。

然后，老人轻轻拍拍她身边的导盲犬。她说："虎子，我们该回家了。"她戴着很大的墨镜。她悄无声息地走向春的深处。

春光美，春色惹人醉。有时三点两点雨，到处十枝五枝花。

最漂亮的鞋子

一开始谁也没有注意到她的鞋子。她坐在轮椅上，鞋子藏在裙摆里。她衣着光鲜，笑容灿烂。

是一个笔会，组织者把行程安排得很紧。景区距市区很远，一群人乘坐旅行社的大巴，她总是走在最后。上车的时候，她会温婉地拒绝所有人的搀扶，她将身体前倾，双臂撑起大巴车临门的座椅，便上了车。然后，靠着双臂的支撑，身体一点一点往前挪动。很多人盯着她看，赞赏的或者怜悯的，她都不理会。她有修长的双腿，可是那腿，却支撑不起她的身体。她用自己结实的双臂，在走自己的路。

她总在笑。笑着，你就忘记她的腿，忘记她的不便。然后，待下车或者上车，便再一次注意到她。她拒绝任何人的帮助，她前倾了身子，双臂撑起，她微笑着说，她可以。

五天的行程，天天如此。

最后一天下午，难得的自由活动时间，于是结伴出去购物。是一条繁华的街道，两旁店铺林立。一家店铺一家店铺逛下来，不觉来到一家鞋店。进了门，想起她在，才感觉有些不妥，想退出来，又似乎太过造作和夸张。看她,却并不在意,笑得更灿烂。她说,她最喜欢逛鞋店啦。

心中不觉一惊。

这才注意到陪伴她五天的鞋子。

一双一尘不染的鞋子。红色、高帮、高筒、高跟,有着动人的弧线和温润的皮革光泽。鞋子像两朵盛开的红色百合,或者两只尊贵的金樽。鞋子一丝不苟地系了时尚的鞋带,银亮的鞋花告诉我们,这是一双价值不菲的名牌皮鞋。

我知道,其实之于她,哪怕再昂贵再漂亮的鞋子,其作用,也许也仅限于保暖。她走不了路,她坐在轮椅上,她的鞋子踩在踏板上,藏在裙摆里,根本无人注意。仅仅在上下大巴的时候,她的脚尖才会艰难地轻点一下地面,她的鞋子才会露出一点点红。并且,我一直弱智地认为,对所有有着足疾或者腿疾的人来说,鞋子应该是一种痛、一种伤、一种刺目、一种回避,而不会成为鞋子拥有者的美丽或者骄傲。

看来是我错了。

她自然是美丽和骄傲的。她指着脚上的鞋子给我们看,她告诉我们什么样子的鞋子最合脚,什么样的鞋子物美价廉,什么样的鞋子应该搭配什么样的裤子或者短裙。她说:“我家里,收藏着五十多双漂亮的鞋子呢!”

还有什么话可说?其实,漂亮的鞋子之于任何人,所代表的,都是一种自信,一种行走在世上的态度。那么,五十多双漂亮的鞋子所代表的,又是怎样的一种自信,怎样的一种行走态度呢。她并不认为自己有腿疾,或者,她并不把腿疾当一件严重的事情,或者,她对于腿疾的欣然接受,远比我们想象中乐观和彻底。万水千山走遍,凭借的,不是脚,不是钱财,而是乐观,是信念,是态度。

非常自然的，那天，她挑走了店里最漂亮的鞋子。她虔诚地捧起鞋子，像捧起她的生活。

“那么，这肯定是你所有鞋子里最漂亮的一双吧？”我指指她怀里的鞋子，问。

“当然不是，”她微笑着说，“每一天，我脚上穿着的，才是我最漂亮的鞋子。”她指指自己的脚，抬起头，骄傲地说。

疤　痕

她长得很漂亮。可是左边的眉骨上,有一道深深的疤痕。

那时她还小。父亲推着独轮车,把她放在一侧的车筐里。田野里到处是青草的香味,她坐在独轮车上唱起歌。后来她听到山那边响起“哞——”的一声,她站起来观望,车就翻了。

那天很多村人对她父亲说,怎么不小心一点呢?这么小的孩子。

她喜欢唱歌和跳舞。小时候在村人面前唱唱跳跳,便有村人夸她,唱得好哩,妮子,长大做什么啊?她就会自豪地说,电影演员。

她慢慢地长大着。长到一定的年龄,便意识到自己的脸上,有一道难看的疤。从此她不在外人面前唱歌。她怕别人问她,长大后干什么。

后来她去遥远的城市读大学。她读的是与“演员”毫不相关的专业。但有那么一个机会,她还是去试了试某电影学院的外招。结果,如她想象的完全一样,她被淘汰了。

她不知道,是不是因为那道疤痕。

大二暑假回家的时候,父亲为她准备了一个小的敞口瓶,瓶子里盛装着一种黄绿色的黏稠的糊。父亲说,这是他听来的偏方,里面的草药,都是他亲自从山上采回的。听说抹一个多月,疤就会去了呢!父亲兴奋着,似对自己的话,深信不疑。

她开始往自己的疤上涂那黏稠的糊糊。每天她都会照一遍镜子,可那疤却是一点儿也没有变淡。暑假里的某一天,有几位高中同学要来玩,早晨,她没有往眉骨上抹那糊糊。父亲说怎么不抹了呢,她说有同学来玩,父亲说有同学怕什么,她说今天就不抹了吧。可是父亲仍然固执地为她端来那个敞口瓶,说,还是抹一点吧。那一瞬间她突然很烦躁,她厌恶地说不抹了不抹了,伸手去推挡父亲的手。瓶子掉到地上,啪一声,摔得粉碎。

父亲的表情也在那一刻,变得粉碎。还有她的希望。

以后的好几天,她没有和父亲说话。有时吃饭的时候,她想对父亲说对不起,但她终究还是没说。她的性格,如父亲般固执。

回到学校,她的话变得少了。她总是觉得别人在看她的时候,先看那一道疤。她搜集了很多女演员的照片,她想在某一张脸上发现哪怕浅浅的一道疤痕。但所有的女演员的脸,全都是令她羡慕的光滑。

她变换了发型。几绺头发垂下来,恰到好处地遮盖了左边的眉骨。她努力制造着人为的随意。

那一年她恋爱了。令她纳闷的是,男友喜欢吻她的那道疤。

大三那年暑假,她再回老家,父亲仍然为她准备了一个敞口的瓶子,里面盛装的,仍是那种黏黏稠稠的黄绿色糊糊。父亲嗫嚅着,其实管用的……真的管用。父亲挽开自己的裤角,指着一道几乎不能够辨认的疤痕说:"看到了吗,去年秋天落下的疤,当时很深很长……现在不使劲看,你能认出来吗……我这还没天天抹呢。"

看她露着复杂的表情,父亲忙解释:"下地干活时,不小心让石头划的……小伤不碍事。”却又说，“可是疤很深很长呢。”

她特别想跟父亲说句对不起，但她仍然没说；她特别想问问当时的情况，但她终于没敢问。她怀疑那疤是父亲自己用镰刀划的，她怀疑父亲刻意为自己制造一个和她一模一样的疤。她害怕那真的是事实。她说不出来理由，但她相信自己的父亲，会那么做。

整整一个暑假，她都在自己的疤上仔细地抹着那黏稠的糊。她抹得很仔细，每次都像第一次抹雪花膏般认真。后来她惊奇地发现，那疤果真在一点一点地变淡。开学的时候，正如父亲说的那样，不仔细看，竟然认不出来了。

可是她突然，不想当演员了。

星期六晚上她和男友吻别，男友竟寻不到那道疤痕。男友问：“你的疤呢？”

她笑笑，说：“没有疤了。”

其实，她知道，那道疤还在。

疤在心上。

尊重每一扇门

少年在山野中迷了路，又饥又渴。他遇到一栋木屋，一圈篱笆将木屋环绕。那些篱笆是如此之矮，仅至少年膝盖。篱笆里面，一位老人正躺在藤椅上休息。他的旁边有一口水井，少年几乎闻到了井水的清冽与甘甜。

少年欣喜若狂，奔向木屋。他从篱笆上跳过去，站到老人面前。“老爷爷，”他说，“能不能给我一碗水？”

老人扫他一眼。“当然可以，孩子，”老人说，“不过你不应该从篱笆上跳过来，篱笆是我的墙，你怎么能够翻墙而入呢？你应该走那扇门。”

老人的手指向篱笆一角，那里有一扇几乎看不出来是门的门。门由细竹片编扎而成，与周围的篱笆混为一体。那扇门与篱笆同样低矮简陋，仅仅及膝。

少年撇撇嘴，退回去。这一次他从门的位置跨进来，他的腿轻轻一抬，篱笆门就被他抛到了身后。

“老爷爷，我想喝碗水。”少年第二次对躺在椅子上的老人说。

“你又一次犯了错误。”老人说，“你不应该从门上跨过来……”

“可是它那么矮……”

“可是它是一扇门。”

少年只好第二次退回去。他弯下身子，轻轻将门推开。他认为自己表现得非常有礼貌。“老爷爷，”他说，“这一次，您可以给我一碗水吗？”

老人摇摇头。“你又犯了一个错误，”老人说，“你应该敲门的。”

“可是它只是一扇篱笆门……可是您明明看到了我，知道我要进来……”

“可是你明明知道我就在院子里，却就是不敲门。”老人说，“你想到我家里来，难道不必经过我的允许吗？”

少年有点急了。可是他看看老人，只得第三次退回去。他轻轻敲响那扇几乎不能够发出声音的篱笆门，问：“我可以进来吗？”

老人笑了，起身，为少年打出一桶井水。那井水果真甘甜清冽，少年一连喝下三大碗。

“你可能会对我有些成见。”送走少年时，老人说，“可是孩子，你应该记住，再简陋的墙，也是墙；再简陋的屋子，也是屋子；再简陋的门，也是门。‘风可进，雨可进，国王不可进。’你听说过这句谚语吗？”

少年摇摇头。

“你有没有听说过，都没有关系。”老人笑着说，“不过你该永远记住，世上的每一扇门，不管如何雄伟或者如何简陋，不管如何坚不可摧或者如何不堪一击，都是至高无上、令人尊重的。它所代表和保护的，是一处私人的空间，你必须学会尊重它们。”

的确如此吧。事实上，尊重每一扇门，不仅仅是尊重他人，也是在尊重自己。

老人的忧伤

将这件事情告诉我的时候，老人的表情黯淡并且忧伤。我安慰她说，怀疑是人与人之间的最根本的交流方式，因为谁也无法做到让别人真正信任自己。可是，他们不过是些十二三岁的小孩子啊！老人叹一口气，转身，咬紧了牙。我想，此时，无限忧伤的老人，肯定在努力忍住一滴眼泪。

吓坏了自己

在电视台做事的朋友，给我讲了这样一个故事：

有一次，他们的一档娱乐节目需要在大街上做一个随机采访，朋友正好是那个节目的外景主持人。采访很简单，朋友握着话筒，拦下一个个路人，问："如果我现在能帮您实现一个愿望，那么，您希望这个愿望是什么？"回答时间限定，十秒钟。

为这个节目，朋友做了充足的准备。就是说，不管对方做出怎样的回答，他都可以继续问下去，从而将话题延伸。那天他在街上拦下二十位路人，他向二十位路人一一询问了同样的问题。

结果却令他大为震惊，二十个人中，有十九个的人的回答基本相同。十秒钟过去，他们会说，没有考虑好。说这些时，他们表情严峻，眉头紧锁，似乎生怕自己说错，从而失去一个难得的能够实现愿望的机会。

难道他们不知道这不过是一个游戏？当然不是。谁都知道这只是一个游戏，谁都清楚我的朋友不会帮自己实现任何愿望。既然如此，他们说什么都行，怎么说都行。可是他们仍然不肯轻易开口，他们痛苦地一本正经地思考，然后，抱歉地对朋友说："对不起我还没有考虑好。"

甚至有人说:“如果给我一天时间,如果您明天还要采访我,那么明天,或许我会给你一个最完美的答案。”

那天,朋友非常失望。他说,这个城市的人已经习惯了毫无理由的严谨。或者说,他们被自己吓坏了。

被自己吓坏了? 我不懂。

“是的。”朋友说,“他们总是害怕出错。或许他们害怕受到我的愚弄,或许他们害怕受到路人的嘲笑,或许他们害怕将自己的愿望暴露,或许,他们真的害怕失去一次实现愿望的机会,总之,他们失去了回答一个最简单的问题的勇气。事实上这个城市的人每天都在遭受各种各样的惊吓:怕失业、怕失恋、怕降薪、怕成人笑柄等等。或许他们曾见过别人失业、失恋、降薪、成为别人的笑柄,或许他们在以前的生活中也曾失过业、失过恋、降过薪、成为别人的笑柄,或许这一切的发生,有时候真的仅仅因为一句随口而出的没有经过深思熟虑的话,因此,他们只能练成千篇一律的严谨和古板。他们每一天都在小心翼翼地过日子,生怕说错任何一句话甚至一个字,哪怕,是做类似‘帮你实现一个愿望’这样的游戏。”

“不是还有一个人说出了自己的愿望吗?”我问。

“那是一个男孩。”朋友说。

“他的愿望是什么?”

“给我五块钱!”

我们都笑了。

“只有孩子才可以无所顾忌地说话,才可以将自己的愿望毫无戒备地暴露给别人。”朋友说,“所以那天我真给了他五块钱。后来我想,假如那十九个人真的说出自己的愿望,有些愿望,或许我真可以帮他们实现。可是，他们没有说……”

“第二天你又去采访他们了吗？”我问。

“没有。”那档节目最终被取消了。“其实就算我第二天再去，我想他们也不会考虑好。事实上，他们永远都不会考虑好。——考虑的时间越长，越是难以抉择。因为他们被自己吓坏了，还因为，他们想要实现的绝不仅仅只有一个愿望。”

“所以，就算你二十年后仍然采访这二十个人，结果也会完全一样。”

“不，”朋友笑笑说，“结果肯定不一样。”

“不一样？”

“不一样。”朋友说，“因为那时，将愿望暴露的那个男孩，已经长大了。”

我们的忽略

我们可曾在意过一杯白开水？

白开水没有味道。所谓的清冽甘甜只会出现在特殊的心境、处境或者文学作品里。因为白开水的普通和寡味，因为白开水日日与我们相随，所以我们轻易将它忽略，甚至，我们很少能够意识到它的存在。假如我们真真切切地感受到它，那么便只剩下一种可能：我们渴望一杯白开水。

我们渴望一杯白开水，除口渴时，还有病重时。数日前，一位朋友因肺癌去世，临终时，她唯一的希望，就是能够喝一杯白开水。可是这对她来说，已经成为不可能实现的奢求：她被癌细胞侵占的身体邪恶并且顽固地拒绝哪怕最小一杯水。她的爱人用一根蘸了清水的棉棒轻轻濡湿她的嘴唇，她淡淡地笑着说，真甜。去世前两个多月，她一直是这样喝水的。她奢求一杯水，一杯最普通的白开水。然这注定不能够实现。事实上，我相信，可能，有时，一杯白开水也会成为我们的奢求。幸运不会总与我们相伴，我们也有生病甚至死去的机会与资格。那时我们对一杯水，便不再是“忽略”，而是“渴求”。“渴求”，这个词创造得极其形象:“渴”望一杯水,因“渴”而“望”。当然,不仅包括身体上的,还有精神上的。

我们可曾在意过我们的亲人?

亲人没有味道。我指的是,亲人不像朋友那样可以时时给你陌生的激情、感动与快乐。亲人间的所谓感动只会出现在特殊的心境、处境或者文学作品里。因为亲人的普通和寡味,因为亲人日日与我们相随,所以我们轻易地将它忽略。假如我们真真切切地意识到他们,那么,便只剩下一种可能,我们渴望亲人。

我们渴望亲人,除孤独时,还有受伤时。我们去外面的世界打拼,外面的世界令我们向往,但外面的世界也会令我们恐惧和伤感。当成功时,当一帆风顺时,我们常常会忘记亲人,我们总是高估自己的能力,我们认为朋友远比亲人重要。可是,当受伤时、当孤独时、当失败时,我们就会想起家,想起家中的父亲、母亲、妻子,或者孩子。可是这并不重要,这时我们毕竟意识到我们对亲人的需要。可是,我相信,有那么一天,当我们突然开始在意他们,当我们突然开始在意他们的一举一动,喜怒哀乐,他们竟突然不在。这是必然的,残酷的必然。这时我们开始奢求那位亲人,奢求那位陪你一辈子的亲人。然这已经不能够实现。世间事就是这样,因为距我们太近,因为与我们如影相随,我们就将之忽略。然,我们最容易忽略的,恰是我们一生里最最重要的东西。

比如一杯白开水,比如一封书信,比如一栋房子,比如我们的身体。

比如,我们的亲人。

爱他们吧。

再等一天

他下了决心，要在那个周末，结束自己年轻的生命。他知道自己是那样脆弱，可是没有办法，一切，都那么无奈和伤心。

高考落榜、女友离去、职位被炒、应聘失败，生活不断跟他开着恶意的玩笑，摧毁着他可怜的信心。他一点点变得穷困潦倒，颓废不堪。一个月前，他去应聘一家大公司。他把那当成最后的希望。假如应聘成功，他想，生活还可以继续；假如失败，那么，他将选择自杀。

并不是他把那个职位，看得多么重要，而是他害怕有再一次失败的感觉。清晰的、刻骨铭心的、世界变得灰暗寒冷的感觉。那种感觉，他太过熟悉。

他脆弱的神经，已经不能承受任何最轻微的打击。

可是直到两天前，他也没有收到那家公司寄来的录取通知。那是最后的期限。显然他已经被淘汰了。这是致命的失败。

母亲周末才能回来，他写好了遗书，放在茶几上。想了想，又放进写字台的抽屉里。他不想让母亲过早发现他的遗书。他去意已决。

他把生命的终点，选择在一个遥远的风景区。他坐上火车，直奔那里而去。一路上他什么也没有做，只是蒙头大睡。也有睡不着的时候，他就把打开的手机关掉，再打开，再关掉，再打开。他不知道自己还在等待什么。是啊，一个临死的人，还有什么可以等待的呢？

他在清晨接到母亲的电话，那时他刚刚醒来，正倚着列车的窗口发呆。他看到熟悉的电话号码，眼泪一下子涌出来。他想还是接吧，听听母亲的声音，也让母亲听听自己的声音。可是他想，不管如何，不管母亲如何劝他，他也不会回去。

他不想面对失败。但他可以面对死亡。

母亲问："你在哪里？怎么不回家？"他说："有事吗？"母亲说，那个公司的录取通知刚刚寄来，她刚刚帮他，签好了名字。他问是真的吗，母亲说这还有假？他问母亲去过他的房间吗？母亲说去过。他问在他的房间里发现到什么吗，比如一张字条。母亲问什么字条，怎么了？他说没什么。他马上回去。

他相信，母亲没有骗他。或者，即使母亲在骗他，当他发现事情的真相，也会坚持自己的选择——结束生命。只不过，将会把时间推后几天而已。

他在下一个小站下车，然后直接登上返程的列车。两天后，他真的从母亲手里，接过那张录取通知。于是他去那家公司上班，涨薪，升职，心情变得越来越好，跳槽，开办自己的公司，一路走下来，事业越做越成功。

他一直保存着那张遗书。直到某一天，他把它拿给自己的母亲看，他说，我是死过一次的人了……如果，没有那张及时的录取通知……

母亲笑笑，她说她看过了。

他愣住。

母亲说："那天在你的抽屉里，看到了。其实那天，并没有录取通知，可是，我仍然打电话给你……"

"可是那张录取通知，却是真的啊！"他说。

"当然是真的，"母亲说，"只不过，通知是在我打完电话后的第二天中午，才寄到的。那时候，我正在考虑，你回来后，我如何开导你，才能打消你轻生的念头……"

母亲的话，让他后怕不已。他想，假如母亲不用一张虚构的录取通知骗他回家，假如在他回家时，那张录取通知仍然没有寄来，那么，他将肯定选择结束自己的生命。他知道年轻时的自己，冲动并且脆弱。

可是他仍然活下来，只因为，他多等了几天。这几天里，因为一张录取通知，一切峰回路转。

其实一切都没有改变，包括路途中的录取通知。改变的，不过是他的生活，以及心情。

所以，有时候，当你面临绝境，接近崩溃；当你心灰意冷，打算舍弃一切，这时候，不妨再等几天，哪怕仅仅一天。说不定，一切都会好起来。

大山深处的土屋

土屋隐在大山深处，周围古木参天。土屋里有一张桌子、一把椅子、一张木床、一个灶台、一堆木柴、一铺被褥、一盒火柴、一把刀。除了他们父子二人，从没有其他人进入到这间土屋，当然更不会动用过这些东西。可是每隔一个月，父亲仍然会领着他的儿子过来，擦一擦桌子和椅子，晒一晒被褥和木柴，磨一磨刀，装走灶台上已经潮湿的火柴并更换一盒新的干燥的火柴。当这一切忙完，父亲就会领着儿子静静地离开。门上挂一把锁，却从来不曾锁上。那锁是为防止野兽们闯进土屋的。它对任何人都不设防。

父子俩住在另一座大山的山脚，距这间土屋，大约五十多里路。从家来到土屋，再从土屋回到家，需要整整三天的时间。离开家走不远就没有路了，三天时间里，父子俩几乎都是在密林中穿行。尽管世界上可能不会再有人比他们更熟悉这一带的山野，可是他们还是经常会在途中迷路。这绝对算得上一次遥远的、艰苦的、危险的跋涉。

父亲以前靠打猎为生，后来不让打猎，就在山脚下开了几亩荒地，闲时再上山采挖些草药，日子倒也安逸舒适。儿子第一次跟随父亲来到土屋，只有五岁；现在他已经十五岁了，父亲仍然坚持着自己怪异的举动。整整十年，整整一百二十个月，父亲和他，在家和土屋之间整整往返了一百二十次。一百二十次，或许并不算多，可这是一百二十次毫无意义的举动。每一次儿子都会心存不满，然后疲惫不堪。

问父亲原因，父亲总是笑笑说："到时候，自然会让你知道。"

仍然，每个月，父子俩总要去一趟土屋。忙完，再锁上门离去。儿子认为这一切完全多余：不会有人来到这片没有人烟的山林，更不会有人来到这间土屋。父亲究竟想要干什么？

终于，那一次，当他们推开木门，父亲惊奇地发现，屋子里竟有了住过人的迹象。灶台边的柴火少了，火柴被划过，椅子被挪动，被褥尽管叠放整齐，却不是他们上次离开时的样子。并且，那把小刀也不见了。

父亲开心地笑了。他对儿子说，这就是我们十年来一直坚持的理由。

儿子听不懂。

父亲说很明显，有人在这里住过至少一夜。现在他虽然离开，不过这间土屋和土屋的东西却帮他在这片山林里度过了最难挨最危险的夜晚。甚至，可能挽救了他的生命。

儿子问："难道我们每个月往返一次，每次用去三天时间行走一百多里路，并在这土屋里准备这么多的东西，就是为了等待这个人吗？"

父亲说："是的，我们等待的虽然不一定就是这个人，但我们等待的无疑是来到这间土屋并需要帮助的第一个人。我们不过每个月来这里一次，却将一个人的生命挽救，难道这不值得吗？"

"可是，万一这个人没来呢？"

"那我们就把这件事坚持做下去。"

"假如永远不会有人来呢？"

“那就永远坚持做下去。”

“可是这样做有意义吗？”

“当然有意义。”父亲说，“你知道吗？在你来到这个土屋以前，我已经一个人在家和土屋之间往返了十年。就是说，其实我们并不是用了十年时间才等来第一位需要帮助的人，而是用了二十年。”

“你是说这土屋是你垒起来的？”

“不是，我只是修了修而已。这土屋是一位老人垒起来的。他垒这个土屋，和我们每个月来这里一次的目的完全一样，那就是——帮助一位未曾谋面却是真正需要帮助的路人。他的家，住在山的另一侧，每个月他都会从家来到这里，擦一擦桌子和椅子，晒一晒被褥和木柴，磨一磨刀，换走灶台上的火柴，然后离开，回家。他也用了整整二十年的时间，才等来第一位需要帮助的人。那个人在山里迷了路，他筋疲力尽，急需一把柴火……”

“那个人是谁？”儿子好奇地问他。

“我。”父亲淡淡地说。

几年后父亲老去，不能够翻山越岭再次来到这间土屋。不过每隔一个月，土屋里就会迎来一位与他长得非常像的少年。他在土屋里擦一擦桌子和椅子，晒一晒被褥和木柴，磨一磨刀，换走灶台上的火柴，然后离开，一个人回家。

一切只为了明天，或者后天，或者明年的某一天，或者后年的某一天，或者二十年后的某一天，或者永远都不会到来的某一位路人。

父亲的包子

大概有那么两年的时间,父亲在中午拥有属于他的两个包子,那是他的午饭。记忆中好像那是二十世纪八十年代初期的事,我和哥哥都小,一人拖一把大鼻涕,每天的任务之一是能不能搞到一点属于一日三餐之外的美食。

父亲在离家三十多公里的大山里做石匠,早晨骑一辆破自行车走,晚上骑这辆破自行车回。两个包子是他的午餐,是母亲每天天不亮点着油灯为父亲包的。其实说那是两个包子,完全是降级了包子的标准,那里面没有一丝的肉末,只是两滴猪油外加白菜帮子末而已。

父亲身体不好,那是父亲的午饭。父亲的工作是每天把五十多斤重的大锤挥动几千下,两个包子,只是维持他继续挥动大锤的资本。

记得那时家里其实已经能吃上白面了,只是很不连贯。而那时年幼的我和哥哥,对于顿顿的窝窝头和地瓜干总是充满了一种刻骨的仇恨。于是,父亲的包子,成了我和哥哥的唯一目标。

现在回想起来,我仍然对自己年幼的无耻而感到羞愧。

为了搞到这个包子,我和哥哥每天总是会跑到村口去迎接父亲。

见到父亲的身影时，我们就会高声叫着冲上前去。这时父亲就会微笑着从他的挎包里掏出本是他的午饭的两个包子，我和哥哥一人一个。

包子虽然并不是特别可口，但仍然能够满足我和哥哥最原始、最单纯的欲望。

这样的生活持续了两年，其间我和哥哥谁也不敢对母亲说，父亲也从未把这事告诉母亲。所以母亲仍然天不亮就点着油灯包着两个包子，而那已成了我和哥哥的零食。

后来家里可以顿顿吃上白面了，我和哥哥开始逐渐对那两个包子失去了兴趣，这两个包子才重新又属于我的父亲。而那时我和哥哥，已经上了小学。

关于这两个包子的往事，多年来我一直觉得对不住父亲。因为那不是父亲的零食，那是他的午饭。两年来，父亲为了我和哥哥，竟然没有吃过午饭。这样的反思经常揪着我的心，我觉得我可能一生都报答不了父亲的这个包子。

前几年回家，饭后与父亲谈及此事，父亲却给我讲述了他的另一种心酸。

他说，其实他在工地上也会吃饭的，只是买个硬窝窝头而已。只是有一天，他为了多干点活儿，错过了吃饭的时间，已经买不到窝窝头。后来他饿极了，就吃掉了本就应属于他的两个包子。后来在村口，我和哥哥照例去迎接他，当我们高喊着“爹回来了、爹回来了”，父亲搓着自己的双手，他感到很内疚。因为他无法满足他的儿子。

他说：“我为什么要吃掉那两个包子呢？其实我可以坚持到回家的。我记得那时你们很失望，当时，我差点落泪。”

父亲说，为这事，他内疚了二十多年。

其实这件事我早忘了，或者当时我确实是很失望，但我确实忘了。我只记得我年幼的无耻，或者我并不真的需要那个包子。然而我的父亲，他因为不能满足一次他的儿子，却内疚了二十多年。

枪口上的小花

他知道这样不好。可是他喜欢这样。

他喜欢将一朵淡蓝色的小花，插进他的枪口。

他们一直驻扎在战壕。真正的驻扎，整整半年，吃在那里，睡在那里，警戒在那里，思乡在那里。战壕又深又宽，士兵们横七竖八地睡着，如同古墓里复活的全副武装的干尸。战壕前方，空旷的原野一览无余。草绿得失真，花开得灿烂，土拨鼠从洞穴里探出憨厚的脑袋，野兔红色或者灰色的眼睛机警地闪动。一切那般宁静美好，看不出任何战争的迹象。可是他们不敢离开战壕半步，长官说，对方的狙击手藏在岩石的缝隙里、藏在土拨鼠的洞穴里、藏在草尖上、藏在花粉间、藏在尘埃中、藏在阳光里。狙击手无处不在，他们是死神的使者。

他不相信。他不敢不相信。每一天他们都高度紧张，然战争迟迟不肯打响。

战壕的边缘，开满蓝色的小花。花五瓣，半透明，花瓣淡蓝，花蕊淡黄，花蒂淡绿。小花晶莹剔透，如同巧匠精雕细琢而成。他探出脑袋，向小花吹一口气，花儿轻轻摇摆，淡黄色的花粉飘飘洒洒。蜜蜂飞过来了，嗡嗡叫着，捋动着细小的长满绒毛的腿。他笑了。他不知道小花的名字。他想起故乡。

故乡开满这种不知名的小花。初夏时，整个草原和整个河畔，全都是蓝的。有时候，他和她手拉手在花间奔跑，笑着，闹着，一起跌倒在地，让淡蓝的影子轻洒全身。还有时候，黄昏，他坐在木屋前，看她款款走来。她的头发高高绾起，两手在阳光下闪出微蓝的光芒。她提着长裙，赤着脚，脖子优雅地探着，长裙上落满淡蓝色的小花。她朝他走来，走来，越来越近，越来越近。天空掠过浮云，炊烟升起，一头牛在远方唱起低沉并且深情的曲子。

一切那般美好，看不到任何战事的迹象。可是战事还是按时到来，他应征入伍。他迷恋草原，迷恋木屋和那些淡蓝的花儿，迷恋她美丽的下巴和半透明的淡蓝的手。可是他必须入伍，从一个草原抵达另一个草原。潮湿的战壕里，他盯住那些小花，如同盯住她湿润的眼睛。

他将小花小心地摘下，小心地插进枪口。小花在枪口上盛开，蜜蜂嗡嗡飞来，绕着花儿盘旋。他笑。他冲小花吹一口气，小花轻轻抖动。淡黄色的花粉，纷纷扬扬。

长官不喜欢他这样做。长官说枪不是花瓶，枪的唯一作用，是杀敌人。他知道。可是他喜欢那些小花，更喜欢小花将枪口装扮，将战壕装扮。他从战壕里探出脑袋，他看到海洋般的小花终将草原覆盖。没有狙击手。他看不到。

长官说，再这样做的话，把他送回家。

家乡有温顺的奶牛，笔直的炊烟，淡蓝色的小花和小花般芬芳的她。他想回家。可是，他不能回家。

每一天，趁长官不注意，他仍然将小花插进枪口。夜里他抱着开花的步枪睡觉，梦里花儿开满全身。他幸福得不想醒来。

他必须醒来。他们终于发现了敌人。十几个人趁着夜色，爬行在淡蓝色的花丛之间。他们拖着长长的步枪，头盔涂抹成花朵的蓝色，眼神充满恐惧和令人恐惧的杀气。长官冲他摆摆手，他起身。长官再冲他摆摆手，他将枪口捅进射击孔。长官又冲他摆摆手，他的枪口，便瞄准了离他最近的头盔。这动作他和长官演练过很多次，只要他扣动扳机，对方的头盔就会多出一个圆圆的小洞。死去之前对方甚至连轻哼一声的机会都没有。他百发百中。

他在等待最后的命令。

他看到枪口的小花。

他愣了一下。

刚才他将小花忘记。因为紧张，因为恐惧，更因为兴奋。他该将小花摘下，轻轻插进口袋，然后，端起枪，向敌人瞄准。那么美丽的小花，半透明，花瓣淡蓝，花蕊淡黄，花蒂淡绿；那么美丽的小花，如同娇嫩的姑娘。小花将会被射出枪膛的子弹击得粉碎或者烧成灰烬，这太过残忍。

他的嘴角轻轻抽动。

长官的手向下劈去。他扣动了扳机。可是他迟疑了一下。或许一秒钟，或许半秒钟，或许四分之一秒钟、八分之一秒钟……他迟疑，然后，扣动扳机。可是晚了。他听到一声极轻的闷响，他的眉心，多出一个散着淡蓝色青烟的小洞。

他念一声，小花。那是故乡的名字，也是姑娘的名字。

如果你足够优秀

多年前一个夏天，我选择了报考美术师专。复试在县城的美专进行，因为全校只有我一个人通过初试，所以复试是没有老师陪同的。参加复试的头一天，父亲问我："需要我陪你去吗？"我说，不用了。父亲说："那你一个人去好了。反正我去了，也帮不上你什么忙。"于是第二天早晨，我一个人挤上通往县城的唯一一班公共汽车。

那是我第一次出远门。那年我十七岁。

下了汽车，按照父亲的嘱咐，我寻了一家旅店。我记得自己很紧张，结结巴巴地跟服务员要着房间。然后我找到了第二天要进行复试的考场。考场设在那个美术师专的一间教室，在那里，我第一次见到那么多的画夹画板，第一次见到真正的石膏模型。我兴奋得浑身战栗。能在这样的教室里画画，我愿意用所有的代价交换。已经来了很多考生，他们坐在教室里，在老师或者父母的指导和陪同下打着线条。没有多余的位子，我在那里待了一会儿，熟悉了一下环境，就离开了。

那天我彻夜未眠。躺在陌生的旅店，兴奋与紧张紧紧将我裹挟。我想明天将注定是我一生中非常重要的日子。假如我发挥得好，就将实现画一辈子画的梦想；假如发挥得不好，那么，极有可能，我会和我的那些父辈一样，将自己的一生，消耗在地头田畔。当我第三次起床喝水，天已经亮了。

那天我发挥得糟糕透了。我想即使我发挥得再好也没有用，因为，在等待进考场的时间里，我听到一些考生的风言风语。他们说考试完全是一种形式，而最终的人选，其实早已内定。他们的话似乎是有道理的，因为我看到校门口的轿车排成一排，我看到很多可疑的人站在那里鬼鬼祟祟交头接耳。那是我第一次感觉到世界的可怕。那是我第一次感觉原来还有另一种力量可以操纵一件事情的结局，并轻易埋葬一个人的梦想。

考场上我告诉自己不要紧张，可是我做不到。我的手心里全都是汗。我不停地用着橡皮。稍有素描常识的人都知道，过多用橡皮是素描中的大忌。总之，那天我的发挥异常糟糕，我稀里糊涂地交了考卷，垂头丧气地回到家。

父亲在村口接我。他不停地给我讲这两天来村子里发生的事。他做了一桌子菜，打开一瓶酒。他第一次把我当成一个男人，他给我的酒杯里倒满了酒。那天我和父亲说了很多话，但唯独没有谈起考试的事。其实用不着问，父亲能从我的眼神里读到一切。

两个多月后，录取通知书仍然没有盼来，我知道，我考上美专的最后一丝希望彻底破灭。我终于跟父亲讲起那天的事，我告诉他被录取的人员可能内定得差不多了。为证明我的话是正确的，我给父亲举了很多例子。父亲听后，看了我很久。他说："我相信你说的那些都是真的。可是，如果你足够优秀，那么，他们就没有不录取你的道理。现在你被淘汰了，你怨不得别人。你被淘汰的理由只有一个——你还不够优秀。”

我想父亲的话是正确的。美术考场的特点是，每个人的画作都是开放的，别人都可以轻易看到。假如我发挥正常，那么，或许我还有被录取的可能；假如我技惊四座，那么，他们肯定会将我录取。可是那天我的发挥是如此糟糕——我看了很多考生的作品，他们画得都比我好。

有时候就是这样。这世上的确有龌龊、有阴暗，有我们想不到的复杂。我们不喜欢这一切，可是我们无法改变。然而我们可以改变自己。我们可以努力把自己变得非常优秀。你变得足够优秀，那么，你才有战胜这些龌龊和阴暗的可能。当你的才华光芒四射，任何龌龊和阴暗，都不能够将之遮挡。

当然，很有可能，你一辈子都达不到足够优秀。可是你应该有将自己变得足够优秀的想法，并将这个想法，变成为自己的行动。假如你只为“变得足够优秀”而活，那么，首先，你不会变得龌龊和阴暗，其次，你会快乐，第三，你极有可能真的变得足够优秀。

现在我所从事的，是与画画毫不相干的职业。可是多年来我一直相信父亲的话：只要你没有成功，只要你被别人击败，就证明你还不够优秀。这时所有的怨天怨地，都是悲观和毫无作用的。你必须让自己变得更加优秀。这不是对龌龊和阴暗的妥协，这是另一种乐观的人生态度。

男人的怀抱

多年以前，我在乡下度过整整一个夏天。那时我刚刚受到一场挫折，每天除了睡觉，就是去男人那里打牌。村子里总有些闲人天天凑在一起打牌，几张毛票捣过来捣过去，直到捣成碎纸片。那时我和男人，都是这群闲人里的一员。

那天我们在男人那里玩到很晚。平房上扯一个灯头，一副破旧的扑克牌让几个男人争得面红耳赤。男人年幼的儿子先是在一边玩耍，后来困了，便躺在竹席上睡着了。男人一边与他们争论，一边不时看一眼儿子，说："你们能不能小点声？"

男人独自拉扯着儿子，生活很不容易。妻子在两年以前与他离婚，因为他的不求上进，更因为他的残疾。男人从小就残疾，他只有一条健康的腿。残疾是这样一种事情，时间越久，他身边的人越会感受到因残疾带给自己的不便和不幸。也许男人的妻子，就是这样。

牌局结束，几个村人很快离去，我和男人却仍然为刚才的牌局做着世界上最无聊的争吵。终于，我起身，准备回家。

男人这才注意到一个很重要的问题。

他的儿子睡得正香。

男人拉住我，说："先别走。"我问："还有事？"男人尴尬地说："能不能帮我把儿子抱下平房？"

我们在平房上打牌——平房就是厢房，很大，平的房顶，围了栏杆，屋内用来贮草，房顶用来晒粮，有台阶通往房顶，很陡——男人可以一个人上下平房，但是，他绝无办法抱他的儿子走下台阶。

"你可以叫醒他。"我说。

"不要吧！"男人看着儿子，"他睡得那么香……白天他疯玩了一天，很累……你帮我，把他抱回屋吧！"

我答应了男人。照他的嘱咐，我动作很轻，生怕将他的儿子惊醒。男人先我下了平房，动作迅速得让我不敢相信。当我抱着他的儿子进屋，我看到，他已经为儿子铺好了被褥。

"把他放过来，尽量轻一点。"男人对我说。我看到，他粗糙黝黑满是胡须的脸上，突然多出几分柔软的表情。

他向我致谢，并将他一直力争的几张毛票塞给了我。

"谢谢。"男人说。

他是农人，粗人。他没有文化，不懂文雅。之前我从未听他在任何时间任何场合说过"谢谢"。当然很多时候，我相信他的心中也会有感激——但是，他不说。然那天，为了他的儿子，他竟说出那两个字。我看到，说完，他的脸飞快地红了一下。

我重回城市，很多年没有再回老家。前些日子回去，听别人说，他几年前就带着儿子进城了。我问，不再天天打牌了？答，早不打了。说是为了他的儿子——儿子长大了，尽量找个好一点的学校。问，可是他靠什么生活？答，摆了个修鞋摊。就在百货大楼对面。

那是这座城市最繁华的路段，几乎每一天，我都会经过那里。可是我从未留意到，在某个角落里，他的鞋摊摆在那里。城市里纵是最熟悉的两个人，纵是每天擦肩而过，也很难发现对方的存在。

我开始敬佩他了。为了儿子，他不仅学会了以前未曾接触过的修鞋，还戒掉了相伴大半生的赌牌。仅凭此，他便是一个伟大的父亲。

回到城市，很快找到男人。他正在专注地修着一双鞋子，他比多年以前苍老了很多。

晚上找一酒馆，我们喝了很多酒。酒间，男人喊来他的儿子，儿子已经长得高高大大，正在这个城市读着大学。儿子对我说他功课很忙，所以很少过来看他的父亲。

“还记得我吗？”我问他。

他摇摇头。毕竟我离开老家已经很多年。毕竟我离开时，他还那么小。

男人很快醉倒，歪在椅子上呼呼大睡。我与他的儿子碰杯，借着酒兴，我说：“你不经常来看父亲，不仅仅因为功课忙吧？”

他低了头。

“因为你父亲是残疾人。”我说，“还因为他在最繁华的路段修鞋，无法向别人掩饰你有一个残疾的父亲。你靠他赚来的钱读大学，却不想与他亲近……”

“我没有。”他急忙辩解。

我笑笑。然后，给他讲了多年前那个故事。我说：“你肯定忘记了，但是我不会忘记——我们刚刚争吵完，他便求我把你抱下台阶，抱回屋子——因为这件事，从他的嘴里，我第一次听到‘谢谢’……”

他的儿子静静地听，脸上表情起伏难定。他扭头看一眼父亲，父亲搂着酒瓶，睡得正香。

夜很深，男人仍然没有醒来。我去门口打出租车，回来，愣住了。我看到他的儿子将他的父亲轻轻抱起，小心翼翼地躲避着桌椅，出门，走向出租车。看到我盯住他，他笑笑，解释说，父亲累了一天，又喝醉了，不想扰醒他……

那天他一直将父亲抱上出租车。出租车停在公路的另一侧，那段路，他走得并不轻松。他以为怀里的父亲仍然熟睡，可是我知道，他的父亲，其实已经醒来。

当他的儿子迈过花坛，我分明看到，黝黑、粗糙并且残疾的父亲，从眼角，悄悄滑下一滴眼泪。

老人的忧伤

退休以后的老人，极不习惯突然闲下的日子。老人身体健康，有一笔丰厚的退休金，儿女们又常常寄钱给她，衣食无忧的老人，便想找些事做。老人在街上转了半年，最后决定，去一个小学校的门前，摆一个麻辣烫摊。

老人之前，那里已经有两个麻辣烫摊。因为紧靠着小学校，价格又便宜，他们的生意一直很好。竹签上穿了肉、鱼片、火腿肠、蘑菇、蔬菜……摆放得整整齐齐，旁边的大锅里，开水滚滚。每串只要一块钱，对孩子们来说，那绝对是物美价廉的美味。

物美价廉，有时候，也非常可疑。老人观察那两个小摊很久，最后得出结论：他们的东西，既脏且没有营养。于是她的小摊支起来。她告诉我，反正她没有事情，又不缺钱，不妨就为孩子们赔点钱，让他们吃上既有营养，又干净的东西。

赔点钱真的没什么。老人笑着说，反正我留钱没用。再说，每当看到这些孩子，我就想起我远在国外的孙子和孙女呢。

可是孩子们吃惯了那两个小摊的口味，他们很少光顾老人的摊位。

有时候，老人便会偷偷拽来一个孩子，告诉他："我的麻辣烫，可干净呢。"此话被那两个小摊的摊主听了去，便不高兴了。"难道我们的不干净？"一个摊主吊着眼睛，说："你可以夸奖自己的东西，但怎么能说我们的坏话呢？"

"我没有说你们的坏话。"老人说，"我又不想赚钱，为什么要说你们坏话呢？"

"你不想赚钱？"摊主不相信了，"起早贪黑，只为赔钱？"

"做这件事情，我很开心……"

"赔钱为开心？"

"为了孩子们……"

"谁信？"

再逢孩子们放学，两个摊主就会吆喝得格外卖力。老人的摊前，几乎一个孩子也见不到了。

老人有些伤心，便开始想办法。她将她的麻辣烫降为八毛钱一串，然而，光顾她的小摊的孩子们仍然寥寥无几。后来，她干脆将她的麻辣烫降为五毛钱一串，开始时还有几个孩子前来，但是慢慢地，那些孩子再一次被另外两个摊子吸引过去了。

这让老人很是不解。

那天，老人再一次拽过来一个男孩。她问他："我的麻辣烫口味不好？"男孩说还行。她问他："我的麻辣烫不实惠？"男孩说很便宜。她问他："那你们为什么不过来吃呢？"

男孩耸耸肩膀，说："卖这么便宜，肯定有问题。"

"有什么问题？"老人愣住了。

"谁知道呢？"男孩说，"肉有问题、鱼片有问题、火腿肠有问题、蘑菇有问题、蔬菜有问题……也许盐有问题、汤汁有问题、蘸料也有问题……不管是什么问题，肯定是有问题的……要不怎么这样便宜？”

“你们正是长身体的时候，你们需要吃到既有营养又干净的东西。”老人说，“我真的不为赚钱。”

“你真的不为赚钱？”

“我不缺钱。就算赔钱，我也开心。”

“谁信？”

老人无语了。那个下午，老人没有再说一句话。她将她的小摊收拾干净，然后推着车，一言不发地走回来。

将这件事情告诉我的时候，老人的表情黯淡并且忧伤。我安慰她说，怀疑是人与人之间的最根本的交流方式，因为谁也无法做到让别人真正信任自己。

可是，他们不过是些十二三岁的小孩子啊！老人叹一口气，转身，咬紧了牙。

我想，此时，无限忧伤的老人，肯定在努力忍住一滴眼泪。

偶像的偶像

男孩的梦想，就是再一次见到他的偶像。

偶像比男孩大八岁，七八年以前，男孩见过偶像一次。那时偶像还不是偶像，他随队来男孩的学校踢了一场友谊赛。偶像的球踢得非常好，男孩坐在观众席上，看傻了。赛后，男孩邀偶像去家里做客，偶像欣然前往。男孩的父亲为偶像烧了几个菜，又为他烙了一锅香喷喷的牛肉锅贴。他的手艺令偶像赞不绝口，那天偶像毫不客气地将锅贴吃得干干净净。男孩和偶像聊了很多，然后，偶像与男孩告别。三年以后，男孩得知偶像进到国青队，又过了一年，男孩得知偶像进到国家队。电视上常常看到偶像踢球，盘带、分球、突破、射门，全都潇洒连贯，一气呵成。偶像终成为男孩的偶像，卧室墙壁上，贴满他的照片。

可是男孩从未与偶像联系，他没有偶像的联系方式，他缺乏勇气，他不敢。

男孩对父亲说，他也想进国家队。父亲说假如你的球踢得足够好，进国家队是迟早的事情。男孩说：“我很想跟我的偶像谈谈。”父亲说：“你可以去找他。”男孩说：“可是我不敢，我怕他瞧不起我，更怕他端架子。”父亲说：“如果他耍大牌，那是他的错误，他的错误与你没有关系。”

男孩说:“我知道,可是我还是不敢。”父亲问:“能否告诉我,你为什么非要见到他吗?”男孩低了头,想了很久,说:“我想弄明白,他有没有自己的偶像。”

男孩想知道偶像有没有自己的偶像。说白了,男孩试图弄明白的是,偶像与一个人的成长进步,到底有没有关系?是刺激、鼓励,还是令人感觉高不可攀,最终将仅有的一点信心击垮?

整整一个月,父亲为男孩的盘缠日日奔波。下班之后,他又去农贸市场做临时装卸工,三个小时下来,可以赚到二十块钱。男孩只有父亲没有母亲,男孩和父亲,生活得很苦。

足球让男孩快乐,让男孩成长,然后,终成为男孩的希望。他不想像父亲那样无能,更不想像父亲那样永远过着艰难清贫并且看不到任何希望的日子。男孩瞧不起他的父亲,或许就像偶像瞧不起自己。男孩在暑假里踏上寻找偶像的旅程,随身携带的饭盒里,还装着父亲为他烙好的牛肉锅贴。男孩在陌生的城市里独自住了十几天,终于如愿以偿地见到了偶像。

坐在偶像面前的男孩,紧张并且拘谨。很显然偶像早已将他忘记,偶像看他的眼神,与陌生人无异。男孩不想提及偶像在他的家里吃过一顿饭,他的自尊不允许他这样做。男孩如坐针毡,他想问偶像唯一一个问题便起身告辞。当然,那个问题是,偶像有没有自己的偶像。

“当然有啊。”偶像说,“不过我的偶像,与足球没有任何关系。”

“他是谁?”

“我甚至不知道他的名字。”偶像说,“我只记得几年以前,我碰到一位给我烙了一锅牛肉锅贴的男人。那个外貌粗犷但长着一双巧手,那个可以为他的儿子、为一位陌生男孩烙出世界上最美味的牛肉锅贴的男人,是我迄今为止,最佩服和最崇拜的男人。”

藏在石头里面的马

我给几个城市孩子讲述雕刻家与男孩的故事：

说一个雕刻家历尽艰险，终于来到深山。他选中一块巨大的花岗岩，开始了他的工作。每天雕刻家都在认真地对付这块石头，叮叮当当，一斧一凿，他的工作看似烦琐并且枯燥。有一天，一个男孩偶然经过这里，他盯住雕刻家看了半天，奇怪地问他："你在找什么？"雕刻家胸有成竹地回答他："你就等着瞧吧！"

一个月以后，当男孩再一次来到这里，他大吃一惊：那块石头已经变成了一匹栩栩如生的骏马！再看那位雕刻家，抱着两臂，一副扬扬得意的样子。雕刻家对小男孩说："我说的没错吧？"小男孩张大嘴巴，诧异地问雕刻家："可是，你怎么知道石头里面有一匹马呢？"

按照讲故事的套路，故事讲到这里，便结束了。我问那几个孩子，听了这个故事，他们是否有话要说。

一个孩子说，故事说明了雕刻家技艺超群，以至于让那个男孩误认为出现在他眼前的是一匹真正的马。

一个孩子说，故事说明了那个小男孩太幼稚，他根本不知道雕刻家不是在“寻找”一匹马而是在“制造”一匹马。

一个孩子说，故事说明了做事情要持之以恒。只有持之以恒，最终才能够拥有像雕刻家这样的完美技艺。

…………

我对他们说：“你们说得都完全正确。本来，之于对故事的感悟，不同的人，肯定也会不同。可是我想告诉你们的是，昨天我给一个乡下小朋友讲过这个故事，他对这个故事，有着与你们完全不一样的见解。他说的是：‘是啊，石头里面，怎么会藏着一匹马呢？’”

尽管乡下的石头比城市的石头多得多，尽管这个小朋友天天盯着这些石头看，但他似乎有点蠢——他竟然会相信石头里面藏着一匹马。这是这些城市孩子在经过一番讨论以后，得出的结论。

“可是多年以前，也有另一个小男孩问过另一个雕刻家同样的问题：‘你怎么知道石头里面有一匹马？’”我说。

“后来呢？”孩子们问。

“后来，多年以前的小男孩，变成了现在的雕刻家。”

茶　弈

子胥初居山野，心烦意乱。白天他与当地农夫一起劳作，到晚上，便手捧一杯清茶，面朝吴国方向，久久不动。小院里雾气升腾。院角，一株他从山上移来的茶树长得生机勃勃，片片嫩芽如同落上一层淡雪。

子胥叹一口气，将茶杯置于茶几上。身边的七星宝剑光辉夺目，子胥能够感觉到它复仇的光芒。

有人敲门，嘭嘭嘭嘭，节奏平和，声音温敛。开门，原是东山老翁。这老人索居离群，务农为生，鹤发童颜，身姿矫捷。见到子胥，笑笑，致礼，坐定，问："睡不着？"

"睡不着。"

"那么，我们何不对弈一乐？"

"无棋。"

"无棋也可对弈。"老人说，"以茶代棋。"

"以茶代棋？"

"就是茶弈。无章无法，无规无矩，但看如何弈法。"

子胥亡命天涯，见多识广，对茶弈却是闻所未闻。老人一番话，让他兴趣盎然。

两把茶壶，两把茶叶。两个人，两种表情。子胥洗茶温杯，井井有条。老人端坐不动，目光如炬。少顷，子胥沏出第一杯茶，茶色浅淡，茶香淡雅。子胥为老人斟上一杯，说："请。"

老人轻啜一口，笑了。老人说："茶是上等好茶，只是这泡法之上，尚欠火候。"

子胥愣怔。

老人不说话，端起茶壶。洗茶温杯，与子胥别无二样。然后，添水，静坐，表情淡然。

子胥问："有何不同？"

老人伸手。请。

老人之茶，形美，色透，香浓，味醇。细细品之，香浓持久，甘洌醉人，确上于子胥所泡之茶。

子胥不解。

老人说："做好茶，讲究的便是这'形美，色透，香浓，味醇'，做茶是这样，做人也是这样。形美，要顶天立地，不可流俗；色透，要坦坦荡荡，光明磊落；香浓，要不骄不躁，大度豁达；味醇，要仗义疏财，高情远致。此为天赐此茶之品质，更是此茶赐人之品质。"

"天赐？"子胥的眼睛亮了一下。

"天赐。"老人捋一把胡须。

子胥思忖良久，微微点头。

"泡出好茶，还需要工夫。"老人顿了顿，接着说，"所谓工夫，便是时间。比如今日之茶，水不能太烫，水太烫则味涩苦；时不能太短，时太短则味浅淡。看似泡茶一事，实则人生至理。我看你身长一丈，腰大十围，眉广一尺，目光如电，须发绀绿，威武雄壮，必异于常人，胸怀大业。但是，听老夫一句：欲速则不达。一个人，纵有千般遗憾万般仇恨，也需按部就班，切不可急于求成。”

子胥豁然开朗，向老人点头致谢。

从此子胥日出而作，日落而息，更加深居简出。七星宝剑早已锈迹斑斑，然用坏的锄头，至少三四有余。

每夜里，与他相伴的，必是一壶天赐好茶。

是夜，东山老翁再一次敲开他的房门。

“睡不着？”

“睡不着。”

“那么，我们何不弈茶一乐？”

子胥将两个茶壶摆上方桌，有条不紊。这次子胥有了经验，洗茶，温杯，三九二十七道序，一丝不苟，不急不躁。终于，第一杯茶沏出，子胥恭恭敬敬将茶递给老人。

“不错。”老人品一口茶，赞叹道，“形美，色透，香浓，味醇，天之甘露。不过，既为茶弈，总得比个高低。”

“请。”

老人开始洗茶。茶洗完，将之摊平，晾干。晾茶用时很久，老人用这段时间劈了一堆柴，又汲了井水，将那棵如落雪般的茶树浇灌。待老人将晾干的茶芽重新装进温好的茶壶，天已拂晓。接下来老人的举动令本已昏昏欲睡的子胥目瞪口呆——老人往茶壶里滴一滴水，只一滴，仅一滴，然后，老人手握茶壶，摇动起来。

老人将茶壶摇动很久。老人的表情随着茶壶的摇动慢慢变得生动。茶壶如同武器，裹起阵阵晨风。终于，啪，老人将茶壶拍在桌子上。

老人取来茶杯，开始斟茶，但见一滴茶珠挂在壶嘴，温润透明，久久不落。老人端坐不动，目光幽远，晨光里，如同一尊雕像。终于，珠落杯底，声音纯厚。

老人说："请。"

不用看，不用闻，不用品，子胥也知那是茶之精华——一壶上等好茶，需要一把茶尖；一把上等茶尖，需要几亩茶林；一亩上等茶林，需要几座仙山；一座云中仙山，需要千年造化。这一滴茶，便是世间几千年光阴啊！

"对普通人来说，一壶茶便是一生，便可知足。"老人笑笑说，"可是对你来说，莫让一壶茶，误你一生。"

"误我一生？"

"不是吗？"老人说，"不凡之人也需闲淡，但不凡之人不该一生闲淡。就像茶。上次之茶乃中庸之茶，适闲人雅士、山野村夫；此次之茶才乃志士之茶，适将相帝王、不凡之人。正所谓厚积薄发，十年磨一剑，茶与人，皆如此。还有，剑乃指点江山之器，而绝非用来挖挖山药……"

老人扭头，看一眼子胥那柄生满锈蚀的七星宝剑，说："茶乃天赐甘露，你乃天赐良才。切莫辜负。"

"既是天赐，又何必……"

"虽是天赐，人必为之。"老人站起来，对面一抹朝霞，飘然而去。

子胥沉吟良久，"嘭"地朝老人离去的方向跪下，尊一声"师父"，然后，取了剑，院子里舞起来。

你永远没有一败涂地

二十世纪八十年代末，我迎来了人生的第一个机会——报考乳山师范的美术专业。那时候，师范专业特别受欢迎，尤其受我们这些农村穷孩子的欢迎——只要考上了，工作和户口就有了保障。

之前我自学了十几年美术。对考上师范，我有足够的信心。

初试进行得非常顺利，无论素描还是速写，我全都超常发挥。回到家，父亲问我考得如何，我告诉他，就算只录取一个，也非我莫属。我没有夸张，考美术不像考文化，大家挤在同一间屋子里，面对着同一个模特。只要转转脑袋，谁画得好，谁画得不好，一目了然。

果然，我以初试第一名的成绩进入复试。复试在乳山师范进行，我带了画具，提前一天来到考场。由于头一天晚上感冒，到了考试那天，我头痛欲裂，鼻涕一把泪一把，看什么都是重影。于是心里叮嘱自己，一定要考好，一定不要受感冒的影响。然而越是这样，我越紧张，结果，我发挥得一塌糊涂。我看了看，整个画室里，我的画充其量只能排在中游。而这样的成绩，根本不可能考上。

素描之后是速写。因为素描的糟糕发挥，我的速写也很不成样子。

每个考生只有一张盖了编号的画纸，一旦画坏，便不可再改。我知道，我也许会被淘汰。

最后考的是美术理论，紧张到极点的我，不仅把"吴道子"写成了"吴作人"，并且将三原色中的黄色答成了冷色调。而这些，在我很小的时候，便可以倒背如流。

我沮丧极了。

回到家，父亲问我考得如何。我告诉他，就算只淘汰一个人，也极可能是我。我同样没有夸张。我发挥得差极了。我怨不得别人。

经过近一个月的忐忑并且心存侥幸的等待，当成绩终于公布，我果然榜上无名。尽管早已做好心理准备，但那时，我还是感觉天都塌下来了。一个农村孩子就此失去走出农村的最好的机会，有什么比这更糟糕的事情呢？我想因为我的失败，我注定会重复父辈们那种"面朝黄土背朝天"的生活。

父亲劝我说："以后的事情，谁也料不到。虽然现在你没有考上师范，以后或许也不会从事与美术有关的职业，但是我相信，你肯定会有更好的前程。"

可是我已经被淘汰了。我说："我不知道我还能有什么更好的出路。"

"也许你的很多潜能，连你自己都没有发现。"父亲说，"这么多年，你迷恋画画，是好事。但同时，这也会限制你对其他潜能以及才华的发现。我相信多年以后，你会从事一种你之前从没有做过、甚至从没有想过的职业，并且你会做得很好。所以，现在你被淘汰虽不是好事情，但你并没有一败涂地。考试成绩不过代表了你在某一个领域的技能或者某几门学科的认知程度，说明不了其他问题。考试成绩或许会影响到你一段时间的人生，却不会永远影响到你的人生……请记住，对一个有理想的人来说,永远不要用‘一败涂地’这个词。”

往后那些年,我读职高,毕业,在各种各样的工厂打工,自己做生意……即使生活最艰苦、心情最灰暗的那段时间里,我也记得父亲的话:你永远没有一败涂地。

现在我所从事的职业与当初的理想毫不相干,但是,我同样很快乐,同样可以为社会做很多有意义的事情。这些年,我无数次想过,假如当初我考上了师范,又能怎么样呢?得到的同时,意味着失去,很多时,我甚至感谢那次失利。

没有失败就没有成功。在同一个领域是这样,在不同的领域也是这样。

四大冥捕

杀父仇人吴屠,竟是小秋的师傅。

二十年前,吴屠提一把剑,横扫孔雀山庄。山庄四大高手未及出招便被他刺翻,每个人的颈上,只有一个针尖般的红点——吴屠的剑,薄到不再能薄,小到不能再小,快到不能再快。爹娘并肩作战,也仅支撑了几个回合。吴屠只有一把剑,然吴屠似乎有无数把剑。剑光将爹娘笼罩,他们无处可避。

三岁的小秋眼睁睁看着爹娘被刺倒在地。爹扭着脖子看他,小秋明晓他的眼神:报仇!

报仇,需要机会。机会是吴屠给的。

吴屠犯下了两个错误:他没有斩草除根;他将小秋收为徒弟。

两个错误,足以致命。

他将躲在床底瑟瑟发抖的小秋倒提起来,像买一只鸡那样打量。后来他说,他见过那么多孩子,只有小秋将他打动。他还说,他会让小秋成为世间一流的杀手。

他太过自信。或许他认为三岁的小秋没有记忆。或许他认为,小秋永远超不过他。

然他忽略了年龄。人人都会老去，包括杀手。当杀手老去，其命运往往是：被杀。

小秋跟随吴屠，从此居无定所。多年来吴屠只有两件事：杀人，教小秋杀人。二十年光阴匆匆而过。

二十年里，小秋从未放弃杀死吴屠的念头。现在机会来了。

因为小秋长大了。因为吴屠第一次带小秋出来杀人。

吴屠要杀掉的，是雷天。雷天武功高深莫测，且一直效忠朝廷。小秋认为吴屠必将失手。

——关键时刻，他会帮雷天出剑。帮雷天出剑，救了雷天，救了朝廷，也救了自己。

他与吴屠坐在“春来客栈”的大堂，面前，一坛陈年花雕。吴屠喜欢在杀人以前喝一点酒，但今天，这会是他最后一次喝酒。

吴屠拍开封泥。

“你想杀我。”他盯着小秋，突然说。

小秋的手，猛地一抖。

“这么多年，我待你如亲生儿子，但你仍想杀我。”

小秋看着吴屠，不语。他的手悄悄绷紧。

“多年来你一直想替父报仇，你甚至偷偷找到‘四大名捕’，只因我的警觉，才没能成功。吴屠给小秋倒一碗酒，说，你认为你长大了，有击败甚至杀死我的能力。并且，你认为我对你，毫无防范……”

“你可以提早动手。”小秋说，“二十年来，无论哪一天，你都可以杀掉我……”

“我不能。世间只有你，能够接替我。”吴屠说，“这两年我真的老了，常觉力不从心……”

“我不会接替你。”小秋盯着吴屠，“我跟随你只有一个目的：杀你。”

“因为我杀了你的爹娘？”

“不仅如此。还因为我不想再有无辜的人死去。比如雷天……”

“假如他们该死呢？”

“他们不该死。”

“我知道说出实情，你会非常难过，可是我必须说出来。”

小秋的虎口开始跳动。藏在袖口里的软剑，随时可能刺出。

吴屠喝一口酒，说：“雷天依仗朝中有人，做过很多坏事，杀过很多无辜百姓。可是这些事，既不能说出来，也不能将他押进大牢……”

“可是我爹娘是好人！”

“几乎所有人都认为他们是好人，但他们不是。”吴屠低下头，表情痛苦。“他们助先皇做了很多事，我指的是，坏事……并且，最让皇上头痛的是，他们所做的一切，全都绕开了律令……”

“那就光明正大地去查，去审！”小秋说，“有‘四大名捕’……”

“当律令对他们有用，便需要‘四大名捕’；当律令奈何不了他们，或者有些事情不便公开，便需要我这样的人。知道‘四大冥捕’吗？送该杀之人进地狱，却永不能如‘四大名捕’那样受人尊敬和传颂。‘冥捕’需要承受太多危险，孤独，误会……更重要的是，‘四大冥捕’并非四人，而是一人……”

小秋听说过“四大冥捕”。然之前，他认为“四大冥捕”不过是一个传说，就像“侠盗楚留香”那样的传说。他既不敢相信“四大冥捕”真有其人，也不敢相信他一直痛恨的吴屠就是“四大冥捕”，更不敢相信他记忆里的爹娘，原是连律令都奈何不了的恶人。

“知道你难以相信。可是皇上的御牌，你不会不知。”吴屠展开手，御牌上“四大冥捕”四个字，让小秋表情扭曲。

“这么多年一直瞒着你，是怕你痛苦，更怕你不能明辨是非。现在，该是你做出决定的时候了。”吴屠说，“不过请你记住，你是唯一一个能够接替我的人。假如你愿意，现在就可以成为‘四大冥捕’……”

小秋盯着胡屠，咬牙切齿。

“杀父之仇，必报！”他一字一顿，“我发过誓，一生只为杀你！”

烛动，风动，窗动。一个黑影闪进屋内，刀光现。光影间，小秋听到一个声音：“我雷天岂容你等前来撒野？”

吴屠挥剑，身形急闪。然雷天的刀光，紧逼咽喉。

小秋溅出一滴泪。剑，划出去。

却不是指向吴屠，而是雷天。

一剑，二十年恩怨，一百年江湖。

第四辑

婴儿的救赎

男人本有逃跑的机会，虽然机会渺茫，但毕竟是机会，可是他选择了束手就擒。放弃逃走的原因，除了他不想继续过那种提心吊胆的日子，还有很多。但他知道，其实，最重要的原因只有一个，那就是：他不忍惊扰他熟睡中的儿子。

十八年前的承诺

中午时候,有个男孩给他送来一个很大的生日蛋糕。男孩站在门口,扶着单车,汗流浃背。

“好不容易才找到你,请收下蛋糕。”男孩说。

“也许你们弄错了,我没有订过生日蛋糕。”他说。

“这是你母亲为你订的蛋糕。”

“那更不可能。”他说,“我母亲在生我那年就去世了。”

“是这样。”男孩说,“你母亲在得知自己即将离世以后,找到我的父亲,给你十八岁生日这天订下一个蛋糕,并嘱咐一定要送到你的手里。她说从今天开始,你就是成年人了。对了,她还给你留下一张卡片。”

卡片虽已泛黄,却的确是母亲的笔迹:儿子,十八岁生日快乐。

除了偶尔听父亲谈起母亲,他对母亲没有任何印象。然现在,他非常想念他的母亲。

他有一种想哭的冲动。

母亲去世那年,他和父亲还住在甘竹滩附近。后来他们搬到清晖园附近,再后来搬到宝林寺附近……十八年里,他和父亲生活动荡。他纳闷男孩是如何找到他的。

“两年以来，我一直在找你。”男孩说，“我找过你住过的所有地方，也问过很多人，可是他们都不知道你搬到这里。所幸的是，就在今天早晨，我终于打听到你的住址。蛋糕是我刚做的，虽然做得不好，可是我已经尽力。”

收下蛋糕，他问男孩，多少钱。

“十块钱。你母亲十八年前已经付过账。”

“十块钱？也许还买不到蛋糕上的巧克力……”

“她和我父亲都没有料到物价会涨这么快。”男孩笑笑说，“不过既然答应过她，就得恪守承诺，尽管这承诺，在遥远的十八年以后……”

“你的店在哪里？”他说，“以后，我还想去你那里订蛋糕。”

“店已不在了。”男孩说，“父亲五年以前去世，蛋糕店就兑出去了。临终前他嘱咐我，一定要把蛋糕亲自给你。他说，人世中，诚信最重要……”

男孩还说，他喜欢李小龙，更喜欢李小龙的功夫，也许大学毕业以后，他会开一家武馆。

“你的母亲和我的父亲教给我太多东西，我想我会受用一生。”男孩说。

临走以前，男孩告诉他，今天也是他十八岁生日。“所以，这个蛋糕不仅是你的母亲送给你的，也是我的父亲送给我的。”男孩冲他眨眨眼睛，说。

婴儿的救赎

男人潜回村子的时候，已至午夜。月光铺泄开来，夜凉如水，村子如同熟睡中的婴儿。男人翻墙而入，他果真见到了炕头上熟睡的婴儿。婴儿是他的孩子，他未曾谋面的一岁半的儿子。他逃走时，妻子刚刚有了身孕。

回想起来，男人又恨又悔。几个村人凑到一起喝酒，因为言语不合，他摸起西瓜刀就把人捅了。其实刀子刺进对方肚腹的瞬间他就开始后悔，他想送对方去医院，他想去派出所自首，他想给对方道歉，甚至，他想跪下来给对方磕头。可是他害怕。他从来没有那样害怕。逃走之前他甚至没敢回一趟家。男人像一只惊恐的老鼠般隐迹在一个又一个城市里，每一天，他都在挂念他身怀六甲的妻子和即将出世的孩子。

月光涌进屋子，照着他的妻儿，他的妻儿睡得踏实。他端详着儿子的五官，他认为儿子像他多一些，像妻子少一些。妻子翻一个身，一只手搭上儿子的身体，儿子轻哼一声，睡梦里的妻子毫无察觉。两年来妻子似乎老去很多，眼角有了皱纹，皮肤不再光滑。可是她依然漂亮，眉眼动人。他低下头，轻吻妻子的脸颊，熟梦里的妻子，竟然露出笑容。

也许妻子梦见了他，也许妻子梦见的，是她长大的儿子。男人的心紧了一下，看看儿子，儿子的眼睛突然毫无理由地睁开。他吓了一跳，身体猛地一缩。这次偷偷回来，他不想惊动他的妻子和儿子。他只想匆匆看他们一眼，然后，再一次逃进城市。

儿子没有发现他。儿子扭头看看妻子，咧咧嘴，再一次睡过去。然他睡得并不安稳，男人看到他的眼珠在紧闭的眼皮下面骨碌碌地转动。男人咬咬嘴唇，轻轻拿开妻子的手，然后，将儿子小心翼翼地抱起。儿子那般小，那般轻，那般柔软，那般惹人怜爱。儿子往他的怀里拱了拱，那一刻，男人的心，碎成无数瓣。

最初怀里的儿子似乎并不舒服。每隔一段时间，他便要扭动一下身体，两条淡淡的眉毛系成了死结。逐渐，儿子的表情变得放松起来，呼吸也变得均匀。他的鼻尖上渗出细小的汗珠，他甚至在他的怀里放了一个无比放肆的响屁。他笑了，在儿子的脸蛋上轻轻亲了一下。他似乎看到自己小时候的模样。

男人抱着儿子，再也舍不得放下。他努力让儿子睡得舒服些，再舒服些；他努力让自己保持一种固定的姿势，一动不动。突然院子里传来什么动静，男人侧耳细听，表情陡然惊炸。他甚至下意识地做出逃跑的准备，可是最终，他还是没有动。当警察出现在他的面前，他一手抱着儿子，一手冲警察做出一个“轻一点”的手势。他小心翼翼地将儿子放回妻子身边，然后，万般不舍地看了看他的妻子……

男人本有逃跑的机会，虽然机会渺茫，但毕竟是机会，可是他选择了束手就擒。放弃逃走的原因，除了他不想继续过那种提心吊胆的日子，还有很多。但他知道，其实，最重要的原因只有一个，那就是：他不忍惊扰熟睡中的儿子。

阳光划破你的脸

男人住在地下室里，已经两年有余。租来的地下室，阴暗潮湿，散着混浊难闻的霉味。地下室没有窗户，更不会有阳光，冬天时，阴冷得就像静寞的北极。只是窗户的位置，摆着一盆花。那花早已枯萎，趴着缩着，即使没有风，枝叶也会在某一个瞬间突然有了细微难觉的摇摆。那是死亡的声音。就像地下室里的男人。

男人有他的故乡。男人的故乡，山清水秀。那里有他的女儿和妻子，黄狗和水井，庄稼和土地，篱笆和向日葵。可是男人来到城市，某一个夜里，惊慌失措。城市热闹繁华，阳光和暖，却与男人无关。男人很少走出地下室，除了买些必需的生活用品，他总是闷在地下室里。地下室就像一个被放大的老鼠洞，男人就像一只时刻保持警醒却已经接近崩溃的耗子。

房东是一对四十多岁的中年人。男人在贸易市场上卖菜，女人在贸易市场上修鞋，两个人相隔不远，抬头可望。他们有一个十多岁的儿子，他们的儿子没有读过一天书。每天，男孩待在院子里，与蚂蚁说话，与蚯蚓说话，与金黄色的阳光说话，与天空中快速掠过的飞鸟说话，偶尔，也会跑到地下室里，与男人说话。男孩口齿不清，男孩的胸前总是亮汪汪一片。但这并不妨碍男孩的快乐，男孩总是大咧着嘴巴，冲着他笑。

他是一个弱智的孩子。弱智的孩子，快乐总是简单且肤浅。他想。

整个漫长的春天，绝大多时间里，他都待在阴冷逼仄的地下室里。他不敢上街，他感觉街上每个人都在打量他，研究他，心怀叵测。他更害怕遇到警察，当警察从他身边走过，他会产生一种接近虚脱的感觉。他永远忘不了两年前的那个夜晚，那夜里，他高举起刀子，狰狞如鬼。就是从那天起，他开始拒绝阳光。事实上，他认为，地下室里的他，真的是一个鬼。

见不得阳光的鬼。

男孩坐在他的对面，冲他笑。他问："你笑什么？"男孩说："你的脸，比我都白。"

"是这样吗？"他抓过镜子，果然。镜子里的男人憔悴不堪，胡子爬上脸颊，头发变得灰白——两年时间可以定格不动，两年时间可以老去百年——他的纸一般苍白的脸，没有任何光泽。

"你不想出去晒晒太阳吗？"男孩口齿不清地问。

"晒太阳？"

"好大的太阳。"男孩咧着嘴，阳光很暖和。

哦，晒太阳。他的心头轻轻一震，蓦然间想起自己的女儿。以前女儿也常常拉他出去晒太阳，在开满葵花的篱笆小院里，在一条黄狗和一口水井的旁边。那时的太阳是金子的质地，他的皮肤也是。连时间也是，连日子也是。可是现在，现在，他告诉男孩说，他不能出去的。

"为什么呢？"男孩歪着脑袋，拽了拽他的胳膊。"难道你不想陪我玩一会儿？”男孩说，“到院子里去看看吧，很好的太阳。”

男人愣了愣，终随男孩去了院子。确如男孩所说，很好的太阳，很暖的阳光。院门紧闭，院子里阒静无声，似乎这方小小的空间早已与世界彻底绝缘。可是这里又是如此熟悉，蚂蚁们匆匆忙忙，墙角静静地开出不知名的花花草草，淡淡的清香阵阵袭来，阳光懒洋洋地照着，一切都是那般美好，让男人身心松弛。男孩为男人搬来一把凳子，男孩说：“你应该多晒太阳的。”

男人喜欢这种感觉。可是他仍然恐惧。街上的任何一点动静都令他心悸，令他的神经，再一次紧紧地绷起来。那天男人在院子里坐了两个小时，只有两个小时，可是男人分明感觉到金黄的阳光已经渗透他的皮肤，穿越他的肌肉，深入他的骨骼，最后，停留在他的灵魂深处。

那感觉刻骨铭心。

男人重新回到地下室，重新做回他的耗子。可是那几天，他总是怀念着院子里的阳光，想象着大街的阳光。他更想念他的女儿和妻子，黄狗和土地。在梦里，他一次又一次地回到故乡，亲吻女儿和妻子的脸，抚慰黄狗与土地的伤。醒来，男人泪流满面。

男孩在某个上午再一次拜访了他。男孩盯着他的脸看了很久，男孩说：“你的脸好像暴皮了。”

暴皮了？他愣住。慌忙抓来镜子，果然，他的脸变得一塌糊涂。

怪不得这几天他的脸一直火辣辣地痛。怪不得当他的手抚上自己的脸，即刻会有糙如砂纸的感觉。怪不得有时在梦里，他会梦见自己被炽烈的阳光烤焦融化。原来，他的脸暴皮了！他的苍白的脸已经不能够接受哪怕两个小时最柔和的阳光！他被阳光灼伤了脸！他真的变成了只能够躲在夜里的鬼魅！阳光对他来说，就像炭，就像火，就像硫酸，就像锋利的刀子……

他吓傻了。怎么会这样？

“你怕阳光吗？”男孩睁着懵懂的眼，“你怎么连阳光都怕？”

“我……怕……阳光吗？”他问自己。

“你怕阳光。”男孩点着头，咧着嘴，流着口水，“你真的怕阳光……以后你千万不要晒太阳，你得一辈子藏在地下室里，藏在黑暗里。”男孩自顾为男人下着结论。

那个瞬间，男人有一种彻底绝望的感觉。当然以前男人也曾绝望过，但是无论哪一次，都没有这次来得强烈、纯粹、彻底并且绝对。男人呆呆地望着镜子里的自己，心头猛然划过一道强烈的闪电。那闪电击碎他心中摇摇欲坠的堡垒，男人听到过去的倒塌之音。

男孩已经走到门口。这个弱智的孩子，竟也走得大摇大摆。

男人喊住了他。男人站起来，走过去，牵了他的手。

我们去大街上走走吧！男人笑笑，说：“去晒晒太阳。”

· 最尊贵的上帝

男人经过花鸟市场，被一位年轻人喊住。年轻人友好地看着他，冲他招手。“嗨，过来！”

男人一怔。“喊我？”

年轻人咧开嘴，露出两颗调皮的虎牙。“过来！”

年轻人的面前，摆着几颗石头。大的拇指大，小的小指大。“买两颗吧！”年轻人指着他的石头，说，“放鱼缸里，很漂亮呢。”

“买两颗？”男人蒙怔，“这是普通的石头啊！”

“早晨的时候，它们当然还是普通的石头。”年轻人的嘴巴咧得更大，眼睛像弯月，“可是现在，它们就不再普通了。”

“为什么呢？”男人弯下腰。

“因为是我把它们从几百颗石头里面挑拣出来的啊！”年轻人说，“就是说，这几颗石头，是那几百颗石头里面最漂亮的最昂贵的……你看看，是不是很漂亮？我为这些漂亮的石头付出了劳动，我是要得到报酬的。”

“可是即使你把它们从一万颗石头里面挑选出来，它们也不过是普通的石头。"

"不,它们是花玉。"

"花玉?"

"或者叫不含玉的石头,花玉是我起的名字……这样的玉,雕不成手镯和坠子,可是可以放在鱼缸里观赏啊。鱼缸里一定得有石头和水草,有石头和水草,才有河的样子……当然你可以自己去河边捡石头,但是买了我的石头,你就不用再去捡了啊!金鱼们围着这些石头做游戏,吐着泡泡……多漂亮的花玉啊!"

男人笑了。他笑年轻人的表情。年轻人的表情认真并且郑重,充满自豪感。似乎他真的守着一堆价值连城的宝石,似乎面前的男人是他最重要的客户。

"这么贵重的花玉,我可买不起哇。"男人跟年轻人开起玩笑。

"怎么会买不起?"年轻人看到将石头卖出去的希望,"每颗只卖三块钱!"

三块钱?

"我当然想卖到五块钱,"年轻人摊开手,再一次露出嘴里调皮的虎牙,"可是我妈只让我卖三块钱。"

男人直起腰。他想他好像明白一些什么了。似乎,面前的年轻人,是一位傻子。他从河边捡来几块石头,然后拿到花鸟市场卖钱。男人数了数,年轻人面前的石头共有五颗。"一共十五块钱?"男人问。

"全买了的话,十二块钱就够了。"年轻人说,"给你算批发价。"

男人再一次笑了。他的客厅里,真的有一个鱼缸。他的鱼缸里,真的缺几颗石头。当然这些只是普通的石头,不值一分钱的普通石头,可是这些石头给了这个傻子最美好最纯粹的期待,现在,男人想,他只需花掉十二块钱,就可以为傻子再送去一份最美好最纯粹的快乐。

难道不合算吗?

男人真的买下年轻人的五颗小石头,手心里握着,站到马路边等候公共汽车。是时,黄昏,太阳挂上远方的树梢,将城市镀上金黄色的迷人轮廓。一位中年妇女快步走到他面前,跟他说一声谢谢,手里,捧着他的十二块钱。

“我儿子刚才卖给您石头,希望您不要介意,”女人说,“他的智力有些问题。”

女人似乎在努力回避着“傻子”这个词。

男人说:“没关系的,我喜欢这些石头。”

女人再说一声谢谢。“可是这些钱,必须退还给您……否则的话,我们岂不是成了骗子?”

“我不是这个意思……”

“知道您是好心人。”女人说,“我一直看着,我就在不远处卖花盆……不过每一次,当他成功地卖出几颗石头,我都会把钱退还给买石头的人……我必须这么做……”

“这些石头难道不是他从河边辛辛苦苦捡来的吗?”

“当然是。”女人说,“每天早晨他都会去河边捡几块石头,然后一整天都守在这里卖他的石头,有时也会给我添一把手……其实最开始是我要他这么做的,我想,总得让他拥有一份独属于自己的快乐……”

“他快乐吗?”

“当然。”女人说,“他认为自己也能赚钱,也能养活自己……他其实很懂事的……他总是把卖到的钱交给我……”

女人红了眼圈。仍然擎着那十二块钱。

男人只好收下他的钱。“买石头的人很多吗？”他问。

“不是太多，但每天都有。”女人说，“每一次见到有人买他的石头，我都会从心底感激他们。他们虽然算不上真正的顾客，然而对我们来说，却是真正的上帝。他们善良，大度，充满悲悯之心；他们仁慈，博爱，让我和儿子的世界不再寒冷。他们，还有您，难道不正是我们母子俩最尊贵的上帝吗？”

男人握着五枚小小的石子，与女人告别。公共汽车上，他突然想，或许真有一天，这城市的所有鱼缸里，都会摆着几颗这样的小石头吧。

给别人留一把伞

临近通暖气的几天，供暖公司的大厅窗口，总是挤满了前来办手续的人。一个下午，天阴沉着，又起了风，好像随时会下雨。黄昏时真的下起了雨，初冬的雨，不大，却凉，满街飞着，冰的模样且寒冷。

工作人员拿出一些雨伞，整齐地排放到门口。伞不多，全新，就像一排站立的等待召唤的士兵。有人办完手续，到门口，看下了雨，又看到伞，感激地笑笑，随手抓起一把，撑开，走进雨里，或步行，或骑了单车，或打了出租，就不见了。然后，第二天，或第三天，或更长一段时间，他们回来，说一句感谢的话或什么也不说，将伞重新排放到门口。伞与人，与雨天，与窗口工作人员，形成一种默契。

那一对母女，终于办完所有手续。两个人走到门口，才发现下了雨。这样的天气让她们措手不及，女人看看手表，看看天，脸上露出焦急的表情。她对女儿说："看来我们要打一辆出租车了。"

女儿指指立在门边的那把伞，她说我们可以打这把伞回家。

那是最后一把伞。淡蓝色的伞面，有着优美弧线的伞柄。雨伞就像一位等待召唤的士兵。

女人看看雨伞，又看看女儿。她说：“不行。这是最后一把伞，我们得把这把伞留给别人。”

“为什么呢？”女儿不解地问。

“因为大厅里还有很多人。”女人说，“但是雨伞只剩下这一把。”

“难道他们比我们更需要一把伞吗？”女儿问，“把伞放在这里，不就是给我们提供方便吗？”

“正因为是给我们提供方便，所以我们必须要把这把伞留下。”女人说，“你可以想想，当大厅里最后一个人看到下了雨，又看到立在墙角的雨伞，会是怎样高兴的表情？而当他找了很久也没有找到雨伞，又会是怎样失望的表情？他或许会认为这里的工作人员根本没有准备雨伞，或许，他们会对所有先前持伞离开的人感到失望……”

“可是这跟我们有什么关系呢？”女儿问，“我们不过正好幸运地拿到了最后一把伞……”

“假如你把正好拿到这把伞当成幸运的话，那么明天，这幸运可能就换成了别人。”女人说，“其实类似这样的事情还有很多。比如公园的长椅上只剩下一个位置，比如餐馆的洗手间里只剩下一张擦手纸，比如公交车上只剩下一个座位，比如大厅里只剩下一把免费取用的雨伞……假如每个人都替后面的人想一想，那么公园的长椅就会永远有座位，洗手间里的擦手纸就会永远用不完，所有免费取用的雨伞也永远会至少剩下一把……你想想，这个世界，是不是更美好、更有人情味？”

“可是每个人都会这样做吗？”女儿仰着脑袋问。

“正因为不可能每个人都这样做，所以我们才必须这样做……永远给别人留一把伞，在现在，或许是一种品质：在以后，可能就会变成一种习惯。”

爱，最高明的智慧

某地举行一个类似“极限生存”的电视直播游戏，参赛者以家庭为单位，最终的胜出者，将会得到一笔非常丰厚的奖金。报名者众多。

可是能够最终胜出并不容易。主办方表示，要想撑到最后，必须“智慧与勇气”并存。就是说，一味胡冲乱撞肯定不行，还要有明确的分工、超常的智慧，而一家人的齐心协力，更是最为关键的一点。

比赛在一个小岛上进行，竞争异常残酷激烈，每一天，都会有几个家庭被淘汰。半个月过去，岛上终于只剩下四个家庭。

他们将迎来最后一项挑战。

最后一项挑战，却看似不太难。主持人告诉他们：“一家人只需将船划过一条水流湍急的小河便可以了。当然河有很多分叉，终点不过在其中一条分叉之上；当然河水里还隐藏着数不清的危险。所以大家一定要小心，”主持人说，“最先到达终点的，就是最终的胜出者。”

一声令下，四条小船如风似箭。可是不久他们就遇到麻烦，正如主持人所言，一路上，危险重重。看似不宽的一条河，却时而拐了急弯，时而暗藏险滩，总之小船的速度越来越慢，行进也越来越困难。然四条船仍然并驾齐驱，拉不开明显的距离。

竞争空前激烈。

那条船上，坐着大胡子的男人、娇小的女人和他们调皮的儿子。男人划桨，女人掌舵，儿子在一旁拍起巴掌为他们加油鼓劲。小船摇摇晃晃，男人不时提醒儿子要小心。其实都穿了救生衣，其实，不远处就有主办方的预备救援队。可是男人仍然不能够放心：儿子太小，他只知比赛，只顾兴奋，却不知道那些潜在的危险。

小船拐进一条支流，又转一个弯儿，终于冲到第一。男人看到胜利的希望，加大了划桨的频率和力量。可是突然，不远处的前方，几条一字排开的鳄鱼突然从水里探出宽大丑陋的嘴巴。当然那不是真正的鳄鱼，主办方也当然不会用他们的生命作为游戏的赌注——那不过是用橡胶做成的并不逼真的鳄鱼模型，起到的也不过是类似路障的作用，可是它们挡在那里，男人一家的小船根本不能够通过。很显然他们拐上一条错误的支流，距离终点越来越远。后面的小船已经开始掉头，男人的第一名，转眼变成为最后一名。

男人一边奋力划桨，一边让女人快些掉转船头。可是来不及了，水流太急，小船一点一点接近那些排列紧密的虚假的鳄鱼。胜利距离他们越来越远，男人终于不顾一切，一个猛子，扎进河水。

剩下的事情，变得非常简单。只需用手推开那些鳄鱼，小船就可以继续前行。男人这么做了，不费吹灰之力。待他重新爬上小船，他发现，终点竟然近在咫尺。

只需拐一个弯儿，就到了。事实上，只有他们选择了一条正确的通道，他们就成为最终的胜利者。

当然，主持人要对男人进行几分钟的采访。主持人对观众说只有男人阐释了这次极限挑战的全部内涵——智慧与勇气:当遇到障碍,绕开,是一种智慧,迎上去,也是一种智慧。男人一家人显然选择了后者——其实那些鳄鱼模型非常之轻,只需轻轻一推,小船就可以顺利通过。就这么简单。对障碍,不要怕,勇敢地迎上去,这是人世间最高明的智慧。一味地怀疑自己,往往就会失去取胜的最佳良机……

男人站在一边,嘿嘿傻笑。

主持人问:“难道我说得不对?”

“不全对。”男人说,“我跳下水,并非有什么大智慧,更非如你所说的那样不顾一切迎上障碍。之所以那么做,是因为那时候,我的眼镜被溅上了水……”

“这有什么关系?”

“当然有关系,”男人笑了笑,“因为我是高度近视。我错误地将那些模型当成真正的鳄鱼,所以那时候,为了保护我的女人和孩子,我只能选择跳下水。人世间最高明的智慧?我想应该是,‘爱’吧?”

山村交通岗

山村悬垂在山腰，不过散落着二百多户人家。可是你相信吗，这么偏远的山村，竟然在村里唯一的十字路口，伫立了一个交通岗。

两条土路交叉口，把村子划成大小不一的四块。交通岗从土路的交叉处生长出来，显出愣生生的突兀。那交通岗和城里马路上的没什么两样，甚至因为有黯败背景的对比，比城里的交通岗更为光鲜和威武。

去山村采风，那个交通岗一下吸引了我。刚下过雨，洗刷一新的交通岗和坑坑洼洼积着污水的土路，呈现着一种极不协调的怪异。山村突现的交通岗已经让我惊讶不已，更令我吃惊的是，在那里，竟然站着一位交通警察！他正以最标准的姿势站立，一丝不苟地指挥着并不存在的车水马龙。他左转身，平举手……右转身，口中的哨子响起……

不过稍一细看，那“警察”却并不是警察。尽管他的衣服和警服有些接近，但无论颜色还是款式，都和真正的警服，有着很明显的差异。雨后的阳光一点一点加强着烘烤的力度，直射着暴露在交通岗外的他。慢慢地，他脸上的汗滴，汇成流淌的河。

那是一位二十多岁的小伙子，模样很憨，有点像《天下无贼》里的傻根。

好像他已经在这里站了很长时间，可是我注意他的漫长时间里，那个十字路口，始终没有经过一位行人，一辆自行车，一辆马车，一台手扶拖拉机……终于，有人来了，却并不是路人。那是一位身体佝偻的老人。老人径直走向交通岗，递给站得笔直的“警察”一个破旧的军用水壶。我见到那警察啪的一个敬礼，然后接过水壶，咕咚咕咚地喝着水，仿佛已经渴到极限……

我追上急欲离开的老人，问他，那“警察”是谁？老人说：“我儿子。”我问他，怎么会在这里有一个交通岗？老人弄清我的身份后，长叹一声。他说：“去我家说吧。”

老人的家，就在十字路口的旁边。敞着门，就可以看到那个交通岗。我坐在老人的院子里喝茶，一边看那个年轻人独角戏般地指挥交通，一边听老人给我讲这个几近离奇的故事。

老人告诉我，他的儿子特别聪明，上小学上中学上大学，成绩都是名列前茅。儿子的理想是当一名交通警察，能够站在城市的十字路口，指挥着过往的车辆和行人。大学毕业后，他被县交警大队顺利录取。可就在等待去交警队报道的前几天，为采一朵蘑菇，他从村后的山坡滚了下去。他在医院躺了整整半个月才醒过来，命倒是保住了，人却摔傻了。他几乎忘记了所有的事情，甚至有一段时间，他竟然不认识自己的父母，却唯独，没有忘记自己已经被县交警大队录取。每天他都会站在村头，像一位真正的交通警察那样，吹响一只哨子。

于是你要在门口给他立一个交通岗，让他相信自己就是站在县城的马路上？我问。

是的。老人说，好像只有这样，才能够带给他平静和快乐。我听医院的大夫说，让他平静快乐地过好每一天，或许以后的某一天，他才会忆起以前的事情，甚至说不定，还会恢复成原来的样子。那样的话，也许他还真能去交警队上班，当一名真正的警察呢。

老实说，那天我并没有太多的感动。对老人和他的儿子来说，这当然是一幕悲剧。可是类似这样的悲剧，世间不是每天都在上演吗？到处采风的我，这类事见得多了，也就有些麻木了。至于那个虚假的交通岗，就更接近于闹剧了。我想，当劳作一天的村人扛着农具从这里经过，面对一个手舞足蹈的傻子，他们脸上，将会是怎样一副嘲笑的表情？

可是我想错了。我看轻和玷污了那些村人。那天，黄昏时，那个十字路口的村人突然多了起来。当三三两两的行人、自行车、马车、手扶拖拉机经过那个交通岗时，我看到，他们竟顺从地听任那位“交通警察”的指挥。他们有秩序地停下，等待，看“交警”的手势，然后快速通过。仿佛，那儿真的是一个拥挤的十字路口；面前的傻子，真的是一位名副其实的交通警察。

那一刻我被深深打动。后来我一直确信，在那个偏远的山村，无疑有世界上最伟大的交警，最伟大的父亲，最伟大的村人，以及人世间最伟大的理解和爱。

我真的闻到了花香

她已经在病床上躺了两个多月，不知道自己还能熬多长时间。

有时候他来了，扶她靠着枕头坐一会儿，她就能望见窗外的一条土路和紧挨着土路的一堵斑驳陈旧的土墙。初春，有不知名的藤顺着土墙偷偷地攀爬，吐着暖的绿。

他给她削好一只苹果，她慢慢地啃，突然说，这墙真是讨厌呢！土墙遮挡了她的视线和墙那边的风景，这令她有些烦躁。

他陪着笑，他说这土墙马上就要拆了呢。然后他又一次给她描述墙那边的那个花园。有月季、紫藤、鸡冠、江斯蜡、毛竹、剑麻、石榴、四季菊、金边兰，满满的一园子。他说，等这些花开了，这墙就拆了，到时我们去散步。他的眼睛眯起来，表情里充满了期待。

她就等着。从初春等到初夏。墙依旧在，她却越来越虚弱了。

她靠着枕头，剧烈地咳嗽，她问："我还能等到这些花开吗？现在这些花有开的吗？"他让她等一会儿，然后跑出去。她看到他在窗外匆匆向她做个鬼脸，然后消失在路的尽头。过一会儿，他跑回来，捧一朵近似透明的月季花苞。"偷摘的！"他大声说。她愉快地笑了。

他告诉她，花园里的很多花儿都鼓出了花苞，看样子马上就要开了，只要这墙一拆，她倚在床上也能看见这些花了。这墙到底什么时候拆？她问。他踱到窗前，他说，应该很快。

墙继续立在那里，她也继续虚弱着。盛夏，天很热，有时她一整天都在咳嗽，生命仿佛正在离她而去。他扶她倚坐在床上，他说，再过一个月，这墙就被拆了，是真的拆，市容部门在电视上通告的。那时他握着她的手，他感觉她的手冰凉。“等你病好了，我们去那儿散步。”他说着，指着那墙。却不敢看她。

她把他的手攥紧，她说：“可能我等不到了那一天了。其实不拆也没有关系，反正我知道那儿有一个花园，花园里开满了花。梦里，我们在那里相拥呢。”她微笑着，表情有些羞涩，然后她开始吐血。一大片一大片的血花，溅落到雪白的床单上。恍惚中她觉得床单上开满了大片的玫瑰，她和他牵着手在玫瑰园里无忧地散步和说笑。再然后，她的手便垂下来。

他守着空空的病床，哭了整整一夜。他骂自己的无能，他的谎言仅把她多留了两个月，却不能留住她的一生。后来他嗓子哑了，发不出声。他盯着那堵墙，好像墙的那边，真得有一个花园。

护士交给他一本日记，日记是她的。他翻开日记，纸面上画了一个漂亮的花园，花园里有月季、紫藤、鸡冠、江斯蜡、毛竹、剑麻、石榴、四季菊、金边兰，满满的一园子。

下面，她写着：

我知道，墙那边其实并没有花园。可是在黄昏，我真的闻到了花香。

爱的隐瞒

刚当兵那会儿,他沉浸在难以抑制的兴奋之中。每天他都要英姿飒爽地穿上军装,让他的战友用数码相机一张又一张地拍照;每天他都要跑去微机室学习电脑,他不但学会了打字,还学会了用打印机给家里打印一封家书。家在遥远的大山里,那里有瘦骨嶙峋的古树和石头、土地和村落。家静静地卧在村落一角,家里有几亩薄地和一头黄牛,有十四岁的小妹和六十岁的母亲。

字迹工整的家书散着油墨的清香飞回大山,母亲自然喜上眉梢。她眯眼坐在院子里,在细碎柔软的阳光下,细细打量着照片上英俊挺拔的儿子。女儿站在一旁轻轻地为她朗诵儿子寄来的信,她认为世界上最幸福的事情莫过如此。有时她会抬眼看一看延绵起伏的青山,看一看栖在树上的喜鹊或者玉鸟,那眼就笑起来了。她仿佛看见了自己的儿子。腼腆的儿子复员回来,明显长高和消瘦了许多。儿子站在她的面前,叫一声娘,却再不知说些什么好。

夏天的时候,他参加了抗洪救灾。他乘坐着冲锋舟,一次又一次地冲进被洪水围困的村落。在山里,他也见过大水,七八月天,洪水轰隆隆从山上滚落下来，裹挟着断木残枝、泥土和石块、兔子或者狐狸的尸体、利齿或者贪婪的嘴。可是他从来没有见过这样的水。这样的水无边无际，这样的水就像海洋。抬眼是黄浊的天，低头是黄浊的水，天与水之间，没有一丝缝隙。他的冲锋舟满载着被救的村民，有些像他的妹妹，有些像他的母亲。可是在大水的深处，在摇摇欲坠的大坝和随时坍塌的屋顶上面，他知道，还有无数个妹妹和无数个母亲。他的冲锋舟再一次狠狠地冲进去，在天与地之间扯开一线草绿色的缝隙。突然，一个巨浪扑来，他和冲锋舟都不见了。水面上出现了一个巨大的漩涡，漩涡的深处，可怕并且邪恶的利齿一点一点将他吞噬。

他消失了。听不到声音，见不到尸体。他被记功、被表彰、被奖励、被追悼、被怀念，被这样或者那样，那样或者这样。可是这一切，全没有让他远在大山的母亲知道。百病缠身的母亲怎么能够承受这样巨大的打击呢？那时候，距他当兵，不过才刚刚半年。

但还有持续不断的家书飞回大山，飞到母亲手里。母亲坐在小院里，听女儿一遍又一遍地念着儿子的来信。信里依然夹了照片，照片是他留在战友相机里的，足有近百张。照片上的他稚气未脱，照片上的他浅笑着看着自己的母亲。秋天，头顶的大雁们排成排，脚下的蚂蚁们匆匆忙忙。母亲闭上眼睛，却有一滴眼泪从眼角滑出。一年里，她无时无刻不在想念自己的儿子，甚至是在梦中。儿子是母亲的血和肉、身躯和灵魂。儿子几乎是她的一切。

信是他的战友寄出的。每隔一段时间，战友都会替死去的他写一封信。虽然生前他没有任何托付，但是他的战友认为自己必须这样做。当然用了打印机，为此他需要徒步去到几公里以外的镇上；当然夹了照片，那是让母亲相信和放心的唯一证据；当然还会汇点钱，有死去的他的钱，也有他的钱。有时他会随信夹上一枚绿叶，清晰的脉络，漂亮的红心般的形状。他躲在暗处偷偷哭泣，他想起冲向汪洋中的一叶孤舟，想起自己远在故乡的母亲和姑娘。

当然，他会收到回信。回信很及时，母亲口述，妹妹代笔。信里说庄稼丰收，说黄牛产崽，说门前的槐树和院子里的月季花，说冬天的大雪和夏天的暴雨。信末，不忘嘱咐他好好当兵，听话，上进，注意安全，等等。他把这些信收起来，然后，待清明或者他的祭日，一个字一个字读给他听。他是朝着大水的方面读给他听的，现在那里风调雨顺，鸡犬相闻。

这样的事情，他一直做了五年。两年义务兵，再加三年志愿兵。他绞尽脑汁编造出各种各样的谎言，欺骗着远在大山里的可怜的母亲。有时候，写到动情处，他会偷偷掉两滴眼泪。而有时，他甚至认为这已不再是谎言，而是一位健康的儿子真的在给他远方的母亲写信。现在这世上，他有两个妈妈。

可是他深知这件事终不会隐瞒太久。当他复员，大山里的母亲便会得知儿子的死讯。当然别的战友可以接替他，当然相机里还有很多可用的照片，可是他怎么忍心让一位失去儿子的母亲永远被蒙在鼓里呢？最后他决定去看望那位可怜的母亲，他会小心翼翼地将可怕的噩耗告诉她，他会请她原谅自己的隐瞒和欺骗，他会帮她修一修破烂不堪的草屋，会陪着她坐在小院里说话。他知道她们生活得不易，他知道从此以后，她们将会生活得更加不易。

他在小院里见到已经十九岁的女孩。她有很羞涩的表情和很明亮的眼睛，她和他死去的战友很像。他问："你妈妈呢？"她说在屋子里。他说："我要见见老人家，我有很重要的事情跟她说。"她顿了顿，说："你随我来。”他穿过院子里的青石甬道，她告诉他这是哥哥当兵以前替她们铺的。他看到墙角开得热烈的月季花，她告诉他这是哥哥当兵以前替她们栽的。他轻轻掀开门帘，走进屋子。屋子里阴暗潮湿，却很干净。然后，他惊愕万分地看到，堂屋正中的桌子上，摆放着一张老人的照片！

黑白照片。遗照。周围黑纱环绕。

“我妈妈。”女孩指着照片，说，“前年去世的……癌症。”

“前年，去世的？”他不敢相信自己的耳朵。

“没治好。”女孩低了头，凄然无助的表情。“本以为能治好的，本以为至少，她能熬过那个冬天。”

他低下头，久久不语。怎么跟她解释呢？他欺骗了她的母亲整整五年，现在可怜的母亲已经过世，他将永远不会有机会请求她的原谅。也许弥留之际的母亲，还在念叨着自己的儿子吧？可是她竟不知，儿子早已经先她而去。

世界上最悲伤的事情，莫过如此吧？

可是他突然发现一个细节。在他收到的所有信里，竟然没有母亲病危的任何消息！这显然不合常理。就算母亲不想让儿子分心，就算母亲不忍打扰儿子的军营生活，可是在临去以前，她怎么可能不想见儿子最后一面呢？何况每个人都知道，兵也是可以有假期的。

“母亲知道哥哥走了。”女孩递他一杯水，说，“她早就知道……”

“早就，知道吗？”他的身子晃了晃。

“是的……学校里有报纸……村子里也有……报纸是不会骗人的……还有你寄来的那些照片，同一个季节，同一个背景，同一套军装……我和妈妈，都知道哥哥走了。”

“可是你们为什么仍然给我回信？可是你们，为什么假装不知道？”

“是妈妈决定的。妈妈说你是好心人，就让你替他做这些事吧。妈妈说如果揭穿你，你肯定会责怪自己，肯定会伤心不已。妈妈说当她看到你的来信，她宁愿相信这是他活生生的儿子寄来的。妈妈说当她给你回信，她宁愿相信这些信真的是寄给她远在军营的儿子的。妈妈说在远方，真的有我未曾谋面的哥哥，有她未曾谋面的儿子，他总有一天会来看望我们。妈妈对我说，记住，当他来了，你一定替我，感谢他……”

年轻的兵，早已跪倒在“母亲”的遗像前，泣不成声。

特雷西的单车

特雷西是母亲的儿子。

外乡人来到母亲的花园，见到那辆单车。单车被拴在一棵树上，那棵树很细、很矮。看得出，树被栽下不久，也看得出单车刚买不久，近似没有人骑过。外乡人向母亲讨一杯水，慢慢喝着，与母亲讨论着刚刚打响的战争。临走时候，她问母亲，那是谁的单车？母亲说："是特雷西的单车，特雷西是我的儿子。"外乡人不说话了。刚才，母亲跟她说过特雷西。

特雷西是妹妹的哥哥。

妹妹坐在花园的秋千上，母亲坐在她的身边。妹妹对母亲说："我想有一辆单车。"母亲说："战争没完没了地打，面包都开始限量供应，哪还能买到单车？"妹妹看看拴在树上的单车，那棵树又高又粗，那单车变得破旧。她说这单车再不骑的话，就再也骑不了了。母亲说可是这是特雷西的单车。妹妹不说话了。那是哥哥的单车，她不能碰哥哥的东西。

特雷西是易羞的男孩。

男孩闯进花园，见到那辆单车。单车锈迹斑斑，车轮开始扭曲。单车被拴在树上，那棵树更高更粗。男孩有些好奇，问，这是谁的单车？她说：“特雷西的单车。特雷西是我的哥哥。”男孩说再不取走单车的话，它就长到树里面了。她说母亲说过，谁也不能动特雷西的单车。男孩不说话了。他听母亲说过特雷西。他知道特雷西是一个易羞的男孩。但他第一次知道，易羞的特雷西还有一辆几乎没有骑过的单车。

特雷西是外甥的舅舅。

男孩仰起头，看着那棵树。树很高，枝叶繁茂。单车被树干挤得变了形状，一部分深深挤进树干。男孩问母亲，为什么要把单车拴到树上？母亲说，单车是特雷西拴上去的。男孩说，特雷西就是舅舅吗？母亲说，特雷西就是舅舅。他把单车拴到这里，谁都不能动。男孩上前，摸摸单车。他被烫了一下。似乎那辆单车刚刚被人骑过，尽管它已变成一堆废铁。

特雷西是一段往事。

战争早已结束，城市早已重建。现在，一条公路需要穿过花园。她带着人来到树旁。现在单车悬空，完全嵌进树干，似乎是从树里面生长出来的。来人问她，谁的单车？她说：“特雷西。我哥哥特雷西。”来人说，可是这条公路需要穿过花园。她说，不行。特雷西的东西，谁也不能动。她给来人讲特雷西的故事，一点一点，时间回到从前。来人上前，摸摸单车，叹一口气，说：“我会转达您的建议，夫人。”

特雷西只是一辆单车。

两年以后，公路修好，却小心地绕开了那棵树。树的周围多出一圈围栏，围栏上挂一个木牌，上面写着：特雷西的单车。下面，两行字：一九一四年，男孩把自行车拴在这棵树上，就去参加战争了。从此以后，他再也没有回来。这男孩就是特雷西。

这男孩就是特雷西。他在战场上死去,在参加战争一个月以后。母亲得知这个消息的时候，女儿还很小，单车还是新的。除了这辆单车,特雷西没有留下任何东西,包括遗体和骨灰。甚至,当他的母亲死去,世上再无人记得他的模样。

现在的特雷西,只是一辆长到树里的单车。

孩子,有些东西不属于你

我在始发站上了公共汽车,坐到最后一排。在我的后面,紧跟着上来一对母女。

妈妈约三十多岁,戴着无框眼镜。她的女儿约五六岁模样,怀里紧抱着一只毛绒玩具。那时车厢里尚有部分空座,可是小女孩瞅瞅那些空座,然后坚定地冲我坐位方向指了指,对她的妈妈说:“我要坐那里。”

我愣住了。

女人抱歉地冲我笑笑。她低下头,对小女孩说:“咱们去那边靠窗的位置坐吧。”

“不,我要坐那里!”小女孩再一次指指我。

我不知道小女孩为什么非要坐到我的位置。但我知道现在,她与妈妈犟上了,任女人如何哄她,就是站在那里,不肯随女人去坐。她不去坐,女人也不去,两个人站在狭窄的过道里,任很多人用异样的目光打量着她们。

我想现在,小女孩想要的并非是那个座位,而是一种满足。习惯性的满足,有理或者无理要求的满足。或许绝大多时,她的这种满足都可以在家里得到，在她的妈妈那里得到。

问题是，现在，她并不是在家里。

“你应该向我要这个座位，而不是你的妈妈。”终于，我忍不住了，提醒她说。

小女孩似乎没有听到我说的话。她看着妈妈，拽着妈妈的手，说：“我要坐那里。我要坐那里。”

“那你们过来坐吧。”我说，“你和你妈妈挤一挤，或者你妈妈抱着你……”虽然我并不想惯着她，可是我实在不忍看到女人尴尬的模样。

“不！”她说，“我不要和妈妈一起坐！我要一个人坐！”

这就太过分了。或者说，对她的妈妈来说，这已经远非胡搅蛮缠，而是威胁了。

我告诉小女孩，她乘公共汽车是免费的，她的妈妈并没有为她花一分钱。既然是免费，公共汽车上就并没有给她准备座位。现在我把座位让给她，她应该把座位让给妈妈。或者，就算她花了钱，就算她有一个座位，有老人或者孕妇上来，她也应该给他们让座。现在，全社会都在做这样的事情。

“我要坐那个座位！”小女孩对我的话充耳不闻。她一门心思缠着她的妈妈。

我想起一个词：教养。

那天，直到终点，我也没有给她让座。我始终坐得安安稳稳，再也没有与小女孩说一句话。而她则始终站在我的面前，拽着妈妈的手，每隔一会儿，就要说一遍“我要坐那个座位”。

可是，没有用。她的要求在今天、在这辆汽车上、在我的面前，注定不会得到满足。

车上的人们看着我，看着她，看着她的妈妈，目光里，各种情绪都有。但不管如何，我想，大概没有人觉得这个小女孩可怜，也没有人觉得我应该把座位让给她。

那天我必须拒绝她。不仅要用语言，还要用行动。我想告诉这个小女孩：这世上，有些东西并不属于她。不属于她的东西，并非她撒撒娇，或者威胁唯一可以对她没有立场和底线的妈妈，就可以得到的。

小女孩终会长大。但愿长大后她会明白：世界不是她家的客厅，别人的东西不是她怀里的毛绒玩具，别人也绝非她的妈妈。

这是世间最为简单的道理。

胭脂剑

江湖上很多人想杀掉小妹。小妹武功盖世，天下第一。天下第一总是让人烦，让人恨，让人不安。

天下第一，如何杀得掉？杀人不是比武，不讲规矩。

小妹是一个女孩，独门兵器胭脂剑。剑出，如胭脂漫天，让人沉醉其中，忘记躲避。当然只是传说，江湖上无人见过小妹，更无人见过胭脂剑。也许见过的，都成了死人。

小妹是很多人的噩梦。

可是小武决定去试一试。

小武并非一顶一的高手。正因如此，他才决定试试。不是杀掉小妹，而是打败小妹。打败天下第一，他就成了天下第一。天下第一有什么用？只是成为永远的传说。成为传说，然后隐居，归田，过与世无争的生活。小武认为这样的人生挺好。

小武过够了打打杀杀的日子。但他必须打打杀杀。起码对现在的小武来说，是这样。

临行前，小武有一种“风萧萧兮”的感觉。

找到小妹，颇费一番周折。那是一处世外桃源，远离喧嚣。正逢三月桃红，漫山遍野，粉红色香气弥漫。

桃源深处，鸡犬相闻。老人们喝茶，男人们劳作，孩子们逗着猫和狗，女人们让饭菜的香气飘得很远。这里该是享受男耕女织的地方，这里不应该住着一个叫作“小妹”的杀人不眨眼的魔头。

走进桃源，小武的腿便没了力气。见到小妹，小武的全身都没了力气。

小妹一袭白裙，一尘不染。见到小武，她款款而笑，弯腰施礼。“累了吧？先坐下喝杯茶。”

小妹就像一个知书达礼的邻家女孩。连小武都认为他不是来打架的，而是来做客的。

小武坐下，喝茶。山野的绿茶，山野的清泉，山野的炭火，茶香袅袅，清淡并且醇厚。然再甘醇的茶，也抵不过小妹的一颦一笑。

“你不会武功。”小武喝着茶，低着头。他不敢再看小妹。

“何以见得？”

“我没有看到胭脂剑。”

“胭脂剑来无影去无踪，你当然见不到它。”

“你身上也没有杀气。”

“会武功一定得有杀气？”

小武笑笑，捧茶的手腕轻抖。

“如果我会武功，我早就死了。”小妹给小武斟茶，“道上规矩，不杀不会武功的人……”

“可是江湖传闻，你是天下第一……”

“难道不是吗？”小妹指指过来续水的姑娘。姑娘唇红齿白，身段婀娜。“她叫上官婉儿，听说过她吗？”

小武当然听说过她。上官婉儿，独门暗器孔雀翎，十二岁开始独走江湖，人称江湖第一女杀手。

“她前几年不是死了吗？”小武说，“来杀你，却被你杀死。”

小妹不答，指指旁边劈柴的老汉。“他叫鬼见愁，听说过他吗？”

小武当然听说过他。鬼见愁乃黑道第一杀手，杀人如麻。据说他杀人从不用兵器，他只需冲你大吼一声，就会让你七窍流血而死。

“鬼见愁不是死了吗？”小武说，“来杀你，却被你杀死。”

小妹不答，指指坐在不远处的几个年轻人。“肖凌飞，中原一点红，司徒傲然……这些人，你都听说过吧？”

岂止听说过。他们都是传奇。随便哪一个，随便一招半式，都能把小武杀死十次。

“现在这些人全都在我这里劈柴种田，你还会认为我不是天下第一吗？”

“可是你不会武功……”

“谁说打败一个高手必须要靠武功？”小妹说，“正因为我不会武功，所以没人与我交手。正因为不与我交手，所以我是永远的胜利者……”

“如果有人不守道上规矩呢？”

小妹笑了。她看看上官婉儿，再看看鬼见愁、肖凌飞、中原一点红……

“有他们在，有人敢不守规矩？”

“可是他们为什么会留在这里？”

“他们为什么不留在这里？赏世外美景，品人间美味，如果你肯在这里住下一段时日，也会喜欢上这里，不愿再踏入江湖半步。”

“如果我不想留下呢？”

“有他们在，你认为你还走得了吗？”小妹看看小武，再看看鬼见愁、上官婉儿、中原一点红……

小武开始害怕了。自来到桃源，他第一次害怕。

“吓你呢。”小妹笑，“你若想离开，就离开；你若愿意在这里住些时日，就住些时日……不过我相信，住下几日，你就不想走了。”

“何以见得？”

小妹又看看鬼见愁、上官婉儿、中原一点红……

“他们不都是吗？”

“可是当初……”

“当初他们来此目的，与你完全相同……他们也厌倦了打打杀杀，也认为人在江湖，身不由己……也认为只要打败我或者杀掉我，就可以成为天下第一，将来隐居归田，享受安静……可是为什么一定要成为天下第一才能享受田园呢？现在，正好……”

小武低头不语。少顷，起身，对小妹说：“带我去看桃林，可否？”

不远处，落英缤纷。粉红色的花瓣飞舞，淡淡的香气如胭脂流淌。小妹丢下小武，与一群女孩穿梭于桃林之间，嬉笑打闹。那是世间最美、最动人的情景。

小武想起传说里的胭脂剑。剑出，胭脂漫天，让人沉醉，忘记了躲避……

把脸洗干净

母亲带着儿子，敲开一家柴门。冬天很冷，他们在别人家的屋檐下缩了一夜。清晨，该吃早饭了，他们却没有饭吃——因为没饭吃，所以要饭吃，但大多数时，他们仍然没饭吃。

开门的是一位老人。那是一个破败的院落，看得出老人的日子并不比他们好多少。

老人看着他们，搓着手。

昨天晚上，刚送走三个人。她说："都是逃荒的……这年头，唉……"

母亲微笑着，看着老人，等着她往下说。

"家里实在……不过如果您不嫌弃，可以等一会儿，和我一起吃一口……"

母亲看看儿子，儿子充满期待地看着她。母亲对儿子说："咱们还不太饿，是不是？"

儿子不说话。

"我们打扰您，不是为了要口饭吃。"母亲抬起头，对老人说，"我想跟您要一盆水，冷水就行，我和儿子洗把脸。"

老人愣了愣，冲母亲笑笑，回屋，砸开水缸里的冰，舀一盆冷水，又从稻草编的暖瓶里倒一点开水，兑好，端给母亲。母亲说声“谢谢”，对儿子说：“儿，洗把脸吧。”

这是儿子第一次随母亲出来乞讨，也是他第一次在别人家洗脸。虽然他认为洗脸并非什么大事，他甚至认为脏兮兮的模样才更像乞丐，才更能打动或者欺骗那些施舍者，但他还是听话地弯下腰，认真地洗着脸。

老人回屋。她想给他们找出点什么可吃的东西，然她什么也没有找到。不过她从晾绳上取下一条毛巾。毛巾很破，却很干净。她将毛巾放到炕头烘热，她希望冰天雪地里，那个孩子能暖和一些。

院子里，孩子洗着脸，母亲静静地看着他。

“为什么要洗脸？”他问母亲。

“把脸洗干净，别人才看得起咱们。”

“可是咱们是要饭的。”

“咱们是要饭的，但咱们有尊严。把脸洗得干干净净，人才能活得干干净净。等灾荒过去，等你长大，再想起这件事，你就会感谢这段时间里，你每天都把脸洗得干干净净。”

“干干净净地乞讨，是这样吗？”

“干干净净地乞讨，是这样。”

母亲将毛巾还给老人，老人摆摆手，说：“送给你们吧。路上用得着。”

母亲带着儿子，带着老人送她的毛巾，安静地离开。寒风萧萧的冬日，走在母亲身边的儿子虽然很饿，却还是使劲地挺直了身子。

战地医院

医院只是连在一起的几顶帐篷，医生神色郑重，护士步履匆匆。空袭后，城市被夷为平地，所有建筑被毁，所有百姓撤离。帐篷卧在近郊，与惨烈的前线，近在咫尺。沾满鲜血的纱布扔了一地，止血钳变了形状，被锯掉的残肢断臂孤零零地指向天空。远处枪炮声连成一片，战士且战且退，脆弱的防线随时可能被对方撕成碎片。不断有卡车停在帐篷外面，车厢打开，摞在一起的伤兵们叠股枕臂。有些人早已死去，或伤到要害，或失血过多，或被上面的人压到窒息，眼球如气泡般迸裂干瘪；有些人还在痛苦地呻吟，呼唤着母亲、妻子、儿女们的名字，一只拳头紧握。突然那拳头訇然倒塌，松开，一张被握得变形的照片，血迹斑斑。

医生满头是汗。口罩后的眼睛，擎满泪水。

又一辆卡车刹住，又一堆伤兵被扔下。他们喘息着、呻吟着，拉着护士的手，求护士叫着他的名字，求护士用石块砸烂他的脑袋。有人在艰难地号叫，试图推开压在身上的伤兵，却用不上力气。护士跑过来，慌慌地拽住他的胳膊。护士用足力气，却只拽下他的一只胳膊，一只粗壮结实的胳膊——尖锐的弹片从他的腋下呼啸而过，他感到一阵冰凉又一阵滚烫。手里却还紧握着枪，那胳膊挂上他的臂膀，轻轻地荡。

六个人被抬上担架。卡车拉回十八个伤兵，只有六个人还有气息。医生用上吗啡，用上止血钳，用上手术刀，用上洗脸盆、绷带、镊子、纱布、酒精，叹息，圣经，微笑，咒骂……士兵们不断死去，大喊大叫或者悄无声息。有士兵的胸口被打出六个排成一线的圆形孔洞，血从其中一个窟窿汩汩流出，鼓着粉红绚丽的血泡。护士拿手去捂，血又从另一个小洞里冒出。再捂，再冒。士兵平静地看着护士，他说护士长得像他的妻子。士兵的身体越缩越小，目光愈来黯淡。他像一名婴儿般死去。临死前他想轻吻护士的手。他没有成功。

六个士兵，死掉五个。他们的脸上涂满鲜血，没有人记住他们的样子。最后一个士兵被抬上手术台，他的髋骨以下，被炸得血肉模糊。医生看着那张稚气未脱的脸，他还是一个孩子。他感觉不到痛苦，他说他的身体变得很轻。“我的身体变得很轻，”他说，“现在我跑起来，一定飞快。”

医生盯着他的脸，冲他微笑。远处传来嗒嗒嗒的声音，医生知道，那是我们的防空炮火在吼叫。那些子弹或者炮弹在距离飞机尚有几百米的地方便停止上升，它们悬在空中，然后垂直下落。那些炮火形同虚设，它们甚至连恐吓或者警告的作用都起不到，否则的话，城市不会变成焦土。

有人跑进来，要求医生和护士马上躲进狭窄阴暗的防空洞。“飞机就要来了，”他说，“它们会把这儿炸成粉末。”

医生从士兵的身体里，取出一个弹片。弹片扔到搪瓷盘里，兀自跳跃，叮当有声。

“你救不了他……谁都救不了他……他终究会死……我们需要马

上离开……”

医生从士兵的身体里，取出一枚子弹。子弹夹在骨缝中，变了形状，就像一朵绽开的梅花。

“听我的，我们先躲一躲……”

医生停下手里的动作，他抬起头，看着来人。很多人已经撤进防空洞，帐篷里只剩九个人。他，来人，一名护士，手术台上喘息的士兵，五个已经死去的叠在一起的士兵。似乎飞机就在头顶盘旋，他甚至听到投弹舱打开的声音以及驾驶员轻轻的咳嗽声。

医生没有走。他坚持把手术做完。一颗炮弹在另一个帐篷里炸开，一把变形的剪刀划破帐篷落到他的面前。他拾起剪刀，扔开，继续他的手术。护士轻握着战士的手，又替医生擦去额上的汗珠。战士是在手术后死去的。战士在临死前咧开他的嘴巴。他的牙齿很白。他有两颗调皮的虎牙。

没有人能够挽救战士的生命。在战场上，死亡是一种必然，只有活着，才是一种偶然。

后来，当然，医生得到长官的训斥。

长官说：“空袭时必须躲进防空洞，这是命令，你不知道吗？”

他说：“我知道。”

长官说：“你是前线唯一的医生，你的生命远比十个战士的生命重要百倍，你不知道吗？”

他说：“我知道。”

长官说：“那个士兵虽然可怜，可是他身负重伤，即将死去。作为一名身经百战的医生，你不知道他终会死去吗？”

他说：“我知道。”

长官说:“你什么都知道,可是在那时,你为什么一定要做那件毫无意义的事呢?”

他说:“因为他还没有死去……他躺在手术台上,他还在喘息……我得让他知道,即使在生命最后一刻,我们,还有他的祖国,也没有将他抛弃。”

第五辑

愤怒的石头

……从那天起，我便陷入无边的恐惧之中。我总是想起砸在我头盔上的石头，那一声巨响，几乎将我的耳朵震聋。我整夜整夜睡不着觉，我的手指，总是警惕地扣上扳机。我开始想赎罪，每时每刻都想——向那个男孩赎罪，向被我们射杀的中国百姓赎罪，向被我们打死的中国士兵赎罪。你相信吗？那时战争还没有结束，可是我已经想到赎罪了。

悬　崖

他左边的裤兜里装了一把钳子和一把改锥，右边的裤兜里装了一把钢锉和一把尖刀。他把双手插进裤兜，吹着口哨，大摇大摆地走进小区。甚至，他还冲那个留着小胡子的保安，微笑着点了点头。

尽管这时，他的两条腿，绵软得几乎站立不住。

他观察了三天。他知道那个男人在黄昏时候才能回来。在男人回来以前，那个总是挂着厚厚窗帘的窗口，没有任何动静。这等于说，他可以有充足的时间，在空无一人的房间里翻找。

他的钢锉和改锥没有派上任何用场。他轻轻推一下门，门就开了，却发出很大的声响。那声音将他的心脏震痛，人几乎瘫倒。他呆在那里至少有十几秒钟，一动不动。终于，他蹑手蹑脚地走进屋子。

他在客厅里胡乱地翻找。他流了满头的汗。他没有翻到一分钱。茶几上有一筒打开的饼干，露着金黄诱人的内容。他把那筒饼干抓起来，胡乱地向嘴里塞了两块。他吃得很快，却很绅士。尽管他知道，这屋子里，空无一人。

他将近两天没吃任何东西了。

他一边吃，一边推开卧室的门。

便一下子愣住了。

床上躺着一个女人，侧着身子，正盯着他看。女人的眼睛，含着笑。

他也看她。其实他想逃走。很想。可是他的两脚似被钉住，不由自主地颤抖。他扶着门，努力使自己不倒下来。

女人笑了。她说："你好。"女人的脸色苍白。那上面，没有一丝阳光的痕迹。

他说："你好。"这时他才发现自己的嘴里还塞着饼干。这让他的话，含糊不清。

女人说："来了？"他说："来了。"女人说："你坐。"他说："不用。"他稍微镇静了些。脑子里，闪出一千种可能，和一千种解决的办法。

女人问："你是来做钟点工的吧？刚打出广告，你就来了，这速度……"

他回答是。心里狐疑着。他把嘴里的饼干吞下，将右手伸进裤兜，抓紧了那把刀。

女人身边的床头柜上，放着一部电话。女人悄悄地、很隐蔽地把手伸过去。他往前走了两步。他想只要女人的手抓起电话，他就会掏出那把刀子，毫不犹豫地冲上去。

女人的手，却在距电话很近的地方停住。她打开床头柜的一个抽屉，从里面取出五十块钱，递给他。"说好了的，先给钱。"女人说。仍是浅浅地笑。

他走过去，接过那张钱。然后愣愣地看着女人。女人让他扶她起来。他小心翼翼地扶女人起来。女人说扶她去阳台。他就小心翼翼地扶女人去阳台。女人坐上一张宽大的椅子，眯起眼睛。看得出女人很虚弱，她在轻轻地喘息。

女人说："我坐一会儿就行，你慢慢吃。"她指着他手里的饼干筒，"冰箱里还有，吃完了，你自己拿。"

他说不用了。竟有些难为情起来。只是，他插在裤兜里的右手，仍然紧攥着那把刀子。

"你多大了？"女人突然问。

"二十三，"他说，"是周岁。"

"和我儿子一样大。"女人说，"我儿子，和你一样帅，一样壮。"

他的脸红了。

"不过现在他在海南，在当兵。"女人说，"我有好几年没见到他了。"

"想他吗？"他问。

"当然想。"女人说，"你失业？"

"是的。"他承认。

"没关系的。"女人说，"像你这样的年龄，机会一抓一大把。做钟点工，不也是机会？"女人开始咳嗽，仿佛要咳出五脏六腑。他不得不松开紧攥着刀子的手，握了拳，轻轻捶着女人的后背。

"谢谢你，小伙子。"女人说，"我儿子，以前，也常常这样给我捶背。"

他的脸再一次红了。"你不闷吗？"他说，"要不把窗帘拉开吧。"

女人笑笑，"好。"

"要不，把窗子也打开吧？透透空气。"他说。

女人再笑笑，"当然好。"

他拉开窗帘，打开窗户。

女人再一次咳嗽起来，他再一次轻轻地为女人捶着后背。现在他感觉，自己真的是一位优秀的钟点工，正照顾一位虚弱的女人。他甚至，有一种越来越强烈的成就感。

…………

突然他听到钥匙转动门锁的声音。他惊了一下：他竟陪这个女人，在阳台上，整整待了一个下午！

女人笑着对他说："时间到了，你该走了。冰箱里还有饼干，如果你喜欢吃，可以拿走。"

他说："真的不用了。"转身往外走。正碰到走向卧室的男人。

他微笑着对男人点头。男人的脸，满是惊讶。

他听见男人走进卧室，问女人："他是谁啊？"

女人说是钟点工。

"钟点工？什么钟点工？……老天！医生早嘱咐过你不能乱动的！竟然还开了窗子！你不想活了？"

男人的声音，惊慌失措。

他站在门口，一动不动。本来想离开，此时却迈不开步。他重新敲门，走进屋子，在男人惊愕的目光中，从裤兜里掏出那五十块钱，然后掏出改锥、钳子、钢锯和尖刀。他把这些东西堆起来，压住那五十块钱。

现在他感觉浑身轻松。

他重新走进卧室，朝女人深深鞠了一躬。

"谢谢你。"他说，"是你把我，拉了回来。"

你想把不好的留给谁

在中国，几乎所有超市的蔬菜区和鱼肉禽蛋区，都可以自由挑拣。于是我们看到的是，不管男人女人，大人小孩，只要在买菜，全都低着头，挑大蒜、挑土豆、挑排骨、挑带鱼……甚至，挑完了，还会再检查一遍购物篮或者购物车，将不太满意的再挑出来。至于农贸市场、街头小摊，就更不必说了。挑挑拣拣，构成我们消费的全部。

这现象太过普通和正常，普通正常到几乎没有人去考虑这件事情的后果。说起来，这件事情的后果也没有什么严重的，无非是：前面的人把好的挑走了，你接着挑，你后面的人再接着挑，挑到最后，哪怕剩下两棵油菜，也有相对好的那一棵。

每个人都挑走了一堆里面最好的，这恰恰迎合人们贪便宜、别吃亏的心理。尽管，没有人真正贪到了便宜。因为你前面的人已经挑走了好的，你挑的，不过是相对好一些而已。

不过，说老实话，后来那些好的相比之前的好的，接近于垃圾。

这是一个自我的世界。或者说这是一个自私的世界。自私到，连一头大蒜、一条带鱼都要挑挑拣拣。说白了，就是我一定得挑走好的，剩下不好的留给别人。

说是挑，客气了。应该是抢。两者没什么本质的区别。

这样的生活习惯，或者说这样的人生态度，生活里比比皆是，司空见惯。因为我们不但挑蔬菜，还挑家具、挑房子、挑学校、挑职业、挑对象、挑位子、挑墓地……人人都在挑，天天都在挑，人人都在抢，天天都在抢。苦在其中，乐在其中。

但世界上的好东西，只有那么多。你把好的挑走了，他也把好的挑走了，不好的留给谁？

似乎没有人去管。因为我们只抢走了应该或者不应该属于我们的那一份。因为我们并没有直接伤害到别人。因为我们并不知道当自己抢走好的，那些差的会被哪个倒霉蛋遇上。因为我们并不认识那个倒霉蛋。因为那个倒霉蛋，与我们无关。

假如那些倒霉蛋是你的亲人、家人或者最好的朋友，我想，大多数人都不会这样做。那应该会出现这样一种情景：不是挑好的，而是挑差的。小到一头大蒜、一条带鱼，大到一栋房子、一个职位。因为我们爱他们。我们愿意为他们吃亏，为他们付出。

说到底，“爱”能改变一个人的行为习惯。“爱”能改变世界。

我们每个人都在追求“爱”，追求“善”，然而，有些事情，我们却做不到“爱”，更做不到“善”。或者说，我们把“爱”与“善”夸张化了，概念化了——我们可以去花鸟市场买鲤鱼放生，可以资助一个山区的孩子读书，但只要到了超市，仍然会低头挑菜，并心安理得。

你想把不好的留给谁？无论留给了谁，你都抢去了本应该属于他（她）的东西。所以我说，你天天行善，日日行善，只要去超市挑过那么一两次，那么，你就不是纯粹的“善”。

道理很简单：既抢，且善，怎么可能？

秋夜，火车站广场的老人

老人蜷缩在长椅上，头底下，枕着一个藏蓝色的包袱。包袱和老人的嘴唇一样干瘪，我猜想那里面空无一物。老人头发花白，皱纹纵横，灰色的嘴唇黯然无光。她综合并叠加了老年人的所有特征。这样的年纪，这样的老人，本该坐在家里，看着电视，逗逗外孙，浇浇花草，喂喂小猫小狗，然她，却蜷缩在火车站广场的嘈杂与冷风里，打着轻微的鼾。

她睡得很香。

这样的环境，睡得香，只有三种可能：她一直生活在这样的环境里；她早已习惯；她太累了。

哪一种，都令我心痛，乃至心碎。

是秋夜，起了风，老人的白发在秋风里飘扬，却有不屈不挠的蚊子，成群结队，围着老人，“嗡嗡”叫着，瞅准机会，猛扑上去，将老人叮咬。

老人似乎毫无察觉。

我想起我，想起我们。很多时候，我们的家里即使只有一只蚊子，我们也会兴师动众，不将之消灭肯定不能睡得安稳。而老人，在蚊子的包围和叮咬之下，竟睡得如此香熟。

老人翻一个身，一只手轻轻搭上另一只手。她的身边走过一个中年男人和一个孩子。孩子看看老人，问男人，这个奶奶怎么不回家？男人笑笑，说，也许她没有家。孩子不解地眨眨眼睛，问，她怎么能没有家呢？喜鹊有家，蚂蚁有家，蜜蜂有家，小猫小狗都有家。她怎么能没有家呢？

她怎么能没有家呢？男人不会跟这个孩子解释什么。事实上，除了老人自己，谁也无法解释。也许连老人自己都无法解释——她为什么没有家呢？

无论她有没有家，无论她为何没有家，无论她生活得如何，孤寂或者无所谓孤寂，饥饿或者无所谓饥饿，寒冷或者无所谓寒冷，只要她躺在火车站广场的长椅上，这世上的所有，就全都有责任。我们的国家，我们的制度、社区、街道、她的亲人、她的邻居、我、我们，每一张从她身边漠然经过的脸孔，全都有了责任。老人不应该属于火车站广场的长椅——她可以属于任何地方，但绝不可以属于火车站广场的长椅。

老人甚至不能进入相对温暖的候车室里睡上一觉。因为老人没有车票。没有车票，就不能进入候车室，好像很多时候，我们的某些规矩、制度、做法，只针对一些穷人，一些可怜人。它们冷冰冰地对待着一位老人，我不知道，让一位老人进入候车室，在污浊并且混乱的塑料椅上睡一会儿，会给他们或者我们，造成什么样的损失。

我在火车站广场的长椅上坐了两个小时，老人在广场的长椅上睡了两个小时。两个小时里，老人安静地睡着，周围的一切，似乎都与她无关。只是我不知道，熟睡的老人有没有做梦，梦里她会不会有家，又是否会梦起属于她的年轻时代？

我讨厌我身上的汗味

我知道我身上有一股很重的汗味。我还知道，那气味很难闻。

现在是黄昏，我挤上十二路公共汽车，从东城去西城。我喜欢十二路公共汽车，它有小城所有公共汽车最长的路线。每天我都要往返东城和西城，清晨与黄昏，十二路伴我穿越小城。有时我嫌这段行程太短。我喜欢站在汽车上，打量城市的街景。

我讨厌一些作家把我们写得很可怜，偏偏现在的作家大多把我们写得很可怜——在晚上，在睡觉之前，我喜欢翻翻杂志。我翻杂志绝非有什么作家梦，纯粹是因为无聊。我常常被杂志里的那些农民工所感动，我对他们，心怀怜悯。但我与他们不一样。我不想让别人怜悯，并且我真的没有让他们怜悯的理由。事实上，除了偶尔的伤感、恐惧、孤寂与无所适从，我过得挺快乐。

我对快乐的要求很低。一瓶白酒、两包咸菜、一根火腿肠，我的夜晚就是快乐的。我一边喝酒一边打量街景：我喜欢坐着轮椅的老人，挺着啤酒肚的男人，挎着坤包的女人，踩着滑板的孩子。我喜欢路灯投下的光影，汽车溅起的污水，男人打出的酒嗝，树叶沙沙作响。我喜欢马缨花的气味,流浪狗的气味,汽车尾烟的气味,女人随风飘过的香水气味。城市里,一切都是美好的。我喜欢这个小城。

可是我身上有一股很重的汗味。这让我非常难堪。

清晨,我用冷水将身体一遍又一遍地擦洗。从西城去东城,公共汽车上,我非常自信。我挤在人群里,身体轻轻地晃,轻轻地晃。我迷恋这种感觉。我愿意被这种迷恋所欺骗。我想起母亲的摇篮。

可是黄昏,当我带一身臭汗回来,我就变成另外一副样子。我尽可能躲开人群,尽可能离他们的身体远一点再远一点。然而,我仍然看到他们厌恶的表情。他们或扭过脸去,或捂住鼻子,或打开窗户,或干脆下车,每当这时,我会非常尴尬。仅仅有一次,一身臭汗的我被挤到一个女人的身旁,那女人看看我,非但没有面露厌恶,还冲我笑了一下。那一刻阳光明媚,我认为全世界的花儿,都会在那一刻开放。

我常常想,假如我不流汗,就会像城里人一样,每时每刻,都干干净净。或许我还会往身上喷点香水,淡淡的,甜甜的,若有若无的,丝丝缕缕的,轻轻扇动鼻子,仿佛站在槐花丛中。我会靠近每一个城里人:老人、孩子、男人、女人。我喜欢漂亮女人。我喜欢靠近她们。仅仅是靠近她们,仅仅是她们让我感到幸福。

现在我被挤到角落。本来我站在门边,可是乘客越来越多,我努力与他们拉开距离,就到了角落。然后,一个男人挤过来,我看到他的嘴巴里,闪出一颗漂亮的假牙。他看着窗外,突然锁紧眉毛,扇动鼻翼。他扭过脸,上上下下打量我。他的表情,让我极不自在。

“你身上的味儿?”他问我。

“我干活回来……”

“我是问,是不是你身上的味儿?”他有些不耐烦。

“我住西城。”我说，“工地上不能洗澡……”

“真啰唆。”他近在咫尺地盯着我的鼻子，似乎随时可能将我的鼻子咬掉。“我问你，是不是你身上的味儿？”

“是……”

“真是没素质。”他冲我瞪瞪眼睛，“离我远点！”

我非常想离他远点。非常非常想。可是那时候，我早已被挤得动弹不得。

车上太挤。我低下眼，说：“等再过几站，车里腾出地方……”

“那你快下车！”他说，“这么小的车厢，被你弄得臭烘烘的。”

“可是，我得到西城下车……”

“我让你下车！”男人冲我吼叫起来，“你想把大家都毒死？真他妈没教养！”

我不敢再说话，更不敢再看他。车厢里静悄悄的，我知道大家都在看着我们。我还知道，那些眼神太过复杂：怜悯、好奇、漠然、愤怒、幸灾乐祸、兔死狐悲……可是他们没一个人说话。我还知道他们并非都是城里人，我相信，他们之间，至少有一半，刚刚来到城市。

我理解他们。他们没有必要帮我。他们也厌恶我的汗味，如同我也讨厌别人的汗味。世界上，所有难闻的气味，都让人不舒服。

我下了车，一声不吭。我走回宿舍，路上，买了一瓶白酒、两包咸菜、一根火腿肠。八站路，我走了整整一个半小时——不是我走得慢，是我太累了。可是我并不恨他。城里人都爱干净，我也爱干净，城里人都讨厌汗味，我也讨厌汗味。就是这样。

我只恨我自己。因为我的身上，总有一股难闻的汗味。

隔壁的父亲

父亲敲门的时候，我正接着一个电话。电话是朋友打来的，约我中午小酌。我从父亲手里接过一个很大的纸箱，下巴上，还夹着叽里呱啦的电话。

父亲寻一双最旧的拖鞋换上。“要出去？”

我说朋友约吃中饭。不过，不着急。我打开纸箱，里面，塞满烙得金黄的发面烧饼。

这才想起又该七月七了。我们这里风俗：七月七，烙花吃。花，即发面烧饼。以前在老家，每逢七月七这天，心灵手巧的母亲都会烙出满锅金灿灿香喷喷的烧饼，当我进城以后，母亲便会将烙烧饼的时间提前几天，然后打发父亲将烧饼送到城里。老家距城市，不过两小时车程，然似乎，我总是没有回家的时间。

和父亲喝了茶，电话再一次响起。我跟父亲说，要不一起过去？父亲表现出惊讶的表情，说：“这怎么行？我一个乡下人，怎好跟你的文化界朋友吃饭？”我说：“那有什么？正好把您介绍给他们。”父亲一听更慌了，说：“不去不去，那样我不仅会拘束，你的朋友们也会拘束。”我说：

"难道您来一趟，连顿饭也不吃？"父亲说回乡下吃，赶趟。我说："干脆这样，我下厨，咱俩在家里做点吃的算了，我这就打电话和他们说。"

父亲急忙将我阻拦。他说："做人得讲诚信，答应人家的事情，再失约，多不礼貌……你去吃饭，我正好回乡下，乡下好多事呢。"我说："您如果真不去的话，我也不去了……当爹的进城给儿子送烧饼，儿子却没管饭，等我回村，别人还不把我骂死？……再说，我早就想跟您吃顿饭了。"

费尽九牛二虎之力，终与父亲达成协议——偷偷在那个酒店另开一个只属于我和父亲的小包房。这样，我就既能够不驳朋友面子，又能陪父亲吃一顿饭了。父亲倒是勉强同意，但路上还是一个劲儿地嘱咐我别点菜，就要两盘水饺就行了—— 一人一盘，聊聊天，多好。去了，小包间正好被安排在朋友请客的大包厢的隔壁，我没敢惊动朋友，悄悄帮父亲点好菜，又对父亲说："等菜上来，您慢点吃，我去那边稍坐片刻，马上回。"父亲说："那你快点儿啊！还有，千万别说你爹就在隔壁啊！"我笑了。父亲与刚刚进城时的我，一样拘谨。

做东的朋友一连敬酒三杯，废话连篇。我念着隔壁的父亲，心里有些着急。我说："要不我先敬大伙一杯酒吧，敬完我得失陪一会儿，有点事。"朋友说："还没轮到你敬酒呢！我得连敬六杯，然后逆时针转圈……又没什么事，今天咱一醉方休。"我说是真有事。朋友说："给一个说得过去的理由，就放你走，否则，罚你六杯。"我笑笑，说："我爹在隔壁。"

满桌人全愣了。

我说："今天我爹进城给我送烧饼，我把他硬拉过来。让他过来坐，他死活不肯。现在他一个人在隔壁，我想过去陪他。"

朋友们长吁短叹，说："你爹白养你这个儿子了，你这算什么？在隔壁给他弄个单号？虐待他？你愣着干什么快请他过来啊！"

我说："他肯定不会过来。如果你们不想让他拘束让他难堪，就千万不要拉他过来。"

朋友说："那我们现在过去敬杯酒，这不过分吧？"

我说："这挺好。不过你们真想敬他一杯酒的话，就一起过去。千万不要一个一个敬啊！他喝不了多少……"

朋友们全体离桌，奔赴隔壁。然我推开门后，就愣住了，房间里只剩一个埋头拖地板的服务员。我问刚才那位老人呢？服务员说："早走啦！你点的菜，也都被他退啦！不过他还是打包带走一盘水饺，他说，想给乡下的老伴尝尝城里的水饺。"

父亲进城一趟，送我五十六个烧饼，一兜大蒜，一兜土豆，一兜菜豆，一兜韭菜，两个丝瓜，八个南瓜，然后，在一个小包厢里独坐一会儿，再然后，饿着肚子回家。而他的儿子，却在隔壁与一群朋友吹牛扯皮胡吃海塞，还美其名曰：周末小酌。

我端起杯，对朋友们说："咱们敬我父亲一杯吧！"朋友们一起举杯，那杯酒，就干了。

然我的父亲，既不会看到，更不会知道。此时他正坐在开往乡下的公共汽车上，怀里，抱着一个装了城里水饺的饭盒。

烟花灿烂

男人肯定知道他试图带上火车的属于违禁品，所以当值班警察把他叫到一边，问他纸箱里装了什么，他老老实实地回答，液化气罐。

“你抽烟吗？”警察问他。

“谢谢。”他抬起手。

警察笑了。“以为我要给你烟抽？”他说，“液化气罐加打火机，如果你是警察，会不会怀疑这个人有不良企图？”

“夸张了吧。”男人说，“液化气罐当炸弹？坏人的设备应该比这先进得多……”

“为什么要带个液化气罐？”

“工地上用的，还剩半罐气，舍不得扔。”男人说，“回乡下，还能接着用。”

“舍不得扔也得扔。”警察说，“不扔的话，你连火车都上不了，怎么回乡下？”

“太浪费了吧。”男人说，“还剩那么多……”

“你可以送给你的工友，或者，卖给他们也行。”警察为他出着主意，

“你现在就可以给他们打个电话。”

“都回家了，工地上早没人了。”男人说，“如果不是留我守工地，我也早回家了。要不这样吧！”男人想了想，说，“我把液化气放掉，空气罐拿回家。”

“在候车大厅里放液化气？”警察哭笑不得，“你以为这是你家院子？”

“那就去门口放。”男人说，“这么新的气罐，哪能丢掉呢？”

警察问他：“几点的火车？”

男人看看墙上的大钟，说：“还有一个小时。”

“那这样吧！”警察说，“我带你去一个地方，但你得保证把液化气放干净，还得保证一路上都要守着你的气罐。要装纸箱子里，用绳子扎紧……”

男人笑笑，露出雪白的牙齿。“好咧。”

警察开着车子，与男人来到近郊河边。男人打开气罐阀门，一股难闻的气味迅速在河滩上弥散开来。警察捂着鼻子，问：“怎么今天才往家赶？”

“看工地啊！”男人说，“又是钢筋又是水泥的，万一被贼偷了……你以为我喜欢在大年三十往家赶？明天晚上才能到家。过年，过得就是个大年三十。对不对？看春晚、喝酒、打牌、吃饺子、放烟花、看烟花，多滋润啊！你喜欢烟花吗？我最喜欢烟花……”

“小孩子才喜欢烟花。”警察撇撇嘴，说。

“我是苗族人。”男人解释说，“我们崇拜和敬畏的，是蝴蝶，是水泡泡……”

“这跟烟花有什么关系？”

“漂亮呗。”男人说，“五彩斑斓的蝴蝶和水泡泡，生命却都如此短暂……烟花也是……”

“甩上词了？”警察说，“但是，不管你是哪里人，不管你敬畏什么，不管你怎么说，你都别想把液化气带上火车。”

“你说，咱俩能不能合计点事？”男人凑近警察，讨好地说，“把气罐阀门开到最大，你躲远点，我拿打火机点上火……”

“你不要命了？”警察睁圆眼睛，“还点上火？轰！你要在这里煮饭？沏茶？你想干什么？”

“放个烟花看呗。”男人翻翻眼睛，“不让拉倒。”

“半罐液化气，一会儿放个精光。”警察使劲摇动着气罐，他坚决不允许罐里面还存留有一点液化气。男人有些不满警察的谨慎，说，“这么多的液化气，说浪费就浪费了。放个烟花看，又不让……”

警察笑笑，说：“把气罐扛车上，咱们该回去了。”

车上的男人一言不发，就像生气的孩子。警察说：“真受不了你！按道理，连气罐都不应该带上火车的。我给你三十块钱行了吧？三十块钱，你回乡下，再买半罐液化气。”

“刚才还能看烟花呢。”

“再给你十块钱！”警察面露揶揄，“你好买个大烟花。”

“给钱！”男人挺挺胸脯。

“给你个大头鬼！”警察笑了，“你还白坐了我两趟车呢。”

警察将男人送进车厢，又嘱咐他：“千万管好气罐。”男人说：“好啦，好啦，快下去吧。”警察说：“那再见了。”男人说：“见不到啦！这次回乡下，就不回来啦。”警察说：“那给你拜个年吧。”男人说：“这还差不多。”

火车启动的时候，远处的夜空，盛开出一朵很大的烟花。烟花很灿烂，很鲜艳，转瞬即逝。然后，又一朵，又一朵。男人将脸贴近车窗，笑着，那张脸，一点一点变得扁平。突然男人喊起来：“看到了吗？烟花正下面，就是我盖起来的楼房！”

却没有人听到他的话。除夕之夜，偌大的车厢空空荡荡，除了他，再无一人。

也许那时，人们都在家里，看春晚、喝酒、打牌、吃饺子。当然，还有放烟花。

诊

流感说来就来了。好像，城市里每个人都在流鼻涕。这让他的诊所里，总是堆满了人。

诊所不大，靠墙放着两个并排的长凳，人们挤坐在那里，有秩序，一个挨一个，等着他开出药方，或在头顶挂一个吊瓶。这场面让他稍有欣慰。他不喜欢有人插队，正如他不喜欢有人生病，尽管，他是一个大夫。

有时他认为自己好像选错了职业。比如现在，他已经忙了一个上午，面前依然晃动着没完没了的病人，这样他就有些烦躁。后来他更烦躁了，因为他看到一个没有排队的女人，身子有些佝偻、头发已经花白的女人。女人紧抱着打成筒的被子，踉跄着慌张的脚步，直接挤到他的面前。他看到女人在皱纹间顽强地挣扎出一双混浊的眼，吸盘般吸附着他的脸。女人说："看病，感冒了。"声音沙哑。

他皱了皱眉，用手指着长凳上候着的那些人，说："都看病，都感冒了。"

女人说："我给您钱。"

他的眉毛马上打成结，他说："都给钱，这里没有赊账和赖账的。"

女人并不理会他的话，她把沾满灰垢的干枯的手伸进自己的胸脯，摸啊摸啊，终于摸出一张皱巴巴的人民币。女人说：“孩子感冒了，很严重，您快给他看看。”女人轻轻拍打着怀里的被筒，露着焦急和紧张的表情。

女人递过来的，是一张破旧的两毛钱。他认为这张钱的年龄，应该不会比女人小多少。

女人小心翼翼地揭开包得紧紧的被筒一角，他歪着头，向里面看了一眼。只一眼，他便愣住了。他突然记起有人曾给他讲过的一个故事，他想，也许面前的老女人，就是故事里的主角。

“您不要理她。”坐在凳子上的一个男人说，“我认识她，这附近所有的国营医院和个体门诊，没一个理她的。”

他摆摆手，示意男人不要说下去。他轻轻问女人：“孩子病得很重吗？”

“是的，很重。”女人说，“您快给他看看，他们都不给他看……他很可怜，他整夜咳嗽。”

“还有呢？”他问，他把听诊器小心地塞进被筒。

“不吃饭，有时候发高烧……夜里总是哭呢！”女人说。

“还有呢？”他继续问。

“就是咳嗽，发高烧，不吃饭，夜里总是哭。”女人重复着。

“哦，知道了。”他抽出听诊器，“是感冒，没什么大问题，开些药吧？”

“不行呢。”女人说，“他怕苦，他会吐药的。”

“那打个吊瓶？”他说。

“不行不行！”女人慌忙说，“他很怕疼的。”

“您别理她！”坐在凳子上的男人又说话了，“还有这么多人等着呢！”

“您闭嘴！”他冲着男人吼。他不知道自己为什么突然变得很激动，“您闭嘴行不行？让您等一会儿不行吗？！”

男人撇撇嘴，不说话了。

“那给他打一针吧。”他朝女人笑笑，“马上就好，不会疼的。”他站起来，把椅子让给女人。他从药架上取下两瓶针剂，仔细看了看标签，摇匀，将封口割开，然后把药液抽进一个小的针管。“您抱着他，别让他动，打一针很快的。”他一边说着，一边小心地揭开被筒，缓缓将一管药液推进去。“不疼的不疼的。”他轻哄着。

“现在好了。您摸摸看，是不是不烧了？”过一会儿，他对女人说。

“好像是呢。”女人的表情终于平静下来，嘴角有了些笑。

“回去的时候，把被子包严实点，别让他受凉。”他叮嘱着女人。

“那谢谢您了……不过明天我还想来，您再给他做一次复诊，行吗？”女人说。

“当然行。”他收下女人推过来的两毛钱。

“以后呢？”女人说，“我想每个月都来给他看看……他总是有病，夜里咳嗽……”

“绝对没问题的。”他笑着，“您什么时候来都行。”

女人终于走了，心满意足，脚步也变得轻盈。走到门口的时候，女人回过头来朝他笑笑。笑得他心酸。

他开始给下一位病人开药，挂吊针，他心里想着那个故事：……单身的母亲和十七岁的儿子……儿子辍学打工……摔下脚手架，死去……母亲疯了，每天抱一个被筒，到处找人给儿子看病……她总说，儿子刚满两岁……没有人理她……一个也没有……没有……

他想，被子里包的那个干瘪的、脏兮兮的枕头，应该是她儿子枕过的吧。

他流下一滴眼泪。

他想，不管如何，也得把这个诊所开下去。他答应过女人的。哪怕，他仅剩下女人一个顾客。

愤怒的石头

日本老人重回村子,只为赎罪。

老人已经很老,两个人将他搀扶,仍然东倒西歪。可是他头脑清醒。他说他得为七十年前犯下的罪过道歉,他求村里人将他宽恕。即使不宽恕,也没有关系。他说,你们应该记恨,再说我都是要死的人了。

老人身患绝症,活不过半年。这也是他终于决定来到村子的理由。

村人带他进山,那里,静卧着三十六个坟头。坟头长满枯草,静默并且颓败。那曾经是三十六条鲜活的生命。

他们全都是兵。村人告诉老人:“其实最开始,他们全都是庄户人……你们打过来,他们才丢下锄头,扛起枪……他们只打了一次仗,全军覆没……你们却连一个伤员都没有……那不是打仗,那是送死……”

老人说:“对不起。不过,这里似乎少了一座坟。”

村人说:“三十六个游击队员,一个不少。”

老人说:“我说的不是游击队员,而是一个男孩。十六七岁,光头,跛一只脚。死于一九四〇年,被射杀。”

村人说:“我不知道您说的男孩。”

老人说："这不能怪你……因为你们一直对阵亡的战士更尊敬……他那么小，不可能有儿女，爹娘也早已去世，你们将他忘记，正常……可是我无法将他忘记……他让我恐惧，让我每时每刻，都想赎罪……"

"……我们子弹上膛，全副武装。我们需要对付的是山那边的中国军队，而不是手无寸铁的百姓。最起码，那一天，那时候，我们没有射杀任何一个中国百姓的打算。我们面前是一座石桥，桥面很窄，桥中央，站着一位十六七岁的男孩。我们早就看到了他，他裸着上身，穿着松松垮垮的裤子，他绝不可能藏有任何可以攻击我们的武器。我们的队伍往前，我想他会让开，如以前那些百姓一样，退到桥边，脸避向一侧，或者蹲下来，两腿颤抖，两手抱头。可是他没有。有人喊'让开！'他看着我们，嘴角突然勾起，似笑非笑，似怒非怒。我们继续往前，他站在桥的中央，瘦小的身体如同铁塔一般结实。有人再喊'让开！'他突然伸开手，我看到他的手心里，有一块小小的石头。他将石头抛起，接住，猛地砸向我们。石头轻飘飘的，离我们很远，便落到地上。有人向他瞄准，我看到他的胸口，多出一个冒烟的小洞。他脚步踉跄，却没有倒下。他弯腰，捡起第二块石头，又一次狠狠地砸向我们，于是他的小腹上，又多出一个冒烟的洞。他一连朝我们扔出三块石头才倒在地上，他身中七枪。三块石头，仅有一块被掷进我们的队伍。石头恰好落到我的头盔，'轰'一声巨响，就像在耳边，放响一颗炸弹。那一刻我恐惧到极点。我身经百战，我射杀过很多中国士兵，我被很多中国士兵瞄着打，然而这以前，我从未有过恐惧。我的恐惧全因了这个男孩，他表情镇定，手无寸铁，面对我们的枪口，他竟将随处可见的石头，当成攻击我们的武器……并且，攻击我们的时候，他是那样认真，那样郑重，似乎他的手里不是石头，而是手榴弹……他身中七枪,最后一枪,是我打的……我不想开枪,可是我恐惧……”

“……从那天起,我便陷入无边的恐惧之中。我总是想起砸在我头盔上的石头,那一声巨响,几乎将我的耳朵震聋。我整夜整夜睡不着觉,我的手指,总是警惕地扣上扳机。我开始想赎罪,每时每刻都想——向那个男孩赎罪,向被我们射杀的中国百姓赎罪,向被我们打死的中国士兵赎罪。你相信吗?那时战争还没有结束,可是我已经想到赎罪了。那时我们捷报频传,可是我已经想到赎罪了。是这样,打赢,打输,与我有什么关系呢?与我有关系的只剩下,赎罪。可是我还是战士,尽管我恐惧,尽管我想赎罪,可是我还得打仗。你能明白这样的感觉吗?我一边将子弹残忍地射进中国士兵的身体,一边想着给他赎罪,给战争赎罪。你能理解这样的感觉吗?生不如死。你能理解吗?”

老人看着村人,流下眼泪。

“你真的不知道那个男孩?”老人说,“十六七岁,光头,跛一只脚。”

“我真不知道。”村人说,“我既没有经历过那场战争,也从没有人告诉过我。”

“那么,”老人说,“我想在这里为他建一个墓碑,可以吗?”

“我能理解您的意思,也知道您想赎罪,可是,万一他不是我们村里的人呢?不是我们村里的人,为何把墓碑建在这里?”村人说,“比如他只是一个过路者,恰好遇到了你们。再比如,也许您刚才所说的,只是您的一个无比真实的梦……”

老人长叹一声。老人说:“我倒希望现在,我正做着一个梦。一厢情愿的梦,有关一块愤怒的石头……”

那一扇门

涉世不深的少年，做过一些错事。现在他知道错了，他后悔，他想改，可是他挽回不了自己的声誉和尊严。他的出现总会引来一些异样的目光，邻居们防他，就像防一条带着传染病的老鼠或狗。

少年并不记恨他们。他认为这是对他的惩罚。他只剩下无奈和自卑。似乎世界在他面前关起一扇门，又加上无数把锁。少年站在那扇门前，看不到温暖灿烂的阳光。

少年只有十六岁。之前他干过的那些事情多么糊涂和愚蠢。他偷过郊区的苹果，偷过城市的盆花，偷过同学的铅笔和饼干，偷过邻居的茶杯和腊肉。甚至，他偷过大街上的自行车。他被一次次带进派出所又被一次次放出来，然后，突然某一天，他意识到自己长大了，意识到自己错了，意识到自己应该悬崖勒马痛改前非。可是同时，他也意识到自己已经没有了任何一位朋友，意识到邻居们对他的鄙视和不齿，意识到那扇关紧的门。

少年心灰意冷，孤独苦闷。

整整一个暑假，每天上午，他把自己关在家中，透过窗子看外面的树。然后，到下午时，悄悄去小区转一圈，吸两口清新空气，看两眼空中的飞鸟——他还是一位少年，他忍受不了寂寞。

人们见了他，扭过头视而不见，或者远远地看着，目光寒冷，充满敌意。少年更不敢上前，不敢与他们对视。他失去了与任何人交流的勇气。他垂着头慢慢地走，脚尖轻踢着一粒石头。那时没有阳光，少年却感觉到后背的灼热。

忽然有人喊他。是一位坐在凉亭里的老人。老人朝他招手："喂！年轻人！"

他抬头，愣住，不敢相信眼睛和耳朵。"您是在喊我吗？"他指指自己。

"过来！年轻人！"老人说。

他走过去，胆战心惊。他想逃离，可是却说服不了自己的脚步。老人含一根没有点燃的香烟，摸着口袋，问他："有火柴吗？"

他说："没有。"

"打火机呢？"

"也没有。"说完，急急地低了头，试图离开。

"别急走。"老人再一次喊住他，"去帮我取来打火机吧！我的家，你知道的。"

他当然知道。老人与他同住一个单元，他住七楼，老人住一楼。虽然这里看不到老人的家，可是只需几分钟，他就可以跨进老人的屋子。

"我的腿脚不中用。"老人笑呵呵地说，"打火机放在茶几上，麻烦你帮我取来。"

少年心中划过一道闪电。可是那闪电转霎即逝。那毕竟不是阳光。

"钥匙呢？"他问。

"门没有锁。"老人说，"我从来不锁门的……住咱们这个小区，根本不必锁门。”

少年心中又是一道闪电。虽然再一次转瞬即逝，可是少年却感觉，那闪电已经将乌云撕开一条小的缝隙，一缕阳光分明从云缝里钻了出来。

少年开始飞奔，途中流下眼泪。那扇看起来冷冰冰的防盗门果然没有上锁，伸手轻轻一推，便开了。茶几上放着果盘，放着零钱，放着钥匙和打火机。少年抓起打火机，返身跑出屋子。

老人点着了烟，郑重地对少年表示感谢。然后，他对少年说：“如果你有时间，如果你愿意，不妨陪我下一盘象棋。”

少年当然愿意。他坐下来，聚精会神地和老人下起了象棋。下棋的时间里，太阳偷偷从云隙里钻了出来，他们一起抬头看天，然后相对而笑。

少年知道，面前的那一扇门，终于被彻底打开。

让人不可思议的是，少年后来成为一名警察。老人的身体仍然很好，闲时，他们仍然会凑到一起下象棋。少年多次跟老人谈起那件事情，他说：“是您救了我，是这扇门救了我。当我推开这扇门，充满阳光的世界再一次将我接纳。”

老人只笑不语。

少年说：“那天你故意不锁门，那天，你口袋里，其实装着打火机。”

老人说：“我忘记了。我真的忘记了。或许真如你说，那天的一切都是我故意的；或许那几年里，我出门真的从不锁门，也真的忘记揣一只打火机；或许，那一天其实什么也没有发生，一切不过是你的一个美好梦境。不过我认为，这一切都无关紧要。重要的是，是你亲手推开了这扇门，而不是别人。记住，世上只有两种人可以推开所有的门，一种是心中没有阳光的窃贼，一种是心中盈满阳光的君子。就看你，喜欢用哪一种方式，又会选择哪一种方式……”

·给您换一碗

每个黄昏，年轻人都要过来吃碗拉面。面馆很小，板房改造而成，半露天。正是夏天，苍蝇成群。年轻人在一个建筑工地干活，这是离他最近的面馆。

年轻人喜欢吃面。不仅因为便宜，还因为面的味道。

工地没有食堂，早晨和中午，年轻人在附近商店买两个馒头和一包咸菜，加上一碗水，就能将两顿饭对付过去。可是晚饭，年轻人一定要吃一碗面。面虽然简单，但里面有油，有盐，有酱油，有醋，有几块牛肉和一点葱花。正是长身体的时候，年轻人需要这些东西。

一碗面当然不能让年轻人吃饱。所以，回去时，年轻人仍然会拐到商店里，买个馒头，买包咸菜。年轻人坐在工棚里默默地吃，想着远方的母亲和父亲、弟弟和妹妹，一碗水喝得咚咚有声。年轻人幸福并且忧伤。

面馆虽然很小，很脏，但那个秃头老板能把面做出非常棒的味道。年轻人认为他最大的幸福，就是坐在面馆的长凳上，冲秃头老板喊："来一碗面！多放点葱花……"

那天年轻人发现碗里有一只苍蝇。他吃下一口面，辣得龇牙咧嘴，低头，便看到苍蝇。年轻人唤来秃头老板，老板一个劲儿地给年轻人道歉。真的很对不起，老板说："这里马上就要拆迁，不值得再装修，所以苍蝇多。"年轻人摆摆手，表示没关系。老板笑笑，说："那给您换一碗。"他端走年轻人只吃掉一口的面，然后给年轻人重新端上一碗。年轻人吃着面，突然感到有些可惜：那碗面里不过有一只苍蝇、那碗面他不过吃掉一口、那碗面里甚至还有两块薄薄的牛肉。年轻人想，假如他能将那碗面吃掉大半甚至吃到只剩下汤水，再喊来老板，将会是不错的结果。年轻人坐在工棚里啃着馒头，仍然想着这件事情，他觉得那碗面，真是太可惜了。

假如再碰到这种情况，他一定会晚些喊来老板。年轻人想，花一碗面的钱吃掉两碗面，应该是件很合算的事情。

可是这样的事情毕竟很少。谁都不希望碰到这样的事情：老板，食客，除了年轻人。

终于，三个月以后，年轻人的碗里，再一次出现一只苍蝇。

是深秋，苍蝇已经极少。可能正因为此，老板放松了警惕。年轻人吃下一口面，抹抹脸上的汗。正这时，他发现，他的碗里，有一只苍蝇。

年轻人愣了愣，抬头看看忙碌的老板，又低了头，用筷子小心地将苍蝇拨到碗沿，然后，不动声色地继续吃了起来。

面的味道真的很棒。一只苍蝇并不能破坏年轻人的胃口。

可是年轻人不能将面吃光，他得做出突然发现苍蝇的样子，他得做出发现苍蝇便扔掉筷子的样子。年轻人大声喊："老板！"秃头老板慌慌张张地跑过来。年轻人扔了筷子，说："你怎么回事？面里有一只苍蝇！"

"苍蝇？"

“你看看。”年轻人说。

年轻人拾起筷子，拨动着剩下的几根面条。他没有发现苍蝇。年轻人继续拨动面条，没有苍蝇。年轻人找来一只空碗，将碗里的汤一点一点倒出去。苍蝇仍然没有出现。很多食客盯住他看，表情复杂。年轻人只觉一股血冲上脑门。

他难受。他想哭。不是因为他不小心吃掉了那只苍蝇，而是因为，或许，这些人，食客，甚至老板，都看清了他的伎俩。

“苍蝇呢？”老板问他。

“刚才……还在……现在……找不到了……我也不知道……”

“真有苍蝇？”老板目光如炬。似乎他的目光能够将年轻人穿透，似乎他知晓年轻人脑子里的所有秘密。

“真……有。”

老板轻轻叹一口气。老板冲周围的食客笑笑，以示抱歉。然后，老板端起碗，对年轻人说：“对不起，我这就给您换一碗。”

年轻人愣了愣，伏在桌上，哭出声来。

请弯下腰

地下通道的出口，男人席地而坐。胡琴端立腿上，持弓的手轻抖，曲子就飘起来了。虽不十分悦耳，可是轻快欢愉，钢琴曲或者小提琴曲，全用了《万马奔腾》的节奏。男人胡须浓密，长发披肩，表情认真投入。他的左前方，摆着一个细颈青花瓷瓶。瓷瓶古香古韵，朋友说那瓷瓶价值不菲。可是他明明在街头卖艺，一柄胡琴，抖得微尘飞扬。

他像一位艺术家，人声鼎沸的大街，是他表演的舞台。

和朋友经过时，每人给了他十块钱。男人陶醉于自己的演奏之中，并不理睬我们。十块钱落到瓶口，停住，如同落上去的一只蝴蝶。蝴蝶静立片刻，偏了身子，降落花瓶旁边。我愣了愣，想捡起来，却终于没动。朋友这时从我身边挤上前去，深弯下他的腰，捡起钱，连同手里的十块钱，一起恭恭敬敬地塞进花瓶。然后他冲男人笑笑，拉着我离开——自始至终，男人没有看我们一眼。

朋友的举动，令我羞愧难安。

我给了男人十块钱。这十块钱绝不是施舍。因为他在演奏。他演奏，我听了，感觉不错，付钱，天经地义。当然不付钱也天经地义，事实上从他身边经过的大多人都没有付钱。——付不付钱都没有关系，但是，问题是，我付给他十块钱，那么，我应该弯下我的腰。

我应该弯下腰，让钞票落进花瓶而不是落到地上。虽然那一刻男人并没有看我，但我知道，他肯定感觉得到我的态度。一张钞票落进花瓶，对他的演奏，对他的行为，对他的生活，对他的选择，是一种承认，更是一种尊重；可是钱落地上，那么很显然，我的行为就变成了趾高气昂的施舍，那十块钱，也就成为嗟来之食。可是对于他和他的行为，我有施舍的资格吗？

我们为父母弯腰，为爱人弯腰，因为他们是我们的至亲；我们为朋友弯腰，为同事弯腰，因为他们是我们的至熟；我们为领导弯腰，为客户弯腰，因为他们管着我们的钱包，决定着我们的仕途；我们甚至为一只宠物弯腰，一条狗，一只猫，或者一只画眉鸟，只因为，它们能够给我们带来片刻的快乐……

可是街头那些乞丐，那些卖艺者，那些衣食无着者，我们何曾为他们弯过腰？他们或许从事着我们所不屑所不齿的职业，可是他们，明明是和我们一样的人啊！他们理应有着与我们等同的地位，也理应有着与我们等同的尊严。

你可以不给他们一分钱，你可以目不斜视地从旁边走过，心安理得或者趾高气昂，带着无限的优越感和满足感。但是，假如，哪一天，哪一次，哪一条街，哪一个闪念，你想过付给他们钱，十块钱、五块钱或者一块钱，甚至仅仅一枚硬币，那么，请你务必，深弯下你的腰。

弯下你的腰，对于对方，是一种尊重；对于你的品质，又何尝不是？

起身的饺子落身的面

起身的饺子落身的面。这风俗令我幸福和忧伤。

年轻的父亲是一位石匠。石匠的概念在于健康并且强韧的身体，单调并且超负荷的劳动。石匠只与脚下的石头与手中的铁器有关，同样冷冷冰冰，让秋天的双手，裂出一道道纵横交错的血口。每个星期，父亲都会回来一次，骑一辆旧金鹿自行车，车至村头，铃铛便清脆地响起了。我跑去村头迎接，拖着鼻涕，光亮的脑瓢在黄昏里闪出蓝紫色的光芒。父亲不下车，只一条腿支地，侧身，弯腰，我便骑上他的臂弯。父亲将我抱上前梁，说，走咧！然后，一路铃声欢畅。

那时的母亲，正在灶间忙碌。年轻的母亲头发乌黑，面色红润。鸡蛋在锅沿上被磕出美妙的声响，小葱碧绿，木耳柔润，爆酱的香气令人垂涎。那自然是面。纯正的胶东打卤面，母亲的手艺令村人羡慕。那天的晚饭自然温情并且豪迈，那时的父亲，可以干掉四海碗。

起身的饺子落身的面。父亲在家住上一天，就该起程了。可是我很少看见父亲起程。每一次，他离开，都是披星戴月。

总在睡梦里听见母亲下地的声音。那声音轻柔舒缓，母亲的贤惠，与生俱来。母亲和好面，剁好馅，然后，擀面杖在厚实的面板上，辗转出岁月的安然与宁静。再然后是拉动风箱的声音，饺子下锅的声音，父亲下地的声音，两个人小声说话的声音，满屋子水汽，迷迷茫茫。父亲就在水汽里上路，自行车后架上，驮着他心爱的二十多公斤的开山锤。父亲干了近三十年石匠，回家，进山，再回家，再进山，两点一线，一千五百多次反复，母亲从未怠慢。起身，饺子；落身，面。一刀子一剪子，扎扎实实。即使那些最难熬的时日，母亲也不敢马虎。除去饺子和面的时日，一家人，分散在不同的地点，啃着窝头和咸菜。

父亲年纪大了，再也挥不动开山锤，然我，却开始离家了。那时我的声音开始变粗，脖子上长出喉结，见到安静的穿着鹅黄色毛衣的女孩，心就会怦怦跳个不停。学校在离家一百多里的乡下，我骑了父亲笨重并且结实的自行车，逢周末，回家。

迎接我的，同样是热气腾腾的面。正宗的胶东打卤面，盖了蛋花、葱花、木耳、虾仁、肉丝，绿油油的蔬菜，油花如同琥珀。学校里伙食很差，母亲的面，便成为一种奢求。好在有星期天，好在有家，好在有母亲。

返校前，自然是一顿饺子。晶莹剔透的饺子皮，香喷喷的大馅，一根大葱，几瓣酱蒜，一碟醋，一杯热茶，猫儿幸福地趴在桌底。我狼吞虎咽，将饺子吃出惊天动地的声音，那声音令母亲心安。

然后，毕业，我去到城市。那是最为艰难的几年，工作和一日三餐，都没有着落。当我饿得受不住，就会找个借口回家，然后在家里住上一阵子，一段时间以后，当认为伤疮已经长好，便再一次回到城市，再一次衣食无着——城市顽固地拒绝着一个来自乡村的只有职高文化的腼腆的单纯的孩子——城市高楼大厦令我恐惧并且向往。

回家，坐在门槛上抽烟，看母亲认真地煮面。母亲是从我迈进家门的那一刻开始忙碌的，她将一直忙碌到我再一次离开家门。几天时间里她会不停地烙饼，她会在饼里放上糖，放上鸡蛋，放上葱花，放上咸肉，然后在饼面上沾上芝麻，印出美丽的花纹。那些烙饼是我回到城市的一日三餐，母亲深知城市并不像我描述的那么美好。可是她从来不问，母亲把她的爱和责任，全都变成了饺子、烙饼和面。母亲看着我吃，沉默。沉默的母亲变得苍老，我知道这苍老，全因了我。

起身的饺子落身的面，我真的不知道这样的风俗因何而来。也许，饺子属于"硬"食的一种吧？不仅好吃，并且耐饥，较适合吃完以后赶远路；而面，则属于"软"食的一种吧？不仅好吃，并且易于消化，较适合吃完以后睡觉或者休息。一次说给母亲听，母亲却说，这该是一种祝愿吧！"饺子"，交好运的意思；而"面"，意在长长久久。出门，交好运；回家，长长久久，很好的寓意。再图个什么呢？

想，母亲的话，该是有些道理的。平凡的人们，再图个什么？出门平安，回家长久，足够了。

然母亲很少出门，自然，她没有机会吃到我们为她准备的"起身的饺子落身的面"。可是那一次，母亲要去县城看望重病的姑姑——本计划一家人同去的，可是因了秋收，母亲只好独行。头天晚上，我和父亲商量好，第二天一早会为母亲准备一盘饺子，可是当我们醒来，母亲早已坐上了通往县城的汽车。

头一天晚上，我几乎彻夜未眠。我怕不能够按时醒来，我怕母亲吃不到"起身的饺子"。然我还是没能按时醒来，似乎刚打一个盹儿，天就亮了。可是，父亲的那些年月，我的那些年月，母亲却从来未曾忘记未曾耽误哪怕一次"起身的饺子"。很多时，我想母亲已经超越了一个母亲的能力，她变成一尊神，守护着我和父亲。

然她却是空着肚子走出家门的。家里有她伺候了大半辈子的儿子和丈夫，却无人为她，煮上一碗饺子。

起身的饺子落身的面。这习俗让我忧伤并且难堪。

母亲是在三天以后回来的。归来的母亲，疲惫异常。我发现她真的老了，这老在于她的神态，在于她的动作，而绝非半头的白发和佝偻的身体。走到院子里，母亲就笑了——她闻到了蛋花的香味，小葱的香味，木耳的香味，虾仁的香味——她闻到了“落身的面”。那笑，让母亲暂时变得年轻。

母亲吃得很安静，很郑重。吃完一小碗，她抬起头，看看我和父亲。母亲说，挺好吃。

三个字，一句话，足够母亲和我们，幸福并珍惜一生。

最后一位客户

他静静地坐在办公室里，等待他的客户。那客户将会带过来十五万块钱现金。对客户来说，这是一笔重要的生意。他们合作过好多次，彼此早以兄弟相称。好像这并不夸张，因为客户对他，已经深深信任。

他的公司开了好几年，似乎一直运转良好，只有他知道问题的严重性；只有他知道自己赔了多少钱，又欠下多少债；只有他知道自己已经接近崩溃；只有他知道，明天，公司就将不复存在。现在他等待的，只有这最后的一位客户。他将收下这位客户的十五万块钱现金，然后在黄昏，携款潜逃。他知道他肯定可以做到，因为那位客户对他毫无戒备。他知道这是犯罪，他知道后果的严重性，可是他想搏一把。

客户在约好的时间敲响了办公室的门。他把客户让到沙发上，递烟递茶，聊些无关紧要的话。太阳在窗外从容且温暖地照着，他却不停地打着寒战。终于他们聊到了正题，客户打开密码箱，他看到十五摞花花绿绿的钞票。

这之前，他见到过太多次十五万。每一次都代表着一笔不错的生意。可是这一次不同。这一次，他没有生意可做。他根本不打算更没有信心完成这单生意。他只想骗下这十五万块钱。然后，开始他东躲西藏的日子。

他已经订好了机票。他知道自己一旦跟客户说了谎话，就将变成了贼，就将开始逃离。可是他认为没有办法，他认为自己必须去做。

客户问："这次有问题吗？"

他说："没问题。明天早晨，您过来提货。"

这时电话响了。很突然的声音，把他吓了一跳。是母亲打来的。上一次他和母亲通电话，还是一个月前。

母亲问："你还好吗？"

他说："还好。"

母亲说："晚上回家吃饭吧。我买了很多菜。排骨已经炖好了。晚上回回锅就行……"

他说："不了。今晚，忙……"

母亲问："生意不顺心吗？"

他说："没有。生意很好。刚接了一笔大单子，十五万……"

母亲说："那就好。晚上回来吧。你已经一个多月没有回家吃过饭了。"

他说："怕真的没时间。"

母亲在那边沉默了很久。然后，母亲突然问："是不是生意不顺心？"

他说："没有。刚接了一笔大单子……"

母亲说："你骗不过我的。上次你回家，看你唉声叹气的，就知道肯定是生意遇到了麻烦。听我说，如果撑不下去了，别硬撑，回家歇一段日子……不管如何，家永远欢迎你。"

他抹一下眼睛。他说："生意没事。"

母亲说："我给你攒了些钱，也许能帮上你的忙。晚上你回家吃饭时，我把钱给你。"

他问："多少？"

母亲说："五千块。"

他终于流下眼泪。今晚，他将携十五万巨款潜逃，母亲却会一直守在饭桌前，等他回家吃饭；为了赚钱，他在酒店里宴请他的生意伙伴，花掉很多个五千块钱，而他的母亲，为了他的公司，却悄悄地攒下五千块钱，并幻想用这五千块钱，将他的公司挽救。

他握着电话，流着泪，久久说不出话来。

母亲说："晚上回家吃饭吧，我等你。"然后，电话被挂断了。

其实，家与公司，相距不足二十公里。

他慢慢踱到窗前，看窗外的阳光。阳光下人流如织，好像所有的人都是快乐的。他想他们之所以快乐，是因为他们走在阳光里；他们之所以快乐，是因为他们心中没有阴暗；他们之所以快乐，或许，只因为他们今天能够回家，吃一顿母亲亲手做的晚饭。

客户被他的样子吓坏了。问他："你怎么了？"

他说："没什么。"

客户说："那我先走了。钱你收好。明天一早，我来提货。"

他喊住了客户。他说："没有货。我骗了你。我犯下一个无耻的错误。我想骗走你的十五万块钱。"

客户愣住了。在确知他没有开玩笑以后，客户思考了很久。然后，客户说："我可以等你三天。三天里，只要你能备齐货源，我还会和你做这笔生意。不过，能不能告诉我，是什么让你放弃了这个疯狂的举动？"

他说："是母亲。因为母亲今天晚上，会一直等我回家吃饭……"

那天晚上，他真的回了家。他陪母亲吃了晚饭，和母亲说了很多家常。第二天回来的时候，他带上了母亲给他的五千块钱。他把它们存到银行，将存单镶在镜框里，小心翼翼地摆放在办公桌上，日日擦去灰尘。

三天后，他真的做成了那笔十五万的生意。他的公司竟然起死回生。

他并不避人。他在好几个场合说起过他的这次经历。每到这时，就会有人感叹说，多亏了那位最后的客户，如果没有他那笔十五万的生意，如果没有他对你的信任和宽容，那么，你也许不会挺过来，更不可能把公司做到现在。

他点头。他承认那位善良并宽容的客户给了他很多。可是他认为，真正挽救自己的，其实是她的母亲。是母亲的五千块钱，是母亲的那顿晚饭，是母亲的几句问候，甚至，仅仅是母亲关切的眼神。

他坚信，虽然母亲不懂经商，但她永远会是自己最后一位客户。

母亲的位置

一铺小小的土炕，挤着一家子人。到晚上，母亲总是睡在炕梢的位置。似乎窗外总在刮风，没黑没白，无休无止，从窗隙往屋子里挤，鞭梢似的一甩一甩，砸出满屋酷寒。母亲缩在炕梢，蜷睡着，却突然惊醒坐起，掖好孩子们的被角，又把掉落一旁的衣服重新盖在他们的被子上。屋子里漆黑一片，母亲所做的一切，全靠了母性的本能。母亲像猫一样警醒。

那铺土炕，母亲永远睡在炕梢。有时是整个身子，有时是半个身子。经常在梦中，她滚落地上，嘴里发出一声惊呼，未及完全喊出，又被硬生生咬断。她想起男人还睡着，想起孩子们还睡着，她怕惊扰了他们。

终于决定盖一栋房子。孩子们像雨后的笋，晚上，她甚至没有将身体蜷起的空间。石子是她和男人从山上采的，先采了大石，然后用小锤一下一下地砸碎；沙子是她和男人从河滩上推的，两个人深弯着腰，独轮车轧开深深的痕；泥板是她和男人亲手脱的胚，平场上一排排一行行，那些天她心惊胆战，生怕空中落下雨滴。房子不大，进展缓慢，可是女人知道，它毕竟是一栋房子，当房子盖好，她和男人，还有孩子们，再也不必在一铺炕上挨挤了。

房子盖到大半,她搬了进去。她说她得看着她的房子,尽管那里面几乎什么也没有。但是那里有炕,有炕,母亲睡在那里,老屋的土炕便不会太挤。忙累一天的母亲沉沉睡去,没有男人和孩子们在身边,她睡得格外香甜。那时窗子还没有镶玻璃,屋子就像冰窖,母亲浑然不觉。

房子盖好了,搬进去,却仍然有些挤。女儿已经长到需要一间单独房间的年龄,母亲只好和男人和儿子继续挤一铺大炕。现在母亲再也不用蜷起身子睡觉了,可是她却不肯再睡炕梢。那个冬天,她一直睡在靠窗的位置。那是屋子里最冷的地方,冷风顽强地挤过窗隙,把熟睡中母亲的脸冻僵。母亲睡着,又突然醒来,黑暗中,为男人掖掖被角,给儿子的被子加盖一件衣服。她醒得总是恰到好处,她像母猫一般警惕。

春天和秋天里,母亲却让开了靠近窗户的位置,又一次睡到炕梢。她对儿子说早晨会有阳光,那阳光暖暖柔柔的,照在脸上,会很舒服。后来她从收音机里听到一些有关阳光的知识,更不肯再睡到窗前了。她喜欢说"营养"。她说春天和秋天的阳光有营养,照到谁的身上,谁就多吸收一些营养。母亲一本正经的郑重表情,常常把她的儿子逗笑。

后来,生活就变得好了。

后来,母亲就跟着儿子进了城。

再后来,有一天,突然,母亲就病倒了。

母亲病倒了,接连打了很多天的吊针。她躺在医院的病床上,病床靠着明净的窗户。她一连很多天下不了床,她的眼睛忽睁忽闭,呼吸时缓时急,思维时明晰时愚钝。医生下了病危通知,儿子红着眼睛,日夜守在母亲床前。可是母亲仍然顽强地活着,她在等待女儿从国外归来。

儿子是在清晨突然被母亲推醒的。一整夜他都陪伴着神志不清的母亲,那时候他刚刚睡着。睁开眼睛,他吓了一跳,几天未曾下地和进食的母亲,竟然站在他的床前!母亲微笑着,沙哑着声音,却是一本正经地说,咱们换换床位吧!……现在,我的那张床上,有营养……

儿子看到,母亲的床头,有一缕微不足道的阳光……

第六辑

上帝的恩赐

酋长盯着那个瓶子,仍然是虔诚的表情和语气,他说:“这是我们的‘镇岛之宝’,这是‘上帝的恩赐’。但现在,这恩赐已经救不了我们。以后,我们只能做他们的奴仆。”酋长说,“我看到,他们正围坐在一起唱歌,每个人的手中,都有一个‘上帝的恩赐’。”酋长说,“上帝是不会胡乱恩赐的。那么很明显,他们就是上帝。”

五张纸条

暴风雪袭来时，卡车却在茫茫戈壁滩中抛锚。天地间霎时昏暗混沌，只剩下狂风、雪尘与彻骨的酷寒。似乎连空气都冻成冰刃，嘶嘶叫着，从每个人的脖子上划过去。六个人缩在狭窄的车厢里瑟瑟发抖，血和呼吸仿佛早已凝固。死神一步步迫近，每个人的心里，都有了恐惧。

这是一个很小的剧团，要去戈壁滩的深处慰问一支驻扎部队。六个人里，年纪最大的四十二岁，是团长；年纪最小的十八岁，是剧团新成员。他们是一对父子。

六个人在暴风雪里坚持了一天一夜。周围除了风雪，连飞鸟都见不到一只。天气越来越恶劣，死神近在咫尺。也曾试图丢下车子徒步前行，可是这打算很快被他们放弃。走进这样的漫天风雪，几乎等同于选择死亡。挤在车厢里，等风雪过去或者被救援人员发现，或许还有一丝生还的可能。

又熬过一天。风雪仍然肆虐，世界只剩一辆被埋在半截的卡车。所有人都知道，假如黄昏以前仍然没有人发现他们，他们将会被无声无息地冻死在夜的戈壁滩。

终于决定让一个人离开，徒步走进暴风雪寻找救援。他们认为这是最后的希望。假如运气好的话，假如那个人可以找到救援队并顺利返回，也许他们能够得救。团长宣布完这个决定，静静地看着每一个人。

没有人主动站出来。都知道一旦离开车子，生命会脆弱得如同高空中落下的鸡蛋——留在车厢里的生还的机会，远比一个人在风雪中独行要大得多。

可是必须有人走出去——或者找到救援，或者在雪地里死去。

车厢里死一般静。每个人都面无表情。团长看看儿子，儿子急忙低下头——他的身体是六个人里最好的，或许他不能找来救援，但他可以在暴风雪里走得最远活得最长——他是寻找救援的最好人选。

团长说现在必须做出决定。选到谁，谁就走出去。

仍然没有人说话。

团长说那么大家写在纸上吧，票数最多的人走出去。他掏出一张纸，撕成大小均匀的五个纸条。他将纸条分别递到五个人手里，说，写下来以后，交给他。

大家用冻得僵硬的手在纸条上郑重地写下一个名字，然后将纸条小心地折好，交回团长。

团长将五个纸条依次打开，表情越来越严峻。纸条全部看完，他长叹了一口气，把纸条递给他的儿子。他说，大家的意思，改不了。

儿子从父亲手里接过纸条，一张一张慢慢地看。看完抬头，看父亲一眼，再看其余每个人一眼，然后推开车门走了出去。他没说一句话，他的眼睛里饱含泪花，他的表情很是壮烈。他深知走出车厢意味着什么。狂风裹挟着雪尘刹那间涌进车厢，车厢里的温度骤然变得更低。再寻找他，风雪里只剩一个越来越小的暗灰色影子——他在瞬间将自已淹进雪的海洋。

剩下的五个人缩在风雪里，开始了一生中最漫长的等待——等待被救，或者等待死亡。

他们还是得救了。不是因为团长的儿子领回救援人员，而是因为暴风雪终于过去。救援直升机在空中发现他们抛锚的卡车，又在三个小时以后，在雪地里找到团长的儿子。

他走出去很远。那绝对是别人不能够达到的速度和距离。事实证明他的确是六个人里面最合适的人选。他努力了，可是没有用。他没有完成任务。他不是神，他只是一位十八岁的少年。

人们没能将他救活。他的死去，看起来，毫无价值。

整理遗物的时候，有人在他的口袋里发现五张对折的小纸条。

五张纸条上，写着五个不同的名字……

放龟记

与友人经过花鸟市场，见有小龟在卖。龟壳微红，龟眼黑亮，龟爪金黄，煞是喜人。

蹲下来看，随口问，多少钱一只？答，五十块。这才有些后悔，倒不是疼钱，而是我一直养不好宠物。花鸟虫鱼，喜欢归喜欢，但到我这里，时间稍长，便无精打采，死伤惨重。忙寻个借口，今天没带钱。想不到朋友马上站出来，票子抖得哗哗响。“我有！”小龟于是到我家。

尽管悉心照料，小龟还是渐渐失去龟的风采。喂它鱼虾，偶尔吃一口，像吃中药般费劲；喂它肉，喂它龟食，根本不予理睬。几个月过去，龟壳颜色不再鲜艳，眼神也开始黯淡。想，假如小龟继续在我这里生活，哪天有个三长两短，便是犯下罪过了。于是决定将它放生。

选个阳光明媚的日子，带上小龟，直奔市郊山脚处一个池塘。池塘不大，有蒲，有苇，有鱼，还有龟。蒲和苇为土生土长，鱼龟则多是人们放生所至。有人买鱼买龟，不为饲养，只为行善；也有如我这般，不忍看它死于己手。池塘边，繁花似锦，绿树成荫。

刚把龟放进池塘，便晃来一个垂钓者。垂钓者无视我的存在，拉开架式,甩出钓线。然后,优哉游哉地为自己泡了一壶功夫茶。

“怎么能在这里垂钓?”我提醒他说,“这里的鱼多是放生过的。”

“可是并不等于全部。”他说,“现在无鱼咬饵,怎么能肯定我钩上来的鱼一定是别人放进去的?”

——看来,今天我遇到的,是一个刁民。

“那也不行啊!”我只好继续提醒他,“瓜田不纳履,李下不整冠,你懂不懂?去别的地方钓鱼不行吗?”

“当然行。”他说,“可是谁规定不能在这里钓鱼?法律吗?市规吗?”

“问题是,万一你钓上放生的鱼怎么办?”

“带回家吃掉啊!”他说,“既然他们把鱼放生,那么,鱼就不再属于放生者而属于大自然了,对不对?我从大自然里钓的是鱼又不是大熊猫,这不犯法吧?”

——看来,我遇到的不但是一个刁民,还是一个难缠的喜欢狡辩的刁民。

“难道你没有一点敬畏之心?我说,万一你钓上乌龟怎么办?也把乌龟杀了?”

“你的意思是杀鱼可以,杀乌龟就不行?”他说,“这叫什么逻辑?再说什么叫敬畏之心?假如我敬畏蚊子和苍蝇——别说这不可能——是不是我就可以指责你杀死我放生的蚊子和苍蝇?是不是我就可以对全世界宣称:打死苍蝇和蚊子是不对的!对不对?你敬畏的,不一定就是我敬畏的;我敬畏的,也不一定就是你敬畏的。所以你要谈论敬畏,最好去找有相同信仰的人谈。跟我谈,对牛弹琴了。”

说着话,有鱼上钩。收线下网,好家伙,一条足足三斤多重的红鲤鱼。“你也喜欢钓鱼吧?”垂钓者一边将鱼从鱼钩上摘下,一边说,“你在河里、在湖里、在水库里，甚至在大海里钓上来的鱼，又怎么肯定不是被别人放生过的呢？那怎么办？不钓鱼了？不吃鱼了？”

我哑然。我喜欢钓鱼，也喜欢吃鱼。我不能肯定那些钓上来的鱼和吃到嘴里的鱼是不是经过了放生。可是看着那条鱼在他的手里挣扎，还是心生了恻隐。于是跟他商量，我买下这条鱼，然后把它放了。

“伪善！”他说，“就算我收了你的钱，就算你放掉它，它肯定还会被第二次钓上来。那时谁来救它？你肯定不会，因为你看不到。因为你看不到，所以你心安，是不是？同样的道理，你放生的龟呢？假如哪一天它被钓上来，送进饭店，被杀死，变成菜肴，那么，最初的凶手是谁？当然是你。可是你仍然心安，因为你看不到。不过，无论你是否看到，你都是凶手。你决定了它的死亡，而不是捕龟者、厨师或者食客……”

“可我是为它好才将它放生的。”我急忙辩解。

“为了它好？那你为何不在买过来的那天就把它放掉？你放它，是因为它越来越蔫，于你再无用处。假如每一天它都充满活力可爱机灵，你舍得放？”

我彻底无语。我不得不承认，我之所以放掉它，不仅因为我怕它死于己手，还因为我对它早已厌烦。

——我怕它死于己手，于是“嫁祸于人”。这于我，是开脱；这于它，没有任何用处。

——当它不能给我增加快乐，我便将它抛弃。有时候，放生等于抛弃。而抛弃，等于死亡。

夜里，梦见自己变成小龟。池塘里，池塘外，危机四伏。

清　明

多年以后，清明那天，将军来到山村。

他要祭奠满子。

两个兵将满子送回来。回来时候，满子早已死去。他的身体甚至已经变臭，然他的脸，却被两个兵清洗得干干净净。陪同满子一起回来的还有一点钱，不多，却足以令满子的父亲和满子的女人，挺过那段最难挨的日子。

士兵只待了一会儿，便匆匆赶回战场。战场需要士兵，尽管等待他们的，可能是必然的死亡。

满子是战死的。士兵这样说。他们趴伏战壕，一颗手榴弹近在咫尺地炸开。满子喊一声“我的娘啊”，就死了。满子的娘早就死了，满子当兵以前就死了。她是饿死的。死去以前，她像啃萝卜一样啃掉了自己的五根手指。满子将娘下葬，头也没回，当了兵。当兵会被打死、炸死、熏死、吓死，可是当兵不会被饿死。哪一种死法都比饿死好一千倍一万倍。满子认为世界上最痛苦最恐怖的死法，就是饿死。

可是一段时间以后，有关满子的死因不断传回村子。一种说法是满子自杀而死。大战在即，满子让自己吃饱，然后偷偷躲进一间屋子，拉响手榴弹。他宁愿将自己炸死也不敢面对敌人，他恐惧到了极点。那个夜里，也许他认为，就算饿死，也比端着步枪跃出战壕幸福得多。

另一种说法是，满子在他参加的第一次投弹训练中，怎么也扔不掉手里的手榴弹。手榴弹冒出白烟，满子五官狰狞，五指抽筋。他做出至少八次投弹姿势，他甚至将自己投出去，可是手榴弹仍被他紧紧攥在手里。手榴弹终于炸开，就像撕开一朵灿烂的烟花，他喊一声"我的娘啊"，血流如注。

当然还有更多传闻：他偷了手榴弹去河边炸鱼，一片三角形的弹片准确地切开他的脖子；梦里的他将手榴弹当成香喷喷的油条，他的嘴角飘着引线，脸上挂着贪婪的笑；他偷了老乡的核桃，然后用手榴弹猛砸坚硬的核桃壳，手榴弹就响了；他聚精会神地端着满满一碗稀饭，他摔了一跤，手榴弹就响了……每一种说法都与吃有关，每一种说法都与手榴弹有关，每一种说法都与战场和杀敌无关。每一种说法，都能够准确地命中他被炸烂的身体和完好无损的脸。

战争过去多年。现在，将军来到村子，他要祭奠满子。

他坐在小小的院落里，面前坐着满子的老爹，稍远处，满子的女人轻轻抚摸一条狗。狗已经很老，它活了整整十五年。满子娘被饿死，狗却没有。狗是满子从街边捡来的，狗活到三岁以前，从没有见过真正的粮食。

"满子他，到底怎么死的？"老爹问他。

将军摸出烟，递一根给老爹。老爹搓搓手，笑着，不去接。

"有人说他用手榴弹砸核桃，轰一声响……有人说他从腰里往外拔手榴弹，却只拔出一条引线……他到底怎么死的？"

将军摸出一沓钱，递给老爹。老爹搓搓手，终接下，却擎着，不敢揣进口袋。

“到底怎么死的？”他擎着那沓钱，问将军。

“当然是战死的。”将军说，“夜里阵地遭到袭击，一颗手榴弹甩进我们的战壕……”

将军瞅一眼不远处的满子的女人。女人漫不经心地抚摸着那条狗，眼睛却倏然一闪。

将军起身。“我得去看看满子。”他说。

山野萧瑟。虽是清明，绿意却并未泛出。坟头上挣扎出几蓬灰色的野草，风吹来，草叶喀铃铃响。细听，草叶间分明传出枪炮声、爆炸声、呻吟声、惨叫声……

将军跪到坟前，将那些杂草拔干净。一根棘刺划伤他的手指，他将手指举到眼前，凄然一笑。

将军站起来。身后，女人扶着老爹。狗趴伏近前，呜呜咽咽，泪光闪烁。

“能不能，让我和满子单独待一会儿？”将军说。

女人和老爹，便转身离开。他们为将军留下一摞黄纸和纸钱，他们已经好多年没有来过满子的坟头了。“没脸来啊，”老爹说，“他没有参加过一场战斗，他用手榴弹砸核桃……”

“他是战死的。”将军说，“满子是好样的。”

将军点燃黄纸，青烟袅袅。将军再一次深深跪下，冲坟头，连磕三个响头。

“大战在即，你怕，我也怕。”将军说，“我只想把你关一会儿，只想当我放你出来，你不再怕。可是满子，我只知道下掉你的枪，我哪知道你还藏了手榴弹啊！”

将军咬紧牙关，一滴眼泪砸进黄土。将军掏出手枪，对准右手手腕。将军说,满子,还你一只手,两清了吧。

枪响。山野萧瑟。山野浩荡。

属于儿子的八个烧饼

母亲上了火车，倚窗而坐。她将头朝向窗外，一言不发。车厢里闷热异常，然母亲似乎毫无察觉。她要去一个遥远的城市，她需要在座位上，坐上一天一夜。

乘务员推着午餐车过来了。母亲扭头看了一眼，又将脸转向窗外。

母亲保持这样的姿势，直到晚餐车再一次被推过来。这一次，母亲终于说话。她问卖晚餐的乘务员："盒饭，多少钱一份？"

"十块！"

"最便宜的呢？"

"都一样，十块！"

"哦。"母亲欠欠身子，表示抱歉。她将脸再一次扭向窗外。黄昏里，一轮苍老的夕阳，急匆匆落下山去。

母亲已经很老。她似乎由皱纹堆积而成。新的皱纹无处堆积，便堆积到老的皱纹之上，皱纹与皱纹之间，母亲的五官挣扎而出。那是凄苦的五官，凄凉的五官，凄痛的五官。母亲的表情，让人伤心。

母亲身边坐着一位男人。男人问她："您不饿吗？"

“哦。”母亲说，“不饿。”

可是男人知道她饿。男人听到她的肚子里发出咕咕的声音。男人想为母亲买上一个盒饭，可是他怕母亲难堪。

“即使不饿，您也可以吃一个烧饼的。”男人说，“中学时候，我们把烧饼当成零食……您烙的吧？”

男人指指桌子，桌子上，放了一个装着八块烧饼的塑料袋。烧饼烙得金黄，摞得整整齐齐。似乎，隔着塑料袋，男人也能够闻到烧饼的香味。

“哦，我烙的。”母亲看一眼烧饼，表情起伏难定。“捎给我儿子。”

“他喜欢吃烧饼？”

“喜欢。”母亲说，“明天七月七，你知道，七月七，该吃烧饼的。”

“他一下子能吃八个？”

“能呢。他饭量很大。他在家吃的最后一顿饭，就是我烙的烧饼。他一口气吃掉八个。这孩子！怎么吃起来没个够？”

母亲的目光，突然变得柔软，似乎儿子就坐在她的面前，狼吞虎咽。

“他在城里？”

“嗯。”

“因为明天七月七，所以您给他送烧饼？”

“嗯。”

“您坐一天一夜的火车，只为给他送八个烧饼？”男人笑了，“我猜您是想进城看他吧？烧饼只是借口……”

“嗯，咳咳。”母亲说。

“他该结婚了吧？”男人看一眼母亲的脸，说，“他在城里干什么？我猜他当官。我有个儿子，也在城里当官。他也很忙，几乎从不回家。有时我想他了，就找个理由去看他。比如，烧饼。不过他饭量很小，别说八个烧饼,一个他也吃不完。”男人耸耸肩,笑着说。

母亲看着烧饼,不出声。

“反正烧饼只是借口,”男人说,“您为什么不吃上一个呢?”

“不可以。这是儿子的八个烧饼。”

“但是现在,这还是您的烧饼……”

“不。这是儿子的八个烧饼……”

男人无奈地摇摇头,不说话了。火车距终点站,还得行进十二个小时,他知道,这位母亲,必将固执地守着她的八个烧饼,一直饿到终点。

…………

母亲下了火车,转乘公共汽车。汽车上,母亲仍然守着他的八个烧饼。汽车一路向西,将母亲送到一个距离城市很远的地方。母亲下了汽车,步行半个小时,终见到他的儿子。她将八个烧饼一一排出,四十多岁的儿子,便捂了脸,然后,泣不成声。

儿子身着囚服。身着囚服的儿子,在这里熬过整整二十年。整整二十年里,每逢七月初七,他的一点一点走向苍老的母亲,都会为他送来八个金灿灿的烧饼。

回　忆

有些经历，每一次回忆，都会不同。

……我走进戈壁，寂静，空旷，让我的两腿，不知该迈向哪里。一眼就可以看到很远，沙土，石头，鬼鬼祟祟的老鼠，只剩骨架的骡马。不远处有一棵枯树，树干极细，就像一只伸向天空的胳膊。谁也不会想到那样细的树干后面竟然藏着一个士兵。士兵头戴钢盔，食指早已搭上扳机。他在等我。也许在他眼里，我早已变成一个死人。是这样，那一刻，我认为自己必死无疑。我从肩上摘下步枪，拉动枪栓，扣动扳机。子弹咬中他的肩膀，他晃了晃，继续端着枪，继续向我瞄准。我端着枪冲上去，刺刀捅进他的腹部。他轻哼一声，眼睛里溅出鲜血。我将刺刀往上挑拉，慢慢地，一点一点地，终达他不断抖动的咽喉。我听到刺刀破开皮肤、肌肉、骨骼和内脏的声音，我看到他终于倒下，泪飞如雨。我守在那里，看他一点一点死去，然他的死去那般漫长，令我昏昏欲睡。一只鹰从天空掠过，起了风，砂砾砸上他的钢盔，火星四溅……

每隔一段时间，他就将这段经历讲给战友们听。单枪匹马，狭路相逢，勇敢无畏是经历的主题。

这主题让他和他的战友们放松并且骄傲。

可是每一次，他的讲述都会不同——当他努力回忆，他的脑子里便会多出一些曾经被他忽略的细节。

……他躲在那棵极细的树干后面。也许不是躲，他只是坐在那里休息。膝盖上放着一张照片，照片上，一位美丽柔软的女孩依偎在他怀里。他的步枪横放地上，他的两手毫无意义地搭在一起。看到我，他愣了愣，慌慌张张地拾起步枪，跳起来，向我瞄准。他动作拙劣，可是他还是将枪口对准我的额头。那一刻我仿佛听到撞针撞击子弹的声音，子弹蹿出枪膛的声音，我仿佛看到子弹冲出枪膛，然后，一点一点击穿我的脑袋。我不敢动，我想我必将死去，我想甚至，我连做俘虏的资格都没有。可是他的枪迟迟不肯响，于是我冲上去，一边跑一边胡乱地开了一枪。我将刺刀捅进他的肚子，我将一只脚踩上他的肩膀。他静静地看着我，眼睛里充满恐惧、不解、悲伤以及绝望。他至死都没说一句话，当他倒下的时候，他亲吻了地上的照片。我守在那里，看他的手从步枪上移开，慢慢伸向怀中。当他再一次伸开手，他的手里，多出一块巧克力。他被吓傻了，也许他将巧克力当成了子弹……

即使退役，他也需要将这段经历讲给他的朋友、妻子甚至孩子们听。故事让朋友们可以伴着酒嗝称赞他，让妻子和孩子们可以在骄傲中睡去。然而，故事再也不能够让他骄傲。

因为每一次，他的讲述都会不同——当努力回忆，他的脑子里便会多出一些曾经被他忽略的细节。

那些细节让他恐惧，让他哀伤，让他几近崩溃。

……他完全有机会将我射杀，可是他没有。他倚着树干，静静地休息。也许他迷路了，他走不出茫茫戈壁，他需要一个伙伴同行。也许在死亡面前，他认为，所有人都是伙伴。他端起步枪向我瞄准，他的手指只需轻轻一勾，我就将悄无声息地倒下。他瞄了很久，这样的时间甚至可以杀死然后肢解一头水牛。我解下肩上的步枪，他没有开枪；我拉动枪栓，他没有开枪；我射出子弹，他没有开枪；我冲了上去，他没有开枪；我将刺刀捅进他的肚子，他没有开枪。也许最后一刻，他后悔了，他想开枪，可是，晚了。死去之前，他拼尽全身力气，为我掏出一块巧克力。他想干什么？将巧克力送给我？让我将巧克力捎给他的未婚妻？我不知道。总之他死去了，像一位猎人终被他的猎物杀死。他死以后，我在那里坐了很久，直到他的身体彻底冰冷。他的下巴有一颗痣。他甚至没有长出男人该有的喉结……他其实，还是个孩子。我检查了他的步枪，枪膛里，子弹排列整齐……

即使多年以后，他也需要将这段经历反复地讲——他的国家需要这样的英雄和故事。可是每一次，他都能想起曾经被忽略的细节。那些细节有时是眼神、有时是巧克力、有时是子弹，是呻吟、是砂土、是尸体……那些细节让他恐惧，让他在梦里，一次次与那个死去的孩子如影相随。

终于，他紧紧闭上嘴巴。他不再向任何人讲起那段经历，他劝自己说，那经历属于别人，与他无关。

可是，没有用。那个死去的男孩夜夜与他纠缠，终有一天，在夜里，他痛苦地死去。他用刀子将自己拉开，从小腹，一点一点往上，终达咽喉。

临死前，他对自己说，他终于，找到了我。

在沙漠里

生意人要去沙漠那端做一笔生意。他携带了足够多的金币、干粮和水，为防范可能遇上的歹人，又随身佩带了一把锋利的长刀。然他还是低估了沙漠，干粮和水很快告罄，却仍然没有丝毫走出沙漠的迹象。

整整两天滴水未进，他又饥又饿。脸被火焰般的阳光灼伤，疼痛难忍，他想自己也许会死在沙漠里，连同他的金币和佩刀。他的面前横着一座低矮的沙丘，周围，黄沙席卷。他攀爬过太多这样的沙丘，每一次都是心怀希望，每一次都是心灰意冷。

沙丘爬到一半，他非常累了。他坐下来休息，迷迷糊糊昏睡过去。

突然他听到一阵驼铃声。醒来，抬眼望，他见到一位牵着骆驼的留着大胡子的男人。男人从沙丘上走下来，驼峰上搭着鼓鼓囊囊的干粮袋和水袋。男人脚步轻盈。

他扑向男人。“救救我吧！我就要因饥渴而死。”他说，“如果你能够赏我一点干粮和水，我愿意用一个金币来报答你。”

男人看看他，笑了。“你认为我是普通的旅人吗？”

他开始细细打量男人。男人穿着华丽的衣服，身上几乎一尘不染；

男人的脸上不见一滴汗水，他不像走在沙漠里倒像是在舒适的树荫下喝着奶茶。生意人有些发蒙，他问：“难道您是传说里的沙漠之神？”

男人微笑着点点头。

“那您快救救我吧！”他给男人跪下，“我家还有妻儿老小……”

“救你当然可以。”沙漠之神说，“不过你得回答我三个问题。如果回答正确，我将分别赏你水、干粮和骆驼。如果回答错误，你就得付出一些代价。”

“什么代价？”

“比如一个耳光，或者这把佩刀。”

“好的好的。”生意人迫不及待，“快开始吧！”他当然分得出孰轻孰重，相比生命来说，一个耳光或者一把刀算得了什么？

第一个问题，沙漠之神说：“你脚下是什么？”

“沙漠！”生意人脱口而出。

沙漠之神微笑着点点头，将其中一个水袋扔给男人。“归你了。”他说。

生意人捧起水袋，咕咚咕咚一阵狂喝。终于，他放下水袋，问：“第二个问题呢？”

“第二个问题，”沙漠之神说，“你头上是什么？”

“天空！”生意人头也没抬。

沙漠之神再一次微笑着点头，然后将一小袋干粮扔给他。“这个也归你了。”他说。

神的问题真是太简单了！神爱世人！

生意人一通猛吃，直吃到胸脯高出下巴两寸。他满意地抹抹嘴巴，说：“快问第三个问题吧！”

“第三个问题，”沙漠之神说，“你面前是谁？”

“神啊！”生意人几乎要笑出声了。他认为自己已经得到了一匹骆驼。

“错了！”沙漠之神说，“现在请你做出选择，让我打你一个耳光，还是送我那柄长刀？”

生意人沮丧并且懊恼，可是他不敢同沙漠之神争辩。既然神说他错了，那他肯定就是错了——他只能在一记耳光和一柄刀子之间选择。他摸摸自己被阳光烤伤的脸，然后解下佩刀。“我还是将刀子送给你吧！”他说，“不过我很好奇，作为沙漠之神，您要一把刀子干什么呢？”

沙漠之神笑了。沙漠之神说：“现在我只想告诉你，刚才你犯下了三个错误。”

“三个错误？”生意人真的糊涂了。

“第一个错误，你这种年龄的男人，竟然还相信这世上有沙漠之神。你太天真……”

“你不是？”

“当然。我和你一样，只是沙漠里的旅人。”

“第二个错误呢？”

“第二个错误，你不该将这把刀输给我。”

“可是输你一把刀总比挨你一记耳光好多了啊！”生意人说，“一个金币就可以买到两把这样的刀子，何况我有这么多的金币！”他将一袋金币向男人晃晃。

“这就是我需要一把刀子的理由。”男人掂掂手里的刀子，问他，“你认为现在这些金币还能属于你吗？”

生意人盯着男人的表情，盯着他手里的刀子，身体开始发抖。很显然他遇上了歹人，职业的或者业余的歹人，却是绝顶聪明。他只好顺从地将一袋金币交给男人，又乞求他，能否送他一点水和干粮，他真的不想在沙漠里死掉。

“没问题！”想不到男人很是爽快，“我拿走你一袋金币，当然要有所补偿。”

生意人搞不懂了。尽管他提出要求，可是他对男人能够同意并不存在太多幻想——谁都知道，沙漠里，干粮和水，远比一袋金币重要。

男人哈哈大笑。“我知道你心里在想什么，”他说，“这也是你犯下的第三个并且是最重要的错误——沙漠里有一个富足的绿洲，那里有水，有可口的饭菜，有骆驼，有舒适的房子。刚才我就是从那里过来的。绿洲近在咫尺，翻过沙丘便是。所以现在，干粮和水，一文不值。”

母亲的一年

……强子你还好吧？你还好，妈就放心了。过年你没回家，我和你爸都挺想你……知你忙，工作要紧，妈什么时候都能看……玲还好吧？她脾气不好，你多让着她。你娶她时，咱家那么穷，一间房子都买不起，她能嫁过来，你该知足了……你胃病好些了吧？别不吃早饭，熬点粥，煮个蛋，用不了多长时间……小宝还好吧？他想奶奶吗？很长时间没见他了，他又长高了吧？……别让他吃太多糖，不好。过几天就元宵节了，强子你回家吗？回？好。这几天我和你爸团点汤圆，知你和玲都爱吃。对，糯米粉、黑芝麻、熟猪油、白糖……不买现成的，现成的不合口……不费事的，你小的时候，妈不是常给你做？你回家，我和你爸都高兴。你爸？坐在旁边听我打电话呢！这老家伙，笑出满脸褶子……那就聊这些吧，电话费挺贵的。挂了吧强子！你先挂……

……强子你还好吧？你还好，妈就放心了。元宵节你没回来，我和你爸都挺想你……知你忙，工作要紧，妈什么时候都能看……玲还好吧？她身体不好，你让她注意休息。家务活，你多做些。你娶她时，咱家穷，连件像样的衣服都没给她买，她能嫁过来，你该知足……你换工作了？别总是换来换去，这山望着那山高，不好。能吃饱，安安稳稳的，健健康康的，就挺好……小宝还好吧？他想奶奶吗？几个月没见他，猜他又长胖了吧？……上学放学，你和玲要去接他，城里车那么多……过几天就清明了，强子你回家吗？回？好。我和你爸给你留了点汤圆，冰箱里放着，坏不了。对，糯米粉、黑芝麻、熟猪油、白糖……清明天就暖和了，你回来，带你们到山上走走，顺便看看你奶奶，烧点纸钱。转眼你奶奶走三年了，都说人走三年，就是真走了，世上留不住了……你爸？坐在旁边听我打电话呢！这老家伙，笑出满脸褶子……那就聊这些吧，电话费挺贵的。挂了吧强子！你先挂……

……强子你还好吧？你还好，妈就放心了。清明节你没回来，我和你爸都挺想你……知你忙，工作要紧，妈什么时候都能看……玲还好吧？前几天她打电话回来，说你们吵架了，我和你爸一宿没睡觉。强子，不管什么事，多迁就她，她是你媳妇，侍候你和小宝这么多年，不容易……工作稳定了吗？稳定了就好。和同事搞好关系，别使性子。世界上哪有什么坏人？不过是一句话的事情……小宝还好吧？他想奶奶吗？半年没见他了，他可能早把我忘啦……过几天就端午了，强子你回家吗？回？好。给你留的汤圆还在冰箱里，每次开冰箱，一眼就瞅见了。这几天我和你爸去摘点苇叶，给你们包粽子……糯米、火腿、苇叶，小宝去年喜欢得不得了呢。不买现成的，现成的不合口……不费事的，你回家，我和你爸都高兴。你爸？坐在旁边听我打电话呢！这老家伙，笑出满脸褶子……那就聊这些吧，电话费挺贵的。挂了吧强子！你先挂……

……强子你还好吧？你还好，妈就放心了。端午节你没回来，我和你爸都挺想你……知你忙，工作要紧，妈什么时候都能看……玲还好吧？前几天她打电话回来，说你给她道歉了，这就对了。玲不容易，嫁过来时，咱家那么穷……听玲说你工作不顺心，下班后多出去走走，别总闷在家里。在家靠父母，出门靠朋友，多交几个朋友，比什么都强……小宝还好吧？他想奶奶吗？大半年没见他了，怕是他连我的模样都想不起来了吧……近来也没什么节，你忙你的，别想着家里……对了强子，重阳节你回家吗？回？好。九重阳，老人节，妈转眼之间，就成人见人嫌的老人啦！重阳节，天气好，你回来，我带你和小宝去山上看看。山上的苹果该熟了，红彤彤的，很漂亮……你和玲可以带一些回去，小时候，你最爱吃呢……你爸？坐在旁边听我打电话呢！这老家伙，笑出满脸褶子……那就聊这些吧，电话费挺贵的。挂了吧强子！你先挂……

……强子你还好吧？你还好，妈就放心了。重阳节你没回来，我和你爸都挺想你……知你忙，工作要紧，妈什么时候都能看……玲还好吧？她脾气不太好，你多让着她。她嫁给你时，咱家那么穷，连个金戒指都没给她买，妈一直过意不去……你胃病好些了吧？早晨别不吃饭，熬点粥，煮个蛋，用不了多长时间。要不就去外面吃点，油条豆浆，用不了几个钱……小宝还好吧？他想奶奶吗？快一年没见他了，猜他长成小伙子了吧？……你寄的钱，收到了。以后别再寄，你和玲还得还贷款，知你们也紧巴。冰箱里有汤圆，还有粽子，有苹果，每次开冰箱，一眼就瞅见了。天凉了，你和玲多加些衣服，别感冒……再有几个月就过年了，要是你工作太忙，就等过年回家吧！过年你和玲总该放假，是吧？你爸早说了，等过年，给你们宰只羊。宰只羊，才有过年的气氛。外面飘着雪，一家人坐在热炕头上喝羊汤，吃羊肉，啃羊腿……不累的，我和你爸又不是没宰过羊……你回家，我和你爸都高兴。你爸？坐在旁边听我打电话呢！这老家伙，笑出满脸褶子……那就聊这些吧，电话费挺贵的。挂了吧强子！你先挂……

……强子你还好吧？你还好，爸就放心了。过年你没回来，我不知道你到底在忙什么……想打电话给你，你妈不让……清明你肯定回来？如果太忙，就不用回来了……回来也看不见你妈了……你妈她走了，昨天刚走，很突然……冰箱里还给你们留了汤圆、粽子、苹果、羊肉馅水饺……临走前，她对我说，她想你们，她没活够……

骄傲的红薯

母亲很少去看她的儿子，近些日子尤为如此。有时在校门口匆匆见一面，母亲塞给儿子零食和钱，表情局促不安。母亲把话说得飞快，好好学习注意安全等等，却像背台词，千篇一律。然后母亲说，该回去了。做出欲走的样子。儿子说再聊一会儿吧。眼神却飘忽不定。母亲笑笑，转身，横穿了马路，走出不远，又躲在一棵树后面偷偷回头。她想再看一眼儿子，哪怕是背影。儿子却不见了。儿子像在逃离，逃离母亲的关切。

母亲很满足—— 一个读大学的儿子，高大英俊，学生会干部，有奖学金——还有什么不满足的呢？并且她知道，儿子正在偷偷恋爱。她曾远远地看过那姑娘一眼，瘦瘦高高，和儿子很是般配。她不知道儿子和姑娘在一起会聊些什么，但她想应该不会谈到自己。一个收废品的母亲，有什么好谈的呢？或者，就算谈起，她知道，儿子也会说谎。比如说她是退休干部，退休工人，等等。这没有什么不好，母亲想，既然她不能给儿子带来骄傲和荣耀，那么，就算儿子说她已经过世，她都不会计较。

她真的不会计较。她真的很满足。

可是今天她很想见儿子一面。其实每天她都想见儿子一面，今天，她有了充足的借口。老家人送她一小袋红薯，个头大皮儿薄，脆生生喜人。煮熟了，香甜的红瓤化成蜜，直接淌进咽喉。母亲挑几个大的，煮熟，装进保温桶，又在外面包了棉衣，然后骑上她的三轮车。儿子从小就爱吃红薯，一路上母亲偷偷地笑。她想应该叮嘱儿子给姑娘留两个，尽管城里满街都是烤红薯，可是不一样的。这是老家的红薯，有着别处所没有的香甜滑嫩。

这是冬天，街上的积雪未及清理，就被车轮和行人压实，变成光滑的冰面。家离学校约五公里，母亲顶风骑了将近两小时的车。雪还在下，母亲头顶白花花一片，分不清是白发还是雪花。她把三轮车停在街角，抱着那个保温桶横穿了马路。她想万一在校门口遇到儿子，就说，是打出租车来的。想到马上就能见到儿子，母亲再一次偷偷地笑了。

所以，她没有注意到开过来的一辆轿车。

车子在冰面上滑行好几米才停下来。司机摁响了喇叭，母亲一惊，忙往旁边躲闪，却打一个趔趄，然后滑倒。她慌慌张张爬起，未及站稳，又一次摔倒。

她的手里，仍然稳稳地抱着那个保温桶。

司机紧张地扶她起来，问她："你没事吧？"母亲摇摇头说没事。她的脸被一块露出冰面的玻璃碴划开一条口子，现在，已经流出了血。

司机吓坏了。他说："我得陪你去医院看看。"

母亲笑笑说："真的没事。"

司机说："可是你的脸在流血……"

"在流血吗？"母亲变了表情。果然，汽车的反光镜里，她看到自己流血的脸。

“我得陪你去医院看看。”司机坚持着。

“真的不用。”母亲说，“可是这样的脸，怎么去见我的儿子呢？”

司机打开车门，把母亲往车里拉。母亲被他吓坏了，似乎比撞上汽车还要紧张。“真的不用，”她说，“你忙你的吧！”

司机看着母亲，好像除了脸上的伤口，她真的没事。司机只好说：“那我给你一些钱吧，一会儿你自己去医院看看。”他掏出两百块钱，又掏出一张名片。“这上面有我的电话，”他说，“如果钱不够，随时打电话给我。”

母亲一只手抱着保温桶，一只手推搡着名片和钱。突然她停下来，认真地对司机说：“你真的想帮我吗？如果你真的想帮我，那么，能不能请你，把这个保温桶转交给我的儿子……他在这个大学读书，他功课很好……”

母亲指了指那座气派的教学楼，脸上露着骄傲的表情。

片刻后，司机在校门口见到母亲的儿子。的确是一位英俊的男孩，又高又壮，穿宽大的毛衣和洒脱的牛仔裤。司机将保温桶递给男孩，说：“你妈让我带给你的。”

男孩说：“哦。”眼睛紧张地盯着校园里一条卵石小路。小路上站一位高高瘦瘦的长发女孩。

司机提醒他说：“是煮红薯，你妈让你先吃一个……她说，还热着。”

男孩突然想起一个问题，他问司机：“她人呢？”

司机说：“她不敢见你。”

“不敢见我？”

“她受伤了。”

“受伤了？”

"她摔倒了。她横穿公路,我的车开过来,她一紧张,滑倒了……脸被划破一条口子,流了血。她可能,怕你伤心……也可能,怕给你丢脸……她倒下的时候没用手扶地……她任凭身体跌上冰面,却用双手保护着这个保温桶……她嘱咐你现在就吃一个……她说,现在还热着……"

司机掏出两百块钱,硬往男孩手里塞。

男孩愣愣地看着保温桶,慢慢将它打开。那里面,挤着四五个尚温热的煮红薯。它们朴实,土气,甚至丑陋,可是它们香甜,温热,就像老家的乡亲,更像母亲。

司机拍拍男孩的肩膀,说:"她还没走。"顺着司机的手指,男孩看到了风雪中的母亲。她躲在一棵树的后面,偷偷往这边看。似乎儿子看到了母亲的笑容,似乎母亲发现了儿子的目光。母亲慌慌张张地上了三轮车,转一个弯,就不见了。母亲的头发,银白如雪。

男孩没有追上去。他知道母亲不会让他追上去,不想让他追上去。可是他已经决定,今晚,就回家看看母亲。他还会告诉女友,母亲并不是退休干部,她一直靠收废品供他读大学。她是一位伟大的母亲,她是他的骄傲。

一碗锅巴饭

朋友给我讲他小时候的故事。讲他的三弟，讲他的母亲，讲曾经的一碗锅巴饭。

朋友生活在一个家口很多的家庭，他有两个姐姐和三个弟弟，这样，他小时候的家境，便可想而知。那时常常吃不饱饭，朋友说，他的童年时代和少年时代，几乎有一大半时间，是在饥饿中度过的。

煮饭是母亲的事。有时候，上面的饭还是生的，下面却已经被煮煳。没办法，人口多，煮饭的锅就大，锅里的内容就多。那饭煮得，当然就有些粗糙。隔三岔五，总会出现把饭煮煳的情况。母亲给一家人盛饭，盛到最后，就会盛出一碗锅巴饭。有时是焦黄的锅巴饭，大多时是焦黑的锅巴饭。当然不可能倒掉，母亲便把那一碗锅巴饭，放在桌子的一角。

三弟总是抢那碗锅巴饭吃。对那个家境的孩子来说，这无疑是一点难得的零食。朋友说，吃饭的时候，他坐在三弟身边，三弟把锅巴嚼得咔咔直响，那香味，直挠他的鼻子，让他咽着口水。

朋友说，三弟最喜欢的，是那种有些焦黑的锅巴饭。味道极香，又稍有些苦、硬、脆、韧，极有嚼头。

三弟是家里最小的孩子。吃饭时，母亲总爱跟他开玩笑。她和三弟一起去抢那碗锅巴饭，却总是慢了半拍。三弟紧张地护着那个碗，吃得满嘴黑灰。母亲就笑了，抹抹额前的乱发。那时的母亲，还很年轻。

有一次，读初中一年级的朋友，从学校里捡到半张报纸。报纸上的一篇文章，让朋友胆战心惊。他忘记了文章的题目，却记住了里面的内容。那上面说，常吃焦煳的东西，很容易致癌。特别是煮煳的锅巴饭。

朋友把报纸带回家，那时母亲正坐在院子里择菜。朋友把报纸递给母亲，说，锅巴可以致癌。母亲便拿了报纸，仔细地看。她看了一遍，又看了一遍，然后把报纸还给朋友。“瞎说，”母亲说，“报纸上净瞎说。”

隔三岔五，朋友家的饭，仍然会煮煳。母亲给一家人盛饭，盛到最后，仍然会盛出一碗锅巴饭。在那些饥饿的年月里，那一碗锅巴饭，仍然不会倒掉。仍然，母亲会和朋友的三弟，一起去抢那碗锅巴饭。

只是，朋友说，从那以后，总是他的母亲，抢到那碗锅巴饭。然后，紧张地护着那只碗，吃得满嘴黑灰。

战　壕

一开始没有战壕，那里只是广袤空寂的戈壁。戈壁上散落着两排房子，国界线从中间画开，戈壁被分成不均等的两块。可是两排房子距离如此之近，你可以清晰地听得到对方的交谈甚至咳嗽。

每一天他都无所事事。他躺在沙地上，看昏黄的天空，把枪胡乱地丢在一边。那边有人吹起口琴，曲子被黄风刮得支离破碎，却将他的两只耳朵灌满。坐起来，看到吹琴的士兵了，有着和他一样魁梧的身材，一样粗壮的胳膊，一样忧郁的表情，一样无所适从的青春岁月。

甚至，就连他们的五官，都是那般相像。他们就像兄弟，他想，如果两个人站在一起，除去军装，即使最挑剔的人，也会把他们当成兄弟。

一曲终了，对方抬起头，雾蒙蒙一样的眼睛打量着他。他笑笑，跷起大拇指。对方也笑，脸上有了拘谨和羞涩。连他们的性格都有几分相似吧。入伍以前，他也是那样腼腆和木讷。

两群士兵，守在国境线上，守着自己的国家。更多时候，他们感觉对方就是他们的战友。根本不需要交谈，他们完全可以用动作和眼神彼此交流。

可是形式陡然紧张。他们在梦里被野蛮的长官喊醒，每个人分到一只铁锹，在房子前面挖起战壕。他们不知道发生了什么事情，他们只知道服从。战壕挖得很深，沙袋垒起射击孔，射击孔里塞上枪管，士兵们各就各位，似乎大战近在眼前。他直起身子，看着对面，看着近在咫尺的对方战壕。这样的距离也许根本用不到机枪、步枪、冲锋枪，只需一根长矛，就可以将对方刺杀。

可是戈壁滩上依然平静。有时兵们爬出站壕，坐在沙地上打牌抽烟，将一泡长长的尿液射向天空。那个年轻的士兵仍然喜欢在黄昏里吹起口琴，琴声让他泪流满面。他喜欢那个士兵，他们常常相视而笑，他认为他和士兵，已经成了戈壁滩上的朋友。

夜里他们再一次被长官的皮靴踹醒。他们睡眼蒙眬，把地雷密密麻麻地排在战壕前面的狭窄空地。那是极为奇异的一幕，以国境线为界，他们把地雷埋在这边，对方把地雷埋在那边。完全不避人，双方的士兵甚至碰了肘弯或者踩了脚趾。那里是如此逼仄，地雷塞进去，就像将一颗颗土豆塞进空间很小的纸箱。长官说这是为了防止对方步兵的突然攻击，他不信。如果真要攻击，这些地雷有什么用呢？士兵们只需先助跑，然后一个鱼跃……

他们真的在虚张声势。有人告诉他，真正的工事在他们身后十公里处，那里聚集着几个营的兵力，他们是真正的王牌军，战场上鲜遇对手。那里战壕连成了片，那里有地对空炮火和反坦克火箭炮。那是一处堡垒，坚不可摧。而他们所做的一切，只是将对方麻痹或者欺骗。当战争爆发，他们只需要撤退或者被对方击毙。

或许对方所做的一切也是如此用意吧？他想肯定是这样。

似乎战争一触即发。在夜里，他们搂一杆枪，挤睡在寒冷的战壕。

白天，他将头探出去观察，他发现对方也在观察他们。面前如同放了一面巨大的镜子，除了军装不同，一样的动作和表情。

趁长官不在，他和几个兵爬出了战壕。他们坐在沙石上静静地抽烟，感受正午阳光的炽热。他看一眼对方的战壕，他再一次看到那个年轻的士兵。士兵托着一支枪，正在认真地向他瞄准。他惊呆，恐惧，不敢动，也不能动。后来他强递给对方一个微笑，士兵却没有理他。那一刻悲哀和绝望涌上心头，那一刻他想起远在家乡的母亲。然而那支枪，终于没有响起。他看到枪口稍稍移动，瞄准另一个士兵的头颅。然后，再移动，再瞄准。托枪的士兵就像一尊活动的雕像，身体，还有表情。

他们再也不敢爬出战壕。每个人的精神高度紧张，几近崩溃。每天他们都在盼望战争。只要战端一开，他们就将撤走，或者死去。

战争终没有打响。长官突然告诉他们所有戒备彻底解除。长官说这是政治的胜利——战争拼国力，政治拼骗术——我们的骗术，高过对方一筹。

战壕失去作用。长官说，如果喜欢，你们可以在里面栽一排树。

生活再一次变得无所事事，黄昏时，他仍然喜欢躺上沙地，看血红色的天空。然他再也听不到悠扬的琴声，那个年轻的士兵，再也不会吹响他的口琴。有时他们对视一眼，又匆匆移开目光，脸上尽是厌恶或者惊吓的表情。似乎他们真的经历过一场大战，似乎，他们变得不共戴天。

上帝的恩赐

荒岛上的土著部落,已经与世隔绝了几百年。

某一天,一个土著在海边捡到一个瓶子。普通的酒瓶,已经漂了很远的地方。土著把它捡起来,靠近自己的眼睛,世界变成一片模糊的淡蓝色;他把它放到嘴边,吹一口气,瓶子发出短促且怪异的低吟;他把它迎向太阳,于是地上出现一个很亮很圆的小白点,烤死了一只行色匆匆的蚂蚁。

土著想,这是什么呢?他不认识瓶子。

他把瓶子拿给酋长看,酋长也不认识。但酋长认为这肯定是一个好东西,可以装水,看淡蓝的景物,可以烤死蚂蚁,吹出节奏简单的音乐。特别是瓶子的晶莹透明,瓶子水滴似的小巧造型,立刻让酋长爱不释手。于是酋长用两串贝壳和一个姑娘,跟这个土著完成了交易。

从此,酋长无论吃饭、睡觉、打猎、祭祀,都是瓶不离手。瓶子仿佛成为酋长的代表,酋长就是瓶子,瓶子就是酋长。他从不让别人摸瓶子一下,甚至多看一眼也不行。他的举动无疑增加了这只瓶子的神秘。

有一次酋长在丛林中遇到一条巨蟒,巨蟒将酋长缠得很紧,长长的信子拍打着酋长的脸。酋长慌乱之中拿出瓶子在巨蟒的眼前轻轻一晃，巨蟒竟然松开了酋长，逃走了。

这次的蛇口脱险，让酋长认为，这只瓶子肯定具有一种非凡的神力。

恰逢那几年海岛上风调雨顺，没有发生任何灾难。不仅野果结得遍岛都是，连野兽们也仿佛变得温顺。酋长便指着瓶子说，都是因为这个宝物啊！无疑，这是“上帝的恩赐”。

他不再随身携带这个瓶子，而是把瓶子供奉在一个隐秘的山洞里，派人日夜看守。他说这是“上帝的恩赐”啊！这是“镇岛之宝”啊！从此，它在岛在，它亡岛亡！

久了，岛上的土著们，也就相信了他的话。

一个普通的瓶子，非常自然地，成为岛上居民的图腾。

后来德高望重的酋长死去，新的酋长和他的居民们仍然继续着对这个普通瓶子的顶礼膜拜。一任任的酋长死去，一代代的土著相传，瓶子的地位便日益攀升。很多年过去，人们不再记得这不过是海上漂来一个物什，而是觉得，这宝物与海岛同龄，是上帝在创造这座海岛时，恩赐于他们的。

终于有那么一天，海上漂来一艘大船。船上的人拿着高倍的望远镜，抽着长长的雪茄，提着乌亮的长枪，操着高傲的表情走上了这座海岛。本来他们只想在这岛上休息几天，但他们马上喜欢上了这个海岛。因为岛上不仅有成片的橡胶林，甚至还有人发现了钻石。船上的人欣喜若狂，在商量了半天后，他们决定把这个海岛，据为己有。

他们用手语与海岛上的土著进行着艰难的交流，他们命令土著们离开海岛，或者成为他们的奴隶。当然，如此蛮横无理的要求当场遭到了土著们的拒绝。于是战争开始了。

土著们的作战工具是弓箭和磨了钝尖的木棍，船上人的作战工具是高倍望远镜和射杀力极强的长枪，所以这根本不是战争，而是屠杀。船上的人只用了一天时间，就基本控制了整个海岛。晚上他们把船泊在距海岛不远的海域附近庆功，他们甚至打开了很多香槟酒，喝得大醉。因为他们知道，明天，只需一个上午，他们就会彻底控制整个海岛。

土著们聚在山洞里，听着酋长的祷告。这是那个供奉着“镇岛之宝”的隐秘山洞，也是土著居民的最后一道防线。酋长虔诚地望着那个瓶子，口中念念有词。突然他转过身，狠狠地说：“我们一定要把这群野兽赶走！”他指着那个瓶子，他说：“这是‘上帝的恩赐’，他会帮助和保佑我们赶走入侵者的！我们要为岛而战！我们要为‘上帝的恩赐’而战！”然后他对一直站在身后的四十名精壮的年轻人说：“准备好了吗？出发！”

四十名年轻人，相当于海岛的“皇家护卫队”，他们有着非凡的作战能力。他们裸着上身，脸上抹着怪异的油彩。他们的箭头上淬了剧毒，耳朵和鼻子上挂着华丽的骨环。他们身体强壮，行动敏捷，树上水下，如履平川。他们更不怕死。假如海岛最终失去，或者他们成为奴隶，那么，他们活着还有什么意义呢？

他们企图利用船上人在夜间的疏忽，进行偷袭。他们想夺下他们的枪和望远镜扔进大海，然后把他们杀得精光。假如行动成功，那么，他们将是战争的最终胜利者。

事实上，一百年前，同样的偷袭，曾成功地上演过一次。

借着夜色，他们跳进海里，从水下悄悄靠近了大船。他们一个接一个爬上了船，奇怪的是，船上的人，竟然浑然不知。

船上人做梦都想不到他们会来。此时，他们正聚集在某一间屋子里，对酒当歌。

这是绝好的进攻机会。

酋长带领着他的四十名战士摸到了门外，他摆摆手，四十名战士立刻做好了攻击的准备。酋长把门轻轻推开一条缝，他向里面看了一眼，又急忙摆摆手，四十名战士便蹲下来；他再看一眼，再一次摆摆手，四十名战士便撤退了。

那时酋长的眼睛里，竟然充满了无边的恐惧和敬畏。

同来时一样，他们静悄悄地撤走。船上没一个人知道他们曾经来过。船上人更不会知道，他们曾经距离死亡，只差分毫。

其实酋长只需怪叫一声，船上人就将全军覆没。这不用怀疑。

然而酋长却是带着他的四十名战士，逃回了那个山洞。慌慌张张，似已经大败。

他的举动，令他的战士，更令等在山洞里的土著居民，大为不解。

酋长盯着那个瓶子，仍然是虔诚的表情和语气，他说："这是我们的'镇岛之宝'，这是'上帝的恩赐'。但现在，这恩赐已经救不了我们。以后，我们只能做他们的奴仆。"

酋长说："我看到，他们正围坐在一起唱歌，每个人的手中，都有一个'上帝的恩赐'。"

酋长说："上帝是不会胡乱恩赐的。那么很明显，他们就是上帝。"

一枝花

几年前的一天，我经历过一场刻骨铭心的失恋。我在城市的霓虹里等候女友，她却终于失约。电话打过去，说得近乎绝情，似乎我们并非一对恋人而是战场上你死我活的对手。挂断电话时，我发现自己的手里，仍然拿着那枝花。

是一枝本该送给女友的紫红色玫瑰，象征着美好的纯洁的高贵的爱情。可是今夜这枝玫瑰注定派不上任何用场，它的命运应该属于某个垃圾箱，连同这场荡气回肠的恋爱。

我捏着那朵花，垂头丧气地往回走。花儿逐渐枯萎，指向地面，就像我的心情。经过一个路口时，我在昏暗的灯光里看见一位女孩。女孩十四五岁，脸很脏，穿着破烂的衣服，一只胳膊吊在胸前。女孩跪在路边，就像一只不安的羔羊，眼泪汪汪地盯着面前脏兮兮的锈迹斑斑的铁皮桶。

她是一位年龄很小的乞丐。铁皮桶上盖着一块白布，白布上清楚地写着她的无奈和苦楚：父母离异，中途辍学，流浪到此，又受了伤，她很饿，等等……我注意到她手腕的位置，有着已干的紫黑色的血迹。女孩楚楚可怜，让我备生怜悯，于是往前一步，想给她一点点钱，帮她挺过难关。这时才想起来口袋里一分钱都没有——所有的钱，都被我在一个小酒馆里挥霍得干干净净。

那么，就把手里的这枝花送给她吧。一枝玫瑰花。一枝本该送给女友的玫瑰花。玫瑰花不能吃，不能喝，不能买到任何东西，不能给女孩解决任何问题。玫瑰花送给她，只因我已走到她的面前，只因那枝花对我来说已经毫无意义。我把花插进铁皮桶，立刻有围观的人发出低笑。女孩微微抬头，见铁皮桶里突然多出一枝花，飞快地愣一下，然后抬头看我，目光里尽是懵懂不解。

她的眼神让我无地自容——我本该给她一点钱，却送出一枝毫无价值的玫瑰花。

这件事很快被我忘记。生活中有太多比爱情和玫瑰花更重要的东西。可是今年夏天的一个星期天，当我从一家商场走出来，突然被人喊住。

是一位二十多岁女孩。穿着白色的连衣裙，扎着长长的马尾，很漂亮很清纯，胸前戴着本市一所大学的校徽。女孩守着一堆化妆品，显然她是这个品牌化妆品的临时促销员。女孩问："你不认识我了吗？几年以前，你曾经送给我一枝花。"

可是这怎么可能？几年前的女孩愁眉苦脸，面前的女孩活泼阳光；几年前的女孩是一个乞丐，现在的女孩是一位大学生；几年前的女孩不安拘谨，现在的女孩开朗大方。再说，假如她真是那个乞丐，那么当她的难关过去，她应该回到家乡而不是留在这座城市吧？

女孩似乎看出我的疑惑。她告诉我，她真的是几年前的那个乞丐，她在这个城市过了约半个月乞讨的日子。"不过那时，我只是在利用你们的同情心，”女孩惭愧地说，“我所说的话，还有我受伤的胳膊，都是假的……”

“你为什么要这么干？”我大吃一惊，“你那么小。”

“因为我真的想读大学。”女孩说，“家里很穷，不可能供我读完高中，于是我想讨一点钱，回去继续读书。我自作主张，没有跟父母商量……不过我相信自己能够考上大学。”女孩指指面前的校徽，对我说，“三年以前，我就做到了。”

“是用乞讨来的钱吗？”我问。

“当然不是。”女孩说，“你见到我的那天晚上，也是我留在这个城市里乞讨的最后一个晚上……第二天我就回家了……当然我没有马上读书，我帮父亲干了两年农活，家里才稍有积蓄……读高中时，家里条件稍好一些，可是我仍然得利用假期赚点钱。不过请你相信，我没有再骗人……填报志愿时，我选了这个城市的这所大学，不仅仅因为这里学费较低，还因为我想在曾经乞讨过的街道上走一走……昂首挺胸地走，不再低头和不安……现在虽然学习紧张，可是我还是能够利用星期天和假期赚一些钱，加上奖学金和家里寄来的钱，足够我读书了。”

女孩似乎非常满足她的生活。她冲我笑，露出整齐洁白的牙齿。

“可是你为什么突然不再乞讨？”我问，“只因为我送给你一枝花？”

“是的，只因为那枝花。”女孩说，“你识破了我，却并不揭穿。你不给我钱，却只送我一枝象征美好和希望的玫瑰花。那枝花，还有你送花时的眼神，让我在那个夜里，无地自容……”

奶奶的药粒

奶奶住到我家的时候，已经有些神志不清。

经常，奶奶在吃完午饭后小睡片刻。醒来，就一个人念叨："午饭呢？怎么还不吃午饭？"弄得母亲不得不向偶来的客人解释。

奶奶会长时间地盯着床边的一角，然后一边挪动着身子，一边叫着爷爷的名字："你倒是向里坐一坐呀，一半屁股坐着，你累不累？"

其实那时爷爷已经过世两年，奶奶的话，让每一个人毛骨悚然。

奶奶每天都要服药，她经常说，怎么这些药粒都不一样呢？花那么多冤枉钱，干什么呢？奶奶以为，世界上的药，都是治同一种病的。

奶奶吃药，需要别人提醒。即使这样，她也是嘴上说好，一会儿就会忘得一干二净。

那几年父亲的生意不好。我病休在家，也是天天吃药，家里日子捉襟见肘。

后来，姑姑从南京回来，说什么也要把奶奶接走。家里人拗不过，只好放行。

临走前，奶奶把我叫到身边。她一边笑着，一边从床角摸出了一个黑塑料袋，哆嗦着打开，里面竟装满了大大小小花花绿绿的药粒。

奶奶说：“这都是我每天吃药时，故意省下来的。我去你姑姑家了，你留着慢慢吃。别再让你爹买药给你吃了。家里没钱。”

奶奶以为，她省下的药，可以治好我的病。

奶奶在我家，住了三个多月。三个多月的时间里，奶奶为我省下了一百多粒廉价的药。那些让奶奶的生命得以维系的药粒，对她的孙子来说，却毫无意义。

奶奶上车时，仍然朝我挤着眉毛。只有我知道她的意思。

现在奶奶已经辞世。我常常想，假如奶奶不为我省下这一百多粒药，那么，她会不会活到现在？

树上有四十四只涩柿子

一个坑坑洼洼的操场,两只胡乱钉起的篮球架,三间歪歪扭扭的破草屋,十几个穿着破烂的孩子,几乎构成那所小学的全部。小学只有三个年级,挤着一间教室。现在孩子们正在学一句绕口令:树上有四十四只涩柿子,树下有四十四只石狮子……

小胖就笑了。口水淋湿了泥垒的课桌。他捅捅旁边的狗蛋说:“编绕口令的人怎么知道,咱们有四十四只涩柿子?”

他们真有四十四只涩柿子。四十四只涩柿子挂在学校后面的几棵柿树上,像一个个绿色的小灯笼。是前年县里的扶贫小组留下的。他们给村子留下十几句好话,十几袋面粉,十几棵柿子树苗。好话很快被村人忘记,面粉很快被村人瓜分,只剩下那十几棵柿树苗,无人理睬。村长把柿树苗带到了村里小学。那时小胖他们刚领了一年级的新书。村长说:“这些小树苗,多像你们小孩子啊。”小胖们就笑。村长说:“村里把这些小树苗,送给你们。要好好爱护它们,让树苗和你们一起茁壮成长。将来结了柿子,全归你们。”小胖们欢呼雀跃。他们把树苗栽到学校后面的一小块空地上,从此,树苗成了孩子们的牵挂。

今年他们读三年级。三年级只有三个学生：小胖、瓜妞、狗蛋。他们也许只能读到三年级。要读四年级，得翻过一座山，到十五里外的镇上。村子里读四年级的孩子很少。

今年是柿树头一年结果。现在柿子们还小，还绿，可是小胖已经在计划怎么吃大红柿子了。他说："我那两棵树，共结了九个柿子。爹两个，妈两个，哥两个，我三个。"

瓜妞说："我的柿子不吃。柿子再怎么甜，只能甜一会儿，不能甜一年。我要把柿子拿镇上卖了，给自己买几根铅笔。这些铅笔，就能用一年了。"

狗蛋说："就算铅笔能用一年也没有用，用完一年，就完了。我倒有个办法，能让咱仨用这些柿子念四年级，就看你们肯不肯合作。"

小胖和瓜妞当然合作。

狗蛋就说："等柿子红了，咱们把它们摘下来，一个不吃，全送给村长。让他在村里再加个四年级。说不定他一高兴，别说四年级，五年级六年级也有了。"

小胖和瓜妞说，给他送四十四个红柿子，他就答应了？

狗蛋说："当然。我们再在他面前说这个绕口令：树上有四十四只涩柿子，树下有四十四只石狮子。他一高兴，准行。"

小胖问："那不吃了？"

瓜妞和狗蛋一起说："不吃了！"

为这事，他们讨论了好几天，最后得出结论：肯定行，因为村长是村子里最大的官儿，因为他们送给村长四十四只大红柿子，因为村里人从来没见过四十四只大红柿子，因为他们还会说四十四只涩柿子的绕口令，因为，增加个四年级，不过再盖一间草房，再买几本课本而已，不难。

可是当天晚上,天突然下起雨。雨越下越大,小胖就坐不住了。他怕树上的四十四只柿子被风刮掉,那他们拿什么给村长送礼?小胖披了雨衣往外跑,跑到院子,才知道不但下了雨,还夹着冰雹。小胖喊冰雹啦冰雹啦,顶着脸盆,慌慌张张往柿树那里跑。到了,拿手电筒一照,就傻了眼。地上横七竖八的,全是被打掉的青柿子。小胖还看到了瓜妞和狗蛋正缩在一边,头上顶个脸盆,抽抽搭搭地哭。

小胖问:"树上还有柿子吗?"

狗蛋说:"有也没有用了,都被打烂了。"狗蛋的声音从脸盆下面传出来,很沉很响。

小胖开始一个一个捡掉在地上的青柿子。一边捡一边数,一个,两个,三个……四十四个。小胖说:"树上一个柿子也没有啦,四十四个都被砸掉啦!"

狗蛋和瓜妞哭出了声。

小胖说:"先别哭,听我妈说,没熟的柿子,放在开水里煮,就能把涩味煮掉,那柿子,就又是甜的啦!我们把这些柿子拿回去煮一煮,等柿子变甜了,再给村长送去吧。"

狗蛋和瓜妞问:"有用吗?"

小胖说:"试试嘛。"

于是他们用衣服兜起四十四只涩柿子,去了狗蛋家。狗蛋的父母这几天走亲戚,家里只剩下狗蛋。

添水,烧火,把四十四只涩柿子扔进开水,拉风箱,不停拉风箱,三个孩子忙得满头大汗。

青柿子慢慢变成黄褐色。狗蛋问小胖:"行了吗?"小胖说:"我不知道。应该不行,还没变红呢。"于是再烧,烧一会儿,再掀开锅盖看。

瓜妞问这次行了吧，小胖说："没变红怎么会甜呢？再烧。"就再烧。一会儿再看，那些小柿子，完全成黑色了。狗蛋问小胖："你尝尝变甜没有？"小胖说："不能尝，尝了，就不是四十四只柿子啦，就跟绕口令对不上啦。再烧最后十分钟，听我的。"

十分钟后，当他们掀开锅盖，哪里还有柿子的影子？只剩下一锅黑粥。

三个孩子愣了片刻，然后抱成一团，放声大哭。哭一会儿，小胖擦擦泪，说："不要紧。反正那些柿树，明年还能结柿子。明年我们还不吃，还摘四十四只大红柿子送到村长家。我们还给他念绕口令：树上有四十四只涩柿子，树下有四十四只石狮子……"

小胖流下口水。孩子们破涕为笑。

……天亮了。村长披着衣服往门口走。婆娘在后面喊他："你去干吗？"

村长说："开个会……庄稼都被冰雹砸啦……顺便把那几棵柿树砍了。那些柿树，不中用……还不如换几棵槐树什么的栽上……将来村里这些娃娃们结婚，兴许还能打个炕柜……"

第七辑

一条鱼的狂奔

他开始了无声的狂奔，泪洒成河。他感到安静和幸福。他感觉自己就像一条鱼，在炙热的陆地上不停地奔跑。他不能停下，他需要汗水和眼泪的濡染。他想他明年，可能，还会留在这里。他知道这个城市需要他，用极度别扭和危险的姿势，将坚硬的混凝土外墙，钻磨出一个个大小不一的圆孔。

毛毛熊

男人坐在候车室的长条椅上，呆滞的目光瞅着脚边一个鼓鼓囊囊的旅行包。他在等待一天中唯一的一班过路车。其实男人十天前就应该离开这个地方，但当妻子要求他和她一起回去时，他说：“让我再静静待几天吧。”

老人什么时候进来的，他没有察觉。他看到他们时，老人正领着一个三四岁的男孩站在他面前。看得出老人很累，流着汗，弯着腰，握拳轻轻捶着自己的大腿。他向旁边挪了挪，指着腾出来的空位，“您坐。”他说。

老人朝他笑笑，坐下了。她把男孩放到自己腿上，眼睛看着窗外。

“奶奶……”

“嗯。”

“妈妈是不是不要咱们了？”

“嗯。”

“她为什么不要咱们了？”

“她做得对。你不懂……”

“我不懂,你快告诉我。”

“长大了,你就知道了。”

“奶奶……”

“嗯。”

“爸爸呢?”

“爸爸走了。”

“我知道他走了。我们是不是要去看他?”

“不。我们要去亲戚家。”

“以前的家呢?”

“我们不再回去了。”

“我们为什么不去看爸爸?”

“因为爸爸走了。”

“我知道他走了,我们为什么不去找他?”

“你不懂……”

“我不懂,你快告诉我。”

“长大了,你就知道了。”

“奶奶……”

“嗯。”

“我什么时候长大?”

“很快。”

“我想妈妈。”

“嗯。”

“我更想爸爸。他说要给我买一只毛毛熊。”

“嗯。”

“我想看爸爸的照片。”

“等到了亲戚家再看。”

“不,我现在要看。”

“你怎么不听话?”

“我就想看看爸爸的照片……”

“信不信我揍你?”

“好。我先看。看完了,你再揍我。”

男人静静地听着一老一小的对话。本来他不想插话,但男孩的最后一句话让他心酸。他把身子斜了斜,朝向老人,“就给他看看吧!”他说,“这么小的孩子,这么想他爸爸。”

老人叹口气,从随身携带的帆布包里拿出一个信封,又从里面抽出一张照片,递到男孩面前。“快点看!”老人的眼睛环顾四周,样子有些紧张。

男人愣住了。他死死地盯着照片上的男人,直到老人把照片重新装进信封。

“他是不是,叫高畋?”男人问。

“是的。”老人不安地说。她飞快把脸转向另一侧,盯着窗台上的一盆云竹。

“您告诉我,”男人从口袋里掏出一张报纸,抖开,指着上面的一张照片问她:“这是他吗?”男人的胸膛开始剧烈地起伏,仿佛有人在里面拉一个巨大的风箱。

“是的。”老人看了他一眼,再一次飞快地把脸转向那盆云竹。

男人盯着老人,一时竟不知说什么好。他的胸膛有节奏地起伏,却挤出不均匀的呼吸。男人站起来,又坐下,他重新把报纸抖开,盯着上面那个已经死去的男人。

……一个月前的一天，这个叫高畋的男人闯进了镇上的储蓄所。他带着一把刀子，身上绑满了炸药。他没有抢到钱，却被很多警察追赶。男人慌乱之中跑向附近的一座小山，并躲进半山腰一个废弃的有着两间屋子的看林房。荷枪实弹的警察很快将他包围，男人看逃走无望，就引爆了身上的炸药。

恐惧并绝望的男人并没有发现，在一墙之隔的另一间屋子里，正躲着一群瑟瑟发抖的人。那是八个来这里旅游的小学生和一位青年老师，那天他们来爬这座山，累了，进到看林房休息。然后他们听到有人闯进另一间屋子。再然后，房子被炸上了天。

八个小学生，当场被炸死两个。十几天后，在医院里，又死了一个。据幸存的青年教师回忆，那个男人并没有发现他们……

男人朝老人张张嘴，却什么也没说。

男孩再一次缠起老人，“我还想看爸爸的照片。”他说。

老人终于火了。“信不信我揍你？”她在男孩的屁股上重重打了一巴掌。

男孩大哭起来：“我要看爸爸！你为什么不让我看爸爸？”

“跟你说过爸爸走了！”

“我知道他走了，他去哪了？”

“信不信我再打你一巴掌？”

“你打！你打！爸爸说过要给我买一只毛毛熊的！他不会扔下我走的！”

“你想知道爸爸是怎么走的吗？你想知道是不是？”

老人的眼泪终于淌下来：“好！我告诉你！”

“你不要这样！”男人急急地阻止老人。他低下身子，看着男孩，“爸爸刚才还在，和我在一起。不过你来之前，他坐上汽车走了。他得赶着去挣钱，给你买更多玩具。过些日子，他还会回来找你。毛毛熊他给你买了，让我捎给你。”男人打开那个鼓鼓囊囊的旅行包，从里面拿出一只很大的毛毛熊，递给男孩。“你看，是不是？”

毕竟是小孩子。男孩看到毛毛熊，就乐了：“我就知道奶奶在骗我！我就知道爸爸不会忘了我！”

老人不安起来。“这个，值很多钱吧？”她指着毛毛熊问。

“没事。我买给孩子的。他早想要一只毛毛熊，一直没给他买。后来他……病了，就给他买了一只，让他日夜抱着。想不到医生没能……把他救活。现在他不需要了……”男人强忍着泪，泪却还是滴下来。

老人重重地叹口气。“什么病？”她问。

一辆汽车在候车室门口停下来，正是男人等的那一班。男人站起来，拿起瘪瘪的旅行包，朝门口走。走了几步，他停下来，转过头，对老人说：

“他没得病。假期来旅游，死在这儿了。是被炸死的。在半山腰的守林房。”

山谷之城

城不过是几块青石、几堆沙土、几汪清水、几棵杂草，竹筷扮成线杆，西红柿扮成火红的灯笼。城隐在山洞，山洞隐在山谷。那里绿水青山，烟岚云岫。当然，那里几乎与世隔绝。

是男孩的城。男孩建造了自己的城，然后开始规划、管理、整顿和扩张。每天男孩都要钻进山谷，钻进山洞，巡视并扩张他的城。男孩皮肤黝黑，目光烁烁，根根肋骨清晰可见。城让男孩安静，兴奋，忘乎所以，神魂颠倒。男孩为城痴迷。

一年前，男孩遇见了城，图片上的城，图片上的真正的城。男孩为城的宏伟和整洁惊叹。课堂上，瞪大了双眼，不停咽下口水。那几天，男孩茶饭不思，他捧着城的图片，眼睛隐寻进城的深处。城里有路灯，有雕像，有很高的楼房，有很宽的马路，有笔直的线杆和巨大的广告牌，有在广场上散步的鸽子和烫着卷发的七八岁的小姑娘。男孩想象着城，迷恋着城，向往着城。然后，某一天里，男孩发现了那个山洞。

山洞并不宽敞，山洞幽暗无光。男孩举一根蜡烛进去，萤火虫般的烛光竟也映亮洞壁灰黄色的苔藓和洞底暗黄色的地衣。到处湿漉漉黏乎乎,洞的角落也许藏着不怀好意的蛤蟆或者毒蝎。寒气森森,一只蝙蝠从洞的深处飞出,没有羽毛的翅膀拍打出极其连贯的脆响声。男孩笑了。他对山洞非常满意。他要在这里建造一座属于自己的城——将城建在这里,绝没有人会发现。当然,那时他的口袋里,藏着城的图片。

男孩用青石垒出城墙,用土块铺成街道。他在街道两旁栽上代表绿树的青草,那些青草在几天以后变得枯黄。他用树皮充当雕像,用酥土捏成房屋。他用沙子铺成广场,又在广场的中间挖开一个土坑,里面灌上代表喷泉的清水。他在广场上撒满纸叠的鸽子,那些鸽子动作呆板,全是一样的模样和表情。他用瓶盖当成汽车,用枣核当成路灯,用火柴盒当成学校和电影院,用蚯蚓当成疾驰的火车。他的城初具规模,他认为自己是城的国王。

城的国王。他很满意自己的想象。

后来他想,他的城里,还得有居民。

于是他取了黏土,捏成小人。他像远古的女娲,不知疲倦,心怀博爱与虔诚。他将小人排上广场,摆上街道,请进屋子,塞进汽车。他捏了教师、保安、工人、售货员、法官、司机、医生、护士、邮递员、清洁工、警察、作家、画家和科学家……小人们高度抽象和概括,却是各就各位,生机勃勃。城有了色彩,昌盛繁华,他甚至听得到汽车的马达声、学校里的朗诵声、男男女女们的交谈声和欢笑声……

男孩打量着他的城,打量着他的百姓,心情无比愉悦。

每天男孩都在充实他的城。有些依据了图片,有些,则完全依据了想象。图片只是有限几张,想象却天马行空。男孩为他的汽车添上翅膀,为他的雕像穿了衣服,为他的法官配上代表公正的剑和天平,为他的百姓戴上防毒面具和足以识别一切假冒伪劣的银针。

没有人知道男孩的城。村子安静祥和，鸡犬相闻。孩子们把“我们都是木头人”的游戏玩了千年，大人们仍然使用着战国时代发明的镰刀和锄头。有时男孩静静地坐在村头，看奔腾的流云，看连绵的大山。额头上，竟也有了细的皱纹。皱纹隐在过去的日子里，隐在现在的日子里，隐在将来的日子里。皱纹就像山谷，山谷是岁月的褶皱。

男孩陪他的城，正好两年。男孩建造和扩张他的城，正好两年。男孩巡视他的城，正好两年。男孩拥有他的城，正好两年。

暴雨就像瀑布，大山为之颤抖。村子就像汪洋里的树叶，人们惊慌失措。男孩就是在那个午后跑出了村子，跑向了山谷。他是城的国王，他得保护他的城和城中百姓。

男孩终未再见他的城。半路上，他遇到山体滑坡。似乎整座山都压下来，伴随着轰隆隆的声音，男孩赤裸的胸脯感觉到山的柔软、坚硬、无情和寒冷。然后便是黑暗，无边无际的黑暗。然后便是窒息，无休无止的窒息。男孩是站着死去的，他的脸冲向城的方向，双手却举向天空。

村人寻到了男孩的尸体。出现在山谷的男孩让村人大惑不解。后来他们得出结论，他们说，男孩太调皮了。男孩太调皮了，所以冒雨跑进山谷。山谷里什么也没有，山谷只是山的皱纹，落满岁月的尘土。

没有人知道那个山洞，山洞里的那座城。洞口早已被泥石封堵，缝隙不见分毫。或者，即使真有人见到山洞，见到山洞里的城，也不会认识它。城不过是几块青石、几堆沙土、几汪清水、几棵杂草、几只纸鸽、几个泥人、竹筷扮成线杆、西红柿扮成火红的灯笼……

男孩太调皮了。似乎是这样，男孩太调皮了。

聪明人的愿望

三个朋友历尽艰险爬上一座高山，见到传说中的神。三个人中，一个傻子、一个正常人、一个聪明人。神被三个人感动，决定帮他们每人实现一个愿望。

傻子不敢相信这是真的。他试探着说："天太冷了，我想要一件羊皮袄。"神挥一下手，他的身上就多了一件羊皮袄。羊皮袄做工精细，又漂亮，又暖和。傻子开心地笑了。不过很快他就开始后悔。他想，为什么不跟神多要两件羊皮袄呢？

正常人想了很久，对神说："我想要一百万美金。"神挥了挥手，他的手里就多出一张存单。他看了看存单，人就跳了起来。那上面果真有一百万美金。这么多钱，他一辈子都花不完。

轮到聪明人了，可是他并不说话。神问："难道你不想实现一个愿望吗？"聪明人说："我当然想，不过我得多考虑一些日子，我可不想白白浪费这么好的机会。"神说："那好，给你一年的思考时间。一年后的今天，你再来这儿找我。"聪明人说："谢谢神。"

聪明人开始了漫长的思考。

他想,既然只能实现一个愿望,那么,实现什么愿望好呢?如果跟神要钱,哪怕再多,只要自己没有一个好的身体,再多钱也没有用。可是如果跟神要健康,哪怕再健康,几十年后自己也得老去并且死去。要不跟神要一瓶长生不老药?可是那就不能跟神要花不完的钱了。只能实现一个愿望,似乎少了点儿。

要不跟神说:"我的愿望是'再给我一百个愿望'?"这无疑有些要小聪明的意思了。这样会不会激怒神?就算不会将神激怒,就算神真的为自己实现了一百个愿望:金钱、美女、豪宅、香车、健康、长生不老……可是,总会落下点什么吧?比如快乐、威信,等等。一百个愿望其实远远不够,如果能有鹰那样的眼睛,熊那样的力量,如果长一双翅膀,如果能成为世界第一美男子……聪明人一条一条地列举,直到为自己找出了两千个愿望,仍然不能满足。他觉得自己可以无休无止地罗列下去。哪怕神为他实现五千个愿望,都达不到自己的要求。

要不跟神说:"我的愿望是'心想事成'?"似乎太过抽象了。再说,这样会不会害了自己?比如哪天,他突发奇想:我要是墙角那棵小树该多好啊!结果真成了树,没有了思想。那么,他的金钱、美女、豪宅、香车,不就全都没有用了?

聪明人痛苦地想啊想啊,不知不觉想了一年。一年里他什么也没有干,只想着他那唯一的愿望。

可是他不能再想下去了。因为神规定的期限马上就要到了。他得赶回山上,跟神提出他的愿望。

聪明人匆忙上路,艰难地向山上攀爬。他想应该向神提一个什么愿望呢?他一直想,仍然拿不定主意。直到见到了神,他才狠狠心下了决定。他想,他会跟神说:"我的愿望是'再给我一万个愿望'。"这就是他一年来想出来的结果。他认为这是对神最好的要求。

山上很冷,可是他却汗流满面。只一会儿,他就被冻得感冒。

神在耐心地等待他说出自己的愿望。

他打一个喷嚏。他说:“我的愿望是,再给我一万个……”他忍不住了,又打了一个喷嚏。

神笑了。神说:“你的愿望很独特。我就喜欢你这种没有贪欲的人。”

于是聪明人站在山顶上,一连打了一万个响亮的喷嚏。

一把伞，一个家

男人蜷缩在公交站点的长椅上，打起鼾。他的头发蓬乱，胡子灰白，旅游鞋肮脏不堪，牛仔裤千疮百孔。男人只有四十出头吧，四十多岁的男人，一副流浪汉模样。

男人的确是流浪汉，可又是那般独特。夜里，他睡在公园石凳上，车站长椅上，市郊桥洞里，广场角落里……可是在白天，在阳光下，他甚至会走进一间酒吧，点一杯最便宜的烈酒，靠着窗，听着音乐，慢慢消磨掉一个下午。男人的眼睛是淡黄色的，孤独、混沌、慵倦并且忧伤。没有人知道他为什么不回家，他有没有家，他有没有家人。男人是一个谜。所有的流浪者都是一个谜。选择流浪也是一种生活态度吧。有些人流浪的是躯体，朝此暮彼，万水千山走遍；而有些人，则只需向世界交付他的思想和灵魂。

流浪汉打着响亮的鼾，在夜里，在寒风中，在淡淡的灯光下，睡得酣畅并且放肆。也只有熟睡，他才可以放肆自己，才可以在别人面前无所顾忌地展示他的蜷缩模样。他是流浪汉，可是在白天，当他的目光与路人相触，那目光就笑了。他在试图掩饰自己吧。掩饰孤独、卑微、无助以及忧伤。

他睡得放肆，因为他喝醉了。他满身酒气，脚边立着空空的酒瓶。空中落下雨星，路灯下划一条短暂的白线，滴落到他的眼角，就像他的眼泪。他翻一个身，鼾声不止，脑袋枕住了手。

距他不远，站着穿西装的男人。男人和他的妻子正在等候公共汽车，男人的手里，拿一把银灰色的伞。他看着不远处的流浪汉，对女人说："是他……白天在街上，我们常常遇见他。"女人扭头看看，点头。男人说他好像喝醉了酒。女人皱了眉，再点头。男人说他睡得很香……下雨了，却没有人为他打开一把伞。

女人愣了愣。"你不会想为他打伞吧？"

男人说："天这么冷，又下了雨，他会感冒的……"

女人说："可是他喝醉了！"

男人说："他不会伤害你的……所有的流浪汉都很善良……只是帮他挡一挡雨，车来了，我们就走……"

女人随着男人，很不情愿地来到流浪汉身边。男人揽紧女人，打开手里的伞。很小的伞，仅仅可以遮住流浪汉的上半身。女人捂着鼻子，小心翼翼地往男人身后躲。她讨厌喝醉的男人。她害怕喝醉的男人。何况，弛然而卧的男人，是一名街头流浪汉。

公共汽车慢腾腾从远方驶来。女人长舒一口气，捅捅男人说："我们走吧。"

男人看看熟睡的流浪汉，说："可是他还是睡觉。"

女人说："那你把他叫醒吧。叫醒他，让他自己找地方避雨……"

男人听了女人的话，推了推熟睡的流浪汉。流浪汉睁开眼睛，看看他，又很快将眼睛闭上。男人告诉流浪汉下雨啦，流浪汉翻一个身，对男人的话不加理睬。他在翻身的同时又一次打响了鼾。他醉得太深。也许他把这个雨夜和手持雨伞的男人,当成了梦的一部分。

公共汽车在他们面前停下。女人说:“我们走吧。”男人说:“可是雨更大了。”女人说:“我们总不能为他遮一个晚上。”男人站着不动,说:“我们等下一班车吧……我再试试能不能叫醒他。”

流浪汉仍然不肯醒来。即使他把眼睛睁开,思维也仍然停留在梦中。似乎他更愿意停留在梦中,他反感和拒绝真实的世界。公共汽车又开过去一辆,女人终于有了恼意。她说:“还有最后一班车,看你怎么办?”男人说:“要不这样吧,你坐最后一班车回家,我再等一会儿。”女人说:“你也想躺在大街上睡觉吗?”男人说:“也许在他醉得不是很深的时候,我可以叫醒他……叫醒他,我就回家。”

雨淅淅沥沥,不大,也不止。男人手持雨伞,紧挨着流浪汉坐下。他感觉到流浪汉的体温,他听到流浪汉在梦中唤着一个女人的名字。他想起白天里流浪汉的目光,他打量着这个世界,可是这世界与他,好像再无半点关系。男人也是四十多岁,他知道四十多岁的男人的压力和幸福。醉倒在木椅上的男人有幸福吗?他不知道。可是他坚信他与自己没有任何不同,与所有人都没有任何不同。有什么不同呢?谁没有在某一天或者某几天中做过流浪者呢?或躯体,或灵魂,或孤单,或无助。对于流浪中的人,一把撑开的伞,便是家了。

…………

男人在黎明时分回到家。怕吵醒妻子,他走得蹑手蹑脚。可是女人还是醒过来,眼睛里全无半点睡意。或许,胆小的女人,一整夜都不曾睡过吧?

男人搓搓手,低了身子。“对不起。”

女人翻一个身，不理他。

男人说："知道他为什么醉得这样深吗？因为他与前妻的女儿，今天考上了大学。"

女人转过身，问："他醒来了？"

男人说："没有。叫不醒他。他一直在睡觉。或许，安安静静地享受梦境，是他今夜最大的幸福……"

女人问："那你如何知道他醉酒的理由？"

"另一个流浪汉告诉我的。"男人说，"他们是朋友……他的衣裳很脏很旧，胡子又灰又长……他到处找他……现在他仍然站在那里，为他酣睡的伙伴，打一把遮雨的伞……"

方月亮

一束月光透过狭小的窗户射到男人的近旁。但屋子依然是漆黑的。那是煤的黑,焦炭的黑,矿工脸庞的黑。

男人躺在床上,他不敢睡。对他来说,中秋夜和平日里没什么不同。依然得下矿,依然得在井下念着他的女人,念着他的大狗和二狗。想起自己的女人,男人在黑暗中笑了。那个瞎一只眼的女人,却在男人眼里,简直就是月亮里的嫦娥。

男人伸出手,摸到一包拆开包装的月饼。那是他在中秋节分得的福利。男人盘算着,女人一块,大狗二狗各一块,自己一块。于是他咬一口其中之一,却又忽想起大狗明年便要高考了。他想,还是大狗多吃一些好东西吧!他把咬了一口的月饼又放回去,小心包好。他恨不得把嘴里的那一口也吐出来。

有人在外面敲门,男人要开工了。走出屋子的男人回头看一眼他的床,他发现,床上正铺着一抹方的月影。然后他推开门,夜间的矿山,便一片雪亮了。

男人走向矿井时,吹一支曲子,曲子上挂着三块半月饼,给了他货真价实的快乐。然后，过了三天，他又从矿里出来。只不过，是被人抬出来的。他的脑袋，被压成一块粉碎的炭。

月亮最圆的那个夜晚，煤矿塌方了。除了他，所有人都逃了出来。据说，他倒下的地方，有一大片煤，被染成了紫色。

没有人替男人转交他的三块半月饼。他的月饼，最终成了老鼠们的美食。

事故处理得飞快，最终是煤矿主和男人，责任各半，瞎了一只眼的女人为此得到一笔钱。领钱时，女人竟怯怯怕怕的，不敢伸手去接。煤矿主说："拿着吧，应该是你的。你男人死了，你赚大了。"女人便接了。她听到旁边有几位黑脸矿工发出了"啧啧"的羡慕声，那样子，恨不得死去的是他们自己。

后来有人说，矿主曾拿出一笔钱，分成平均的两份。一份用来请调查组吃饭，另一份，便是女人的所得。饭吃完，事故就处理完了。女人听了，盯着那一摞钱看，然后她点一根火柴，钱燃起来，她去扑；扑灭，再点另一根火柴，再把钱燃起来，再去扑。一小摞钱，她烧了整整一夜，终于燃尽。

那只瞎了的眼，不会有泪。一整夜，所有的眼泪都从另一只眼睛里流出，于是，那只眼，便也瞎了。女人的世界，从此变成矿洞一样的黑。

瞎了眼的女人对大狗说："我的儿，今生别去挖煤！我的儿，饿死也不要去挖煤！"

大狗坚决地点着头，胸前肋骨起伏难平。

大狗没有参加高考。距高考还剩三个月，他给自己收拾了一个简单的包裹。他说："娘，我得出去赚钱。娘，我不会出去挖煤。娘，咱们家，再也不会有人挖煤了。"

那时大狗的下巴,已经长出了男人的胡子。

就这样。又一年。中秋夜。

大狗躺在床上,伸出手,摸着一包拆开包装的月饼。大狗盘算着,娘两块,二狗一块,自己一块。他咬一口其中一块,却又忽想起二狗明年便要中考了。于是他把咬了一口的月饼又放回去,小心地包好。他恨不得把嘴里的那一口也吐出来。

一束银白的月光透过狭小的窗户,射到大狗的近旁。但屋子依然是漆黑的。那是煤的黑,焦炭的黑,矿工脸庞的黑。

有人在外面敲门,大狗要下矿了。走出屋子的大狗回头看一眼他的床,他发现,床上铺一抹方的月影。

一条鱼的狂奔

他的手里提一个沉甸甸的冲击钻，腰间别一个丑陋并陈旧的卷尺。不远处的长椅上，坐着几个等车的人。那里还有一个空位。他需要一个位子，可是他不敢走过去。

他已经累了一天。他把自己悬挂在接近竣工的楼房外墙，用极度别扭的姿势把坚硬的混凝土外壳打钻出一个个大小不一的圆孔。这是他在城市里糊口的唯一本钱和留下来的全部希望。有时他感觉自己就像一条离开了河川，在陆地上奔跑的鱼。他必须不停地狂奔，用汗水濡湿身体。他不敢停下来，太阳会把他烤干。

已经疲惫到极致，他的两腿仿佛就要支撑不住他瘦小的身体。他不断变换着站立的姿势，使自己舒服或者看起来舒服一些。没有用。腿上的每一丝肌肉都在急速地蹦跳和抽搐。这些微小的抽搐几乎要牵着他，奔向站牌下的那一个空位。

姑娘坐在那里，空位在姑娘身边。姑娘的额头洒着几粒赭红色的迷人麻点。姑娘的眉眼细致迷人。姑娘穿着很长的黑色皮靴，很短的黑色皮裙。皮裙和皮靴之间，露出一截令他眩晕的圆润的大腿。他看了姑娘很久。他是用眼的余光看的。城市生活让他习惯了用余光观察所有美好的东西。越是美好的东西,越是不动声色。有风,姑娘身上的香味不断飘进他的鼻子,让他宁静、安逸、幸福和自卑。

他上了公共汽车,投下一枚硬币。他希望得到一个位子。果真,他得到了,是公共汽车的最后一排,他冲过去,把身体镶在上面。他几乎在那个巴掌大的硬椅上平躺下来。他是那么疲惫,坐着有多么幸福。

香味再一次钻进他的鼻子,轻挠着他,让他打一个羞愧的喷嚏。他把脑袋转向窗外,眼睛却盯着姑娘绵缎般光洁的皮肤。当然是用余光,他的余光足以穿透一切。他再一次变得不安起来。他挺了挺身子,坐得笔直。

车厢里越来越拥挤。所有站着的人,都在轻轻摇摆。姑娘倾斜着身子,一只手扶住身边的钢管。姑娘的旁边站着一个男人,身体随着汽车的摇摆,不断碰触着姑娘。他的脸红了。好像自己就是那位男人,好像他攥着的,不是冷冰冰的冲击钻,而是姑娘甜藕一样的胳膊。

他看到姑娘扭过头来,厌恶地看看男人。男人尴尬地一笑,做一个无奈的表情。姑娘没有说话,她小心并艰难地使自己和男人之间闪出一条狭窄的缝隙。汽车突然猛烈摇晃,姑娘的努力顷刻间化为泡影。现在她和男人,再一次贴到一起。

于是他站了起来。他对自己的举动迷惑不解。他对姑娘说:"这有个座位,你坐。"他想他应该说这句话,因为他的嘴唇在飞快地抖动。姑娘看看他,懵懂的表情,似乎没有明白他的意思。他只好指指自己让出来的位子,他对自己说:"这有个座位,你坐。"

姑娘的额头洒着几粒赭红色的迷人麻点。姑娘的眉眼细致动人。

姑娘瞅瞅他,再瞅瞅那个空位,再瞅瞅他。姑娘把头重新扭向窗外。姑娘没有动,也没有理他。

他的表情僵住了。他感觉自己像是被当众扒光了衣服,所有人都在细细研究他身上每一个肮脏的毛孔。他没有坐下。他把脸扭向男人。他对男人说:“这有个座位,你坐。”他听到自己的声音在轻轻颤抖。那是哀求的调子,透着无比的卑微和虔诚。

男人笑了。他不知道男人为什么笑,但男人的确笑了。男人的脸上霎时间堆满了快乐的细小皱纹。男人没有动,甚至没看那个空位。男人盯着他。男人说:“哈。”

声音是从鼻子挤出来的,那声音有些失真。

他有一种强烈的想哭的冲动。那座位就那样空着,没有人去坐,包括他。很多人都在看他,面无表情。他感觉自己被他们一下一下地撕裂开来,每个人都拿到其中一块,细细研究。

他提前了两站逃下了车。他提着那个沉甸甸的冲击钻,慢慢走向宿舍。他感到很累,似乎马上就要瘫倒。他经过一个报摊,停下来。他把眼睛贴上了当天的晚报。

他对晚报并不感兴趣。他只想知道现在离过年,还有几天。

他换另一只手去拿冲击钻。他感觉自己是一条即将脱水的鱼,正被太阳无情地炙烤。他想明年,自己应该不会再来到这个城市了。因为在乡下,淌着一条温暖的河。

一缕熟悉的清香悄悄钻进他的鼻孔。他没有转身,继续盯着那张晚报。突然他再一次紧张起来,他感觉姑娘就站在不远处,盯着他看。

他转过身。他第一次面对姑娘。他看到姑娘迷人的脸。他的身体开始战栗不安。

姑娘问:“刚才是你吗?”他点点头。姑娘说:“哦。”转身走开。姑娘走了几步，再一次停下。姑娘扭过脸，说："谢谢你啊。"然后把身子踅进一家服装店。

他开始了无声的狂奔，泪洒成河。他感到安静和幸福。他感觉自己就像一条鱼，在炙热的陆地上不停地奔跑。他不能停下，他需要汗水和眼泪的濡湿。

他想他明年，可能，还会留在这里。他知道这个城市需要他，用极度别扭和危险的姿势，将坚硬的混凝土外墙，钻磨出一个个大小不一的圆孔。

百战百胜

约翰和汤姆是小城里两位喜欢开玩笑的亿万富翁，这一天他们又开起了玩笑。约翰对汤姆说："你信不信，我能让小城里绝大多数人在几天内都变成驼背？"

汤姆当然不信。于是两个人决定打一个赌，赌资，五百万。

当天约翰就找到小城的晚报社，要求在一周之内连续刊登一则寻物启事。大意是：他不小心弄丢了一张彩票，而这张彩票刚刚中出五百万大奖。城市的各个角落都有可能是他丢失彩票的地方，如有捡到并归还者，肯定会有重奖。

第二天约翰和汤姆走上大街，果然见到很多弯腰驼背的人。第三天，第四天，第五天，随着寻物启事的影响越来越大，几乎所有走上街的人，全都变成了驼背。他们低着头，眼睛盯着街上的每一个角落，生怕漏掉这个一夜暴富的机会。

那几天公交车上变得异常干净，马路工人也一个比一个起得早，连商场里的眼镜和放大镜都是销量猛增。

当然，约翰赢走了汤姆的五百万。

约翰又在晚报上连续刊登了一个星期的启事。大意是：前几天的那则寻物启事，不过是一个愚人节的玩笑。给大伙添麻烦了，实在不好意思。

于是第二天，街上所有的人全都恢复了常态。他们昂首挺胸，神采奕奕。只不过公交车重新开始变得满地纸屑，马路工人也开始了偷懒。

过了些日子，约翰再一次找到汤姆，说："我还能让小城里的绝大多数人在几天之内重新变回驼背，你信不信？"

汤姆当然不信。他想人们不可能连续上他两次当吧？于是和他再赌一次，赌资还是五百万。但是有言在先，约翰不准在报纸上登出"丢失价值五百万元的彩票一张"。约翰答应了。

当天约翰再一次找到当地的晚报，再一次要求一周以内连续刊登一则寻物启事。只是大意有了小的改动：他不小心一次弄丢了五百张彩票，这些彩票每一张价值一万元。彩票被装在一个信封里，城市中的各个角落都有可能是他丢失信封的地方，如有捡到并归还者，肯定会有重奖。

汤姆看到约翰登出的启事，笑了。他说："这次你输定了。同一个人在这么短的时间内连登两则寻物启事，并且人们已经上过你一次当，怎么还会当第二次傻瓜？五百张总价值五百万元的彩票装进一个信封？这怎么可能？能装得下吗？即使能装得下，你怎么这么不小心？……你输定了。"

约翰笑笑。他说："我们一起去街上看好戏吧。"

令汤姆大为不解的是，他再一次在街上见到很多弯腰驼背的人们。并且，第三天，第四天，第五天，随着第二则寻物启事的影响力越来越大，几乎所有走上街的人，再一次变成了驼背。他们低着头，眼睛认真地瞅着每一个角落，似乎生怕漏掉这个极其难得一夜暴富的机会。

那几天，公交车上再一次变得异常干净，马路工人也再一次一个比一个起得早。商场里的眼镜和放大镜的销量也再一次猛增。

当然，约翰也再一次赢走了汤姆的五百万。五百万到手后，约翰再一次在晚报上连续刊登了一个星期的启事。大意是：这个装着五百万彩票的信封被一个叫作汤姆的人捡去并已交还，在此对他表示谢意。

如他所猜，街上的人在第二天就全部恢复了常态。他们一个个目视前方，腰杆挺得笔直。

汤姆怎么想也想不明白。他问，这样弱智的漏洞，明显的骗局，怎么能够屡试不爽？

约翰笑着说："别说把五百张每张价值一万元的彩票装进一个小信封，就是我告诉他们我把五百万张每张价值一元的彩票装进一个小信封，他们都会上当。只要人类还有贪欲，只要他们还有坐享其成和一夜暴富的心理，哪怕这种弱智的骗局再用一千次，也能够百战百胜。"

不太远的距离

十分钟以前，他来到这个陌生的城市。走在街上，感觉两旁的摩天大厦向他倾斜和挤压，抬头看，它们果然在他的头顶上方对接。“只要相距不是太远，所有东西最终都会长到一起。”奶奶这样告诉他，“云彩、河流、高山、大树、花草、房子……还有人心。”

几年来，他走过太多城市：大的、小的、冷的、热的、粗犷的、温婉的……它们无一例外，拥挤不堪。他从这个城市挤到那个城市，他喜欢这种感觉，如同一株野草挤进名贵的花盆，如同一条野狗挤进温暖的狗舍。

从出站口向前，左拐，再右拐，他遇到老人。老人缩在墙角，擎一个很大的搪瓷茶缸。老人抖着嘴唇，抖着茶缸，散在缸底的几枚硬币互相碰撞，叮当有声。在乡下，午后或者黄昏，他常常听到这种声音。叮当，叮当，声音从远处传来，慢悠悠飘进他的耳朵。直到离开故乡，他也不知道那到底是什么声音，究竟来自何方。声音有时让他平静，有时又令他恹恹欲睡。

老人绝非骗子。老人有着乡下人的肤色，乡下人的相貌，乡下人的表情，乡下人的气息。乡下人是有气息的——不管他们在城里混迹多少年，不管他们从事怎样与种地毫不相关的事情，他们也有着独特的乡下气息。那气息藏在皮肤中、肌肉中、血液中、骨头中，一生相伴。

他能闻出老人的乡下人气息。老人就像他的奶奶。

他掏出钱包，将几张零钞塞进老人的茶缸。他动作很轻，他不想让老人难堪。他继续往前，左拐，再右拐，叮当声一路相随。他分辨不出那声音来自遥远的乡下，还是来自老人手里的搪瓷茶缸。

然后他就发现，钱包不见了。

钱包被塞在牛仔裤的后口袋，那口袋一直被他扣得很紧。可是刚才，老人的表情让他忘记了口袋上的扣子。他甚至能够隐约回忆到小偷的模样——小偷轻碰他一下，迅速消失。他转身，往回走，试图找到小偷。他再一次走回老人的身边。老人的茶缸捧在手里，里面，他刚才塞进去的钞票已经不见。几枚硬币随着茶缸的抖动发出叮当的声音，他突然开始后悔。

他后悔，不是因为他因此丢掉钱包，而是因为，那些钱已经被老人藏起来。老人藏起那几张钱，努力让自己变得更加卑微，更加可怜。老人的做法，令他伤心。

他想找到小偷，找回钱包。他在那几条路上来回走，来回走。他从清晨走到黄昏，他一无所获。他没吃早饭，没吃午饭，看样子，也不会有晚饭。以前的日子里，他曾多次忍受过饥饿，每一次，都令他刻骨铭心。现在饥饿感再一次袭来，铺天盖地，他有想哭的冲动。

他抬头，看看天空。摩天大厦在他的头顶挤在一起，就像两棵只能靠倚住对方才不会倒下的大树。他想起奶奶。奶奶说："只要相隔不太远，所有的东西，最终都会长到一起。云彩，河流，高山，大树，花草，房子……还有人心。”

他靠近老人。他说：“能不能给我……十块钱？”

老人的手猛地一抖。她似乎被吓了一跳。

“我的钱包丢了……我一天没吃东西。”他尽量将声音压低，“现在我想吃碗面……十块钱……五块钱也行。”

老人惊恐地捂住茶缸。里面，硬币叮当作响。

老人的表现让他有些生气。“刚才我给了您一些钱。”他说，“至少五六十块吧……现在我只想拿回其中五块……我想吃点东西。”

老人突然站起来，跑起来。颤颤巍巍的老人竟然跑得很快，跑时，搪瓷缸里的硬币响成一片。响成一片的硬币有了虚假的数量，叮当声拥挤不堪。他愣了愣，上前两步，将老人摁倒在地。

“求求您，给我钱。”他说，“三块钱就行……我饿。”

“救命啊！”

“别喊。”他用一只手捂住老人的嘴，另一只手探进老人的口袋。“如果我的钱包不丢……”他摸到一张钞票。

“抢劫啊！”老人恐惧的声音顽强地挤过他的指缝，然后迅速变成利箭，射得到处都是。

他惊愕，骇惧，松开老人。扭头看，三个手持木棍的男人已经朝他跑来。他扔开老人，逃向街的拐角，手里，仍然紧捏着那张钞票。他听到叮当的声音，他看到晨露、夕阳、草屋、土墙、街边的铁匠铺、田野里的油菜花、公园里的雕塑、抱成一团的两栋楼房。他想起奶奶的话。奶奶说：“不太远的距离，所有的东西都会长到一起，包括人心。”

他流下一滴眼泪。狂奔中，眼泪掉落地上，竟也叮当有声。

·仇　恨

士兵的额头缠着纱布，纱布上血迹斑斑。士兵漫不经心地拎着步枪，枪口指向阴霾的天空。士兵隔着窗户朝屋子里观望，木椅上坐着一位鬓髯花白的老人。老人如同一副骨架，宽大的皮肤披盖在身，然而目光与他相碰，却是铮铮有声。士兵敲门，推门，关门，将枪斜立墙角。士兵低目垂手，又点头，冲老人温和地笑。兵说："您不要害怕。"

老人说："我没有害怕。"

士兵说："我是逃兵，从战场上逃过来。我讨厌这场战争，请相信我，我和您一样讨厌战争。正义或者邪恶的战争，胜利或者失败的战争，所有的战争，我都不喜欢。"

老人说："战争是你们挑起来的。你们说这是解放，可是我们认为这是侵略。"

兵紧抿嘴唇，不置可否。屋子里很热，赤裸上身的老人抓一柄蒲扇，却不摇动。破旧的蒲扇搁上老人的腿，老人的一条腿轻轻颤抖。

士兵摘下头盔，他的头包得像一个蚕茧。士兵脱下军装，露出里面的衬衫。士兵脱下衬衫，露出自己的胸膛。士兵的胸膛上散落着几点伤疤,圆的,椭圆的,半圆的,弯月的,菱形的,三角形的,红色或者紫色,凸起,闪着光,面目狰狞。

士兵的腹部,围一条宽宽的布带。布带纵向对折,腰上缠两圈,搭口叠在一起,很是漂亮。布带上绣了老人看不懂的五彩图案。

"女朋友送我的。"士兵笑笑说,"围上它,子弹就射不进去。"士兵从口袋里翻出一张很小的照片给老人看,照片上的姑娘唇红齿白,笑意盈盈。老人感觉姑娘就像年轻时的老伴儿。

"家里就你一个人?"士兵问。

"他们都死了。"老人说,"老伴儿、女儿、女婿和外孙死于空袭,儿子死在战场上。"

"怎么会这样?"士兵有些不安,"对不起。"

老人不说话。

"怎么没人送他这样的护带吗?"士兵突然问。

"没有用。"老人叹了一口气,"他什么都不缺,可是他还是死了。子弹避开护带,射穿心脏……战场上再敏捷再勇敢都没有用,打仗只需要运气……这条命只需要运气……你的运气就很不错……"

"可是我再也不想打仗了。"士兵说,"一枪都不愿意开。"士兵指指斜立墙角的步枪,"真想把它扔了……"

老人笑一笑,摇动起蒲扇来。

"战争不是我们的错,"士兵说,"我们只是兵。"

蒲扇被轻轻摇动着,士兵感到凉风习习。

"如果战争胜利了,我就能回到家乡。"士兵说,目光开始柔软。

"那样的话,我们就失去了家乡。"老人站起来,丢掉蒲扇,"你来这里只是想跟我说这些吗?"

士兵不好意思地笑了。他扬起眉毛,露出两只调皮的虎牙。他笑起来很像老人的儿子,有那么一刹那,老人甚至真的以为面前腼腆的年轻人就是他的儿子。“我非常饿,”士兵说,“我两天没吃东西。如果方便的话……我会付你钱……”

“只有米。”老人问,“可以吗?”

“挺好了,”士兵说,“谢谢您。”

老人淘好米,细细地煮。米香味弥漫屋子的时候,年轻的士兵流下了眼泪。他背过身子去擦,瘦小的肩膀在阳光下抖动不止。

米饭被摆上桌子,士兵看着,贪婪地吸着鼻子,却不吃。他看着老人,说:“您也吃点。”老人笑笑,端起碗,目光平静。他默默地吃下一碗饭,用去足足十分钟。老人抹抹嘴,将空碗放回桌上。他站起来,重新坐回椅子。他是那么老,皮肤堆起褶皱,覆盖全身。

士兵吃得很快,却很文雅。他将桌子上的米饭全部吃光,又像狗一样将空碗舔得干净。他满足地站起来,打一个很响的饱嗝。他穿上皱巴巴的衬衣和军装,戴上沉重的头盔,重新变回一个士兵。他掏出口袋里所有的钱,悄悄压在碗底。他隔着口袋轻轻抚摸女孩的照片,脸上写满幸福。他看一眼老人,老人手握蒲扇,眯着眼,一动不动。

“您是好人。”士兵说。

老人似乎已经睡着。

士兵拾起他的枪,往外走。他在门口站定,回头再看老人一眼。他说:“您就像我的父亲。”他慢慢走向远方,再也没有回头。

老人睁开眼睛,张张嘴。他想喊住年轻且腼腆的士兵,可是他终未出声。老人重新闭上眼睛,却有两行浊眼滑落脸颊。

半小时以后,老人突然从椅子上栽倒在地。他痛苦地皱起眉头,胸膛里似乎燃烧着一团烈火。他知道毒性已经发作,很快,他就将离开地狱般的世间。可是他本该放过那个士兵的。可是他不能。他说服不了自己。他做不到。士兵的军装是那般刺目,纵可以原谅他的罪行,也不能饶恕他的衣服。

大　义

老吴的叔叔，突然找到他。

叔叔说：“如果你不帮我和狗娃，怕是没人帮得了我们。”

狗娃酒后去镇子赶集，因两句话，与一个后生动起手。狗娃顺手抄起旁边的锄头，后生的脑袋上，就多出一个血窟窿。后生被送进医院，十几天来，醒不来也死不了。后生的老母亲，整天呼天喊地。

后生的家人将叔叔家翻了个底朝天，又将村子围困数日，仍等不回狗娃。狗娃失踪已达数日，没人知道他到底逃到了哪里。

老吴的父母死得早，全靠叔叔将他养大。叔叔不仅养大他，还勒紧腰带供他读完大学。假如没有叔叔，老吴也许早就饿死了，更别提能当上区法院院长。好多次，过年回乡下，老吴喝多了酒，拍着胸脯说无论叔叔摊上什么事，他都会帮他。再喝一口酒，补充道，哪怕没有立场。

尽管酒醒时，他挺讨厌自己的这些话。可是再喝酒，再喝多，他还会说。

现在老吴没有喝酒。没有喝酒的老吴，话说得就会谨慎很多。

他问叔叔：“狗娃去哪了？”

叔叔说：“狗娃这种情况，能判几年？”

“不好说……那后生不是还没醒来吗？”老吴支支吾吾，“还得看当时的具体情况……如果狗娃能自首……”

“生活刚好起来，怎么会出这样的事？”叔叔擦一把泪，说。

狗娃刚刚大学毕业。他回乡下看望叔叔，顺便等一个事业单位的录取通知。狗娃出事那天，通知恰好来了。叔叔捧着通知，哭了半宿。

狗娃要面子。如果蹲几年监狱，怕他出来会干傻事。叔叔说：“我太了解狗娃了，他把尊严看得比什么都重要。狗娃绝不能坐牢。”

叔叔老来得子。狗娃是他唯一的希望。

晚上叔叔在老吴家里吃饭，两个人都喝多了酒。老吴突然说：“你把我当亲儿子，我也把狗娃当亲兄弟。”

叔叔抬起眼：“帮他吗？”

老吴说：“哪怕没有立场。”

然后，吐得昏天暗地。

送走叔叔，老吴从手机里翻出几个电话号码。每一串数字都代表着一个好兄弟，老吴知道，只要把狗娃送去他们那里，每个地方待上一年半载，几年后再回来，这件事也许就过去了。

他怕狗娃出事。不是现在，而是以后。因为狗娃把面子和尊严看得比什么都重要。

有人敲门。从猫眼里看，破烂的乡下老农打扮。开门，老农给他跪下。扶起来，老农再跪下。再扶，老农死活不肯起来。

“知道狗娃是您堂弟。”老农说，“可是他打伤了我儿子。”

“这与我有什么关系？”

“当然没关系。”老农说，“我只想给您磕几个头。”

老吴突然想哭。他知道老农有很多话想说。他知道老农什么也不敢说。他知道老农对他非常不信任。他知道老农的心里，尚存点点希望。

他试图扶起老农，他仍然没有成功。他终陪老农跪下，老农面前，他比老农还要卑微。他甚至陪老农抹眼泪，陪老农磕头。后来他起身给老农倒一杯水，回来时，老农已经不在。老农跪倒的地方，那么坚硬的大理石地面，似乎多出两个浅浅的小坑。

那夜，老吴再一次失眠。他听到牙齿咬出喀喀的声音。

早晨老吴开了车子，找到狗娃。狗娃并未跑远，他躲在一个看似极危险实则很安全的地方。之前，老吴并没有猜到他的堂弟竟会有如此心机。

尽管狗娃比老吴小了近二十岁，但狗娃的确是他的堂弟。

狗娃钻进车子，说："我爸都对我说了。"又说，"我在那边绝不会再惹祸。"

老吴不说话。车子开得飞快。却不是高速公路的方向。

狗娃感觉出蹊跷。"哥，去哪？"与其说是询问，不如说是哀求了。

老吴不说话。他将车子开到派出所门前。

"自首吧！"将车子停下，他回头，看着狗娃。

狗娃打开车门，欲逃。老吴拽紧他。

"你做错了事，你该付出代价。"老吴说，"你有尊严，后生和他的家人也有尊严，法律也有尊严……"

"放开我！"

"自首吧。"

狗娃掏出刀，比画着，试图逼开老吴。争夺与撕扯中，刀子稀里糊涂地刺出，老吴挣扎了几下，瘫了身子，胸口汩汩地冒出血。

昨晚老吴就猜到这样的结果。他太了解狗娃了。现在，他想，不管他能不能熬过去，不管狗娃会不会自首，他已经做完了他的一切。阳光下，他无愧于心。

"自首吧！"失去知觉之前，老吴看着狗娃，微笑着说。

带他回家

发现他的时候，他已经死了。尽管他像在熟睡，但他的确已经死了。他死在战壕里，怀里紧搂着他的步枪。

几个小时以前，他还与特雷西并肩作战。三个兵顽强地猫在战壕，坚守了一天一夜。清晨时他们开始撤退，他对特雷西说，不管发生了什么，只管逃命。他一连甩出六颗手榴弹，三个人一起跃出战壕。后来特雷西知道，他在跃出战壕的瞬间被子弹洞穿。他跃出战壕，又跌进战壕，子弹穿过他的后脑，他的眉心多出一个暗褐色的洞。

特雷西和史密斯逃进树林。他们藏进灌木丛，看敌兵风一般刮过来，风一般刮回去。然后便是死寂，苍蝇如直升机般从头顶隆隆飞过，一只虫子被摔到地面，如同引爆一个炸弹。待他们颤抖着走出丛林，已是正午。太阳火一般炽烈，特雷西却觉寒气逼人。他们重新潜入战壕，他们看到了他。

孤独地死去的他。阳光将他变得更冷。

特雷西走上前，试图将他背起。

“别动！”史密斯慌忙将他制止，“先看看！”

特雷西只是个新兵。战场上隐蔽的那些危险,他还知之甚少。

史密斯警告他,常有敌兵将地雷埋在尸体下面。当有人试图搬动尸体,就会被炸上天。这是最有效的袭击方式,他的两个兄弟就是因此送命的。

他让特雷西躲到远处,趴下,护头。然后他蹲下来,检查尸体周围的地面。他甚至将鼻孔凑近泥土,像狗那样嗅来嗅去。稍后他扭过头,说:"他们真的埋了地雷。"

特雷西看着他,等着他。

泥土显然被铲过,这些石块也被动过。史密斯说:"还有,他们翻动了他……他倒下时不该是这样的姿势,更不该这样紧搂着枪……尽管他们做过伪装,但骗不过我……"

"怎么办?"

"他们埋了地雷。"

"怎么办?"

"只能放弃。"史密斯站起来,"尽管我很伤心,但咱们绝不能动他。"

他们已经在战壕里待了太久。敌兵随时都可能返回,他们必须马上离开。特雷西看着死去的兄弟——他已经死去,他那样孤独。

"能不能……把雷挖出来?"

"不可能。"史密斯说,"这种地雷极其难排,一触即爆,即使是有经验的排雷工兵,成功率也非常低。并且这里到处都是石头,地雷又挤在大大小小的石头之间,这更增加了排雷的难度。听我的特雷西,尽管我也不想把他留在这里,但咱们没有选择。咱们只懂开枪,不懂排雷……"

两个人离开,留下战壕里孤独的战友。他们走进树林又走出树林,脚步越来越慢。阳光更加暴烈,头顶上似乎有无数根滚烫的钢针倾泻下来，特雷西的心却越发冰冷。每走一步，他都能听到自己颤抖的呼吸和心跳。终于他停下来。他说：“我们得回去。”

“我们帮不了他……”

“我们试着把地雷挖出来。”

“肯定会爆炸。我们回去就是送死……”

“不能把他留在那里。”

“可是我们带不走他。地雷会爆炸……”

“必须试一试。”特雷西说，“他死了，他应该回家。”

特雷西往回走，很快。史密斯追上他，不是要随他回去，而是试图阻止。特雷西说：“你留在这里等我。”史密斯说：“信我的，你真的是回去送死。”特雷西说：“让开。”史密斯说：“求你。”特雷西将枪口对准他：“给我让开！”

特雷西走进丛林，却不是一个人。史密斯静静地跟在后面，眼睛里流出泪水。两个人重回战壕，死去的战友仍然在孤独地等着他们。特雷西将枪放到一边，蹲下来，轻轻抚摸战友的脸，笑笑。

他说：“兄弟，咱们要回家了。”

渡　河

终于来到河边,河边不见一个人影。

几天来,他一直躺在丛林里。他想他也许撑不住了,夜里,他能够听到皮肤燃烧出“嗞嗞”的声音。他的五脏六腑全都着起火,他冲天空呼一口气,淡蓝色青烟袅袅。

他病了,越走越慢,越走越慢,终与队伍失去联系。他冲最近的战友喊:“等等我!”声音被风吹散,瞬间无影无踪。然后他摔倒,失去知觉,待醒来,丛林里只剩自己。他不知道他们是否找过他,找过或者没有找过,都不再重要。他被孤零零地扔进丛林,这才是现实——也许敌人,近在咫尺。

他们需要马上渡河。半年来,他们东躲西藏,疲于奔命,队伍仍然越来越短,就像一条被砍掉大半的蛇。其实他们不配像蛇。他们更像兔子、老鼠,像一切死到临头的惊恐万分的动物。他们必须渡河。渡河,还有活着的希望。否则,必将全军覆没。

河水黄浊,河面浩荡,岸边芦苇匍匐,白色的芦花却纷纷扬扬。他沿着河岸走,五脏六腑再一次燃烧起来。终于,他走进那个颓败的村落——十几栋泥草房，十几株山楂树，十几只瘦羊，十几个拥挤在一起的坟茔……

他问老人："是否有部队渡过了河。"

"那也算部队？"老人说。当兵的面黄肌瘦，军装就像麻袋，步枪就像烧火棍，长官是一个二十多岁的孩子。"不足二百人吧！那也算部队？"

"他们过河了？"

"两天前就过河了。村里只有两条渔船，他们用了最快的速度，还是从黄昏忙到天亮。长官最后上船，护着两挺重机关枪。这样的队伍竟然有两挺重机关枪！"长官说，"它们是队伍的希望……"

"我得追上他们。"他说，"希望您能帮我过河。"

"你要自讨没趣？"老人说，"他们本该等你的，是不是？你只是失踪，不是阵亡。村子里丢只鸡全村人还到处找呢！"

"队伍不能冒险。"他说，"为了我一个人，押上二百多人……"

"那就留一两个人等你。"老人说，"家里的狗跑出去，晚上还得给它留着门呢。"

"后有追兵……"

"追兵在哪里？"老人说，"这么多天，我连一个兵虱子都没看到。"

"无论如何，请您帮我过河。"他说，"我得追上他们。"

"没有船了。"老人说，"他们渡河以后，将两条船全烧了……然后，他们端着枪，命令我跳下河，游回来……他们根本不在乎我的死活……"

"你可以摘下门板。"他说，"把两扇门板绑到一起，再找一根竹竿。我知道，这办法管用……"

"你想掉进河里喂鱼？"

"我想渡河。"他目光执着，"求求你，帮我渡河。"

……老人在门板下面捆上两张鼓圆的羊皮，老人的船仿佛像被捆绑在一起的漂浮在河面上的两只死去的山羊。门板发出“嘎吱嘎吱”的声音，似乎随时可能断裂。他趴在门板上，听到水底的呼呼风声。

“他们离开时候，说起过我吗？”他问老人，“比方说，为了大局，我们不得不放弃那个兄弟……”

“屁都没有一个。”老人说，“除了最后上船的长官……长官说，重机关枪不能湿，那是队伍的希望……”

“可是他们应该等等我的。”他说，“我只是失踪，不是阵亡……村子里丢只鸡，全村人都要出去找……”

“所以，就算渡过河，你仍然追不上他们。”老人的竹竿轻轻一点，羊皮筏打一个趔趄，水面上猛地一蹿。“或者，就算你追上他们，又能怎么样呢？就像一条失踪的狗重新回到家里，主人会给他道歉？说不定，会狠狠揍它一顿……”

“我们是一个整体……对一支完整的队伍来说，我很重要……”

“你可有可无。”老人说，“一百个你加起来，也不如一挺重机关枪重要。”

他长叹一声，不再说话。回头看一眼岸边，岸边芦苇匍匐，芦花苍茫。他突然感觉自己就像倒地的芦苇或者随风而逝的芦花，他的存在没有任何意义，无论是对他的部队，还是对他的世间。老人破败的村庄在这一刻突然变得生动并且亲切，牛、羊、青草、庄稼、沟畔、老人的十九岁脸上长满雀斑的女儿、随风摇摆一扭一扭的炊烟……

“追上部队，你终究是死。不是死在这一场战斗，就是死在下一场战斗。所以现在，我是在送你去死。”老人收了竹竿，说：“船到岸了，你愿意走，就走。不过，如果你愿意跟我回去，我会让春玲给你煎两个荷包蛋。”

他抱着枪，久久不语。突然他问老人：“他们真的没找过我？”

老人无奈地摇摇头。“下船！”老人说。

“他们还烧光了你们的船？”

“他们还烧光了我们的船……他们手里有枪……你下船吧！”

“我手里也有枪。”他跳下船，咬咬牙，说。

“什么意思？”老人愣住了。

“把船烧掉，然后，你游回去。”他拉动枪栓，恶狠狠的语气，却流下眼泪。

对　话

儿啊，我来看看你，我只是来看看你，过一会儿就走，要赶火车，回去晚了，矿上要扣钱的。

我知道你记恨我，你说梦话时，骂过我。“你怎么那么恶毒？”我是你爹啊！我有什么办法？念高中，一年得两千多块钱啊！

儿啊！我来看看你，坐一坐就走，你今天别骂我。

我知道你想念书，可我去哪里弄两千块钱？就算把我的血抽干，再把骨头砸了，只要能卖出你念书的钱，我就去抽，就去砸。可是我知道抽血得靠门路。没门路谁要咱的血？谁要咱这把骨头？咱家里没门路。

好在咱家里有煤啊。有煤，就得有人挖煤。挖煤，一年就能挣好几千呢。你三伯挖煤，不是供出了两个大学生吗？

他能挖，我为什么不能挖？我有类风湿？怕什么！你三伯不是还有哮喘吗？

儿啊！所以我去挖煤了。走的时候，我不让你娘告诉你我是去挖煤。我不是怕你难受，其实你那时候已经不念书了。我跟学校的老师说，名额先给你留着，等我挣了钱，交了学费，你再回去。我去挖煤，我不告诉你,真的不是怕你难受,我是怕你也去挖煤啊!

其实挖煤也挺好的,吃的菜里有大片的白肉,馒头也挺大的。有塌方?对,小煤矿都有塌方。没塌方,怎么能轮到我们去挖煤?

你见过塌方吗?我正挖着煤,正挖着,天就塌下来了。到处都是石头,就像下冰雹,专拣人砸啊。你三伯喊:“塌方!”我瞅一眼,他就被埋起来了。我慌了,向外跑。跑不出去,洞口早被堵死了。牛娃冲我喊:“向后跑啊!”他也被埋住了。

牛娃认识吧?你认识的,他比你大六岁,小时候,偷过咱家的玉米。

那次塌方,死了五个人。你三伯,牛娃……全死了。我命大啊!我晕过去八个钟头,八个钟头,没有再挨上一块石头……我命大啊!阎王爷知道你需用钱读书,他放我回来了。

儿啊!我挣的钱,你念书,一年够了。可是我回来,怎么你就不在家里?

你娘告诉我,我走后没几天,你也走了。我知道你想念书,可是儿啊,钱我来挣,我是爹啊!你怎么也跑出去挖煤呢?你才十六岁,你告诉人家你十九岁,其实你说你十六岁,他们也要你,挖煤很缺人的。可那是人干的话儿吗?

儿啊!挖煤有大馒头吃,有肉片吃,可是有塌方啊!你见过塌方吗?你见过?天塌下来了啊!到处是石头啊!你跟你娘说,遇到塌方,你能跑出去,你说你跑得比兔子快。你怎么这么不懂事啊!

儿啊!我来看看你。我只是来看看你,现在我得走了……再晚,我就赶不上火车……矿上要扣钱的……我还得去挖煤……你弟弟,他也要念书啊!

深秋,荒野,一个泪流满面的中年男人,朝一座新坟,狠狠地磕了三个响头……

红加吉

加吉鱼，肉质细嫩，味道鲜美，极为名贵。由于其常为喜庆宴席上的佳肴，并有“一鱼两吃”的习惯，故称加吉鱼。其中，红加吉鱼尤为上品。

刘老汉吃过多少条红加吉了，肯定数不过来。也从来没有“一鱼两吃”。将鱼刮鳞开膛，洗净，扔锅里，撒盐，咕咚咕咚烧一阵，盛盘上桌，吃净鱼肉，完事。鱼头喂猫。一鱼两吃？鱼头还要熬汤？扯淡。这世上，没有刘老汉觉得名贵的鱼。

刘老汉是位渔民。

刘老汉年轻时，有自己的船。每次出海归来，刀鱼、青鱼、黄花鱼，被堆满船舱。并且，他总有办法弄回一两条红加吉。红加吉不卖，只自家人吃，天天吃，顿顿吃，直吃得刘老汉的儿子刘葵见了红加吉就哭。后来他的船归了集体，他和十几个人上了一条更大的渔船。可是刘老汉仍然能够弄到红加吉，不多，就一两条。船上的规矩，弄到红加吉，不超过三条，自己拿回家就是。这规矩怎么来的，没人知道。

刘老汉家的红加吉，还是天天吃，顿顿吃。那时刘葵长大了些，见了红加吉不再哭，却是皱眉撇嘴，好像与此等鱼中极品，结下深仇大恨。这时他的脑袋上必挨娘的一个拳头。娘说："不识好东西吗？吃鱼！"

所以刘葵进城后，很长一段时间，对鱼市毫无兴趣。直到有一天，在路边，一位鱼贩子扯开嗓子自豪地叫："红加吉啊红加吉啊。"他顺嘴问一下价格，竟差点吓得摔倒。做梦都没有想到，这种令他恨之入骨的鱼，竟能卖到三十多块钱一斤！

回老家，跟刘老汉说这事，刘老汉并未表现出半点惊讶。刘老汉说："这鱼以前也不便宜啊。"

刘老汉那时已经老了，不能再出海。更多时他坐在渔家小院，浇浇花，吼两句杨延昭的"见老娘施一礼躬身下拜"，老伴儿就在旁边接一句佘老太君的"不消！"。两位老人哈哈大笑。那时她身体还好。不管刘老汉还是刘葵，都想不到她会走得那样突然。

去年春天的一个黄昏，她在门口喂鸡，忽然跌了一跤，等送到医院，人早已断气。刘老汉哭了一天一夜，鼻涕和眼泪在胸前扯成了网。哭过后，就跟着刘葵进了城。他几乎不出门，只是把自己闷在屋里，唱"见老娘施一礼躬身下拜"，却没人接那句"不消！"，刘老汉就开始叹气，一声接一声，让刘葵也跟着抹眼泪。刘葵和爹说："您出去走走吧，去海边转转。"刘老汉说："转什么呢？在海上漂一辈子，又不能打鱼了，转什么呢？"

刘葵想不到刘老汉会突然对红加吉产生兴趣。

那天刘老汉问刘葵："现在红加吉多少钱一斤？"刘葵说："前几年三十多块，现在不清楚，得五十吧。"刘老汉说："你下班经过鱼市时，顺便买一条回来。"刘葵说好。刘葵想人老了，有时像个孩子，以前打鱼那阵子，不是也不喜欢吃吗？何况又那么贵。

他去了鱼市，从东头走到西头，又从南头走到北头，他摸遍每一个摊子，就是找不到红加吉。他又去了超市看，仍然不见红加吉。他问别人："现在不正是吃红加吉的时候吗？"别人告诉他："是时候，不过这玩意儿现在奇缺，想吃，只能去大酒店。"刘葵说："我不想去大酒店吃鱼，我只想买一条新鲜的红加吉鱼。"那人就笑了。他说："买红加吉？去鱼码头吧！运气好的话，或许能碰到一两条。"

刘葵没去鱼码头。他空着两手回家。他没跟刘老汉解释，刘老汉也没问。不过他还是从刘老汉的眼里读出了深深的失望。刘葵想至于吗？不就一条红加吉？

第二天下班，刘葵去了一家酒店，找到领班。他问有红加吉吗，领班说："吃红加吉不用找我，直接点菜就行。"他问到底有没有，领班说："当然有。"他问多少钱一盘，领班说："二百六。"他说："那我只买一条活的，一百三行不行？"领班问："你来酒店买活鱼？……你能去澡堂子买拖鞋吗？你能去公安局买手枪吗？"刘葵说："我没工夫跟你开玩笑……到底行不行？"领班说："当然不行。"刘葵说："那这样，我点一盘红加吉，不过别下锅，从水箱捞出活红加吉，盛盘子里端给我就行。"领班说："不行，没这个规矩。"刘葵说："求您了，我就想买一条红加吉，最好是活的。"领班说："可是这不行的。"刘葵说："真不行吗？把你们经理找来。"领班说："经理不在家……好吧，就破个例。受不了你。"

刘葵搭了出租车，可是回到家，鱼还是死了。他问儿子："爷爷呢？"儿子说："去海边了。"刘葵说："他不是不喜欢去海边吗？都这么晚了，他去海边干吗？"

刘葵看到父亲坐在海边默默地抽烟。刘葵说："爹，你要我买的红加吉，我买回来了。"刘老汉看看儿子，他说："今天用不着了。"刘葵说：

“什么用不着了？不是你让我买吗？”刘老汉说：“我是让你昨天买……昨天，才是你娘的祭日。”

刘葵脑袋嗡一声响，身体晃了晃。他恨不得狠狠抽自己两记耳光。他看到父亲紧闭着双眼，似乎要阻止自己的眼泪。于是他想安慰一下父亲。他说：“爹，娘吃一辈子红加吉了，恐怕她对红加吉，不会有太多兴趣了。”

刘老汉的眼泪，终于肆意奔腾。他盯着刘葵，一字一顿地说：“可是你娘看到饭桌上没有红加吉，她会为咱爷俩儿伤心的啊！”

蝴蝶

这也许是她的最后一次旅行。尽管她喜欢旅行，可是她的生活，早已捉襟见肘。儿子面临大学毕业，他说，他想去夏威夷留学。又说，只是说说罢了。她知道儿子很想去，她打算满足儿子。真实的情况是，儿子喜欢一位姑娘，姑娘想去夏威夷留学。原因并不重要，重要的是，她认为，真心相爱的年轻人，就应该厮守。她不想儿子重蹈她的覆辙。

与前夫离婚以前，日子过得还算不错。她开着一个茶馆，闲时喝茶、读书、健身、学习书法，生活闲散且富有情趣。后来丈夫有了外遇，生活便改变了。前夫常年在南方工作，她可以接受他身体的背叛，却不能接受他情感的背叛。离婚以后，前夫按时给儿子寄来生活费，那些钱让儿子生活得很好。今年儿子十九岁了，前夫再没有义务管他。其实只要她求前夫，前夫仍会帮她，只是她不能这样去做。她的窘迫与他有关系吗？既然没有关系，也就没有求他的理由。

茶馆生意清淡，这是她陷入困境的第一个原因。很多人劝她将茶馆改成麻将馆，可是她讨厌麻将的声音。儿子的消费越来越高，这是第二个原因。尽管儿子省吃俭用，但她确信钱是赚出来的，不是省出来的。她的身体每况愈下，这是第三个原因。人至中年，百病缠身，看一次病花费很多。

关闭茶馆,等于失去最后的希望,想了很久,她还是下不了决心。于是只好停止对雪的资助。这次去贵州,去苗寨,她想当面向雪道歉。

之前她给雪的学校打过电话。学校说,雪放暑假了。本想等雪开学再跟他说,可是她想,还是亲自去看看他吧！看看这个她资助了十几年的孩子到底长什么样子,看看他的家乡,雪一般纯净的苗寨。

她在苗寨看到太多的蝴蝶。蝴蝶被画在窗子上,刻在木门上,雕在首饰上,甚至,文在耳朵上。蝴蝶们姿态各异,翩翩起舞。她问当地苗人:"为什么到处都是蝴蝶？"苗人答:"蝴蝶妈妈是我们的祖先和图腾。"

蝴蝶妈妈？祖先和图腾？她试图找出一个理由,可是她没有成功。

半山腰的吊脚楼里,她见到叫雪的孩子。雪给她沏当地的银球茶,给她倒奶奶酿的米酒。雪只有奶奶,奶奶坐在门口,快乐地为她打着糍粑。雪读大二,很懂事,功课很好,雪说两年以后,当他参加工作,他会将领到的第一笔薪水,全都送给她。

她尴尬地笑。她说:"雪,我不能再资助你了。"

雪怔住。手里的茶杯掉落地上。

她说:"雪,我知道这很残忍,可是我再也没有能力资助你。我也有儿子,我得送他去夏威夷……"

雪坐下。不说话。

她说:"雪,我想把房子卖了,可是儿子需要这套房子……再说我一个中年女人,房子也许是我最后的财产……"

"这么多年,我很感激您。"雪低着头,"现在我只是难过。"

"对不起。"

"您不用道歉,否则我会更加难过。"雪说,"请相信,我绝没有半点怨您恨您的意思……我只希望将来，能有机会报答您……”

“以后，你怎么办？”

“也许会辍学……”

“雪，对不起……”

雪笑笑，起身，将地上的碎片收拾干净。“可是您知道吗？”他突然说，“两年以前，寨子里有朋友去外面做生意，想拉上我，赚的钱，平分……我告诉他，有好心人资助我，我得读大学……年前他回来，说赚了一百万……我真的绝没有怨您的意思，我只是说，假如您提前两年停止对我的资助，那么现在，我也许会有五十万……五十万，我做梦都不敢想……”

其实两年以前，她真的有了停止对雪的资助的想法，可是她咬咬牙，硬是挺到了现在。现在她后悔了，她对自己说，也许雪的话是对的。也许资助雪，其实是害了雪。

那天，她吃光了雪的奶奶为她做的所有糍粑。糍粑并不合她的口味，然她仍然做出非常可口的表情。

回程的途中，有蝴蝶一路相随。

她坐在小区花园里休息，她看到花瓣上停着一只蝴蝶。蝴蝶有着细密复杂的花纹，她想凑前看仔细，蝴蝶突然从花瓣上掉落。几秒钟以前，蝴蝶还那么美丽，那么鲜艳，那么生机勃勃，转眼之间，蝴蝶就死去了，色泽暗淡，花纹凌乱，如同一片灰烬。美丽易逝，生命易逝，她怀疑这只蝴蝶，来自雪一般纯净的苗寨。

她抱一只脏兮兮的猫上楼，那只猫，至少在小区里流浪了半年。她的手里还捧着死去的蝴蝶，可是她认为，她的手里，其实什么也没有。

给猫洗过澡，喂过食，取过名字，她变得无比忧伤。然后，她在桌边坐下，一边流着眼泪，一边写一份售房广告。

·回　家

一年里最冷的几天，却有旅行团来到这里。旅行团辗转几千公里，只为这里的雪景。

这里的雪景很有名。第一场雪落下来，不化，第二场雪再落下来，方圆百里，就成为童话里的国度。雪让一切变得纯净、柔软，太阳升起来时，或明晃晃让人睁不开眼，或五彩缤纷如同铺满小小的彩虹。可是不管如何，现在绝不是旅游的黄金时间，不仅因为天气太恶劣，还因为快过年了。

但旅游大巴还是被塞满。随着大巴的北行，游客们对于雪的热情，反而因为更加寒冷的天气，一点点升温。

“第一次到这里，我就觉得我不是旅游，而是回家。”一个中年男人正在高谈阔论，“我见过太多的雪，却绝没有任何地方的雪能与这里的雪相提并论。怎么说呢？别处的雪只是景致，这里的雪却有生命。当雪止，你甚至不忍踏上去，就怕惊扰到雪，惊扰到宁静。你只想留住这片雪，待春天时，看它慢慢融化……”

“雪化的时候，污水横流。”小伙子插嘴道，“到了晚上，污水又结成了冰,农人们走在路上,要么陷进稀泥,要么被滑倒……"

"我刚才不是说了吗?对我来说,这已经不是旅游,而是回家。"中年男人解释说,"回家的意思你懂吗?就是把雪当成生活的一部分,你就会爱上它。我指的不单是洁白的纯净的雪,还有正在融化的黑色的残雪。我觉得我就应该属于这里,雪落时,看雪,感觉雪;雪化时,听雪,感觉雪。即使春天,当雪让生活变得不便,甚至当雪变得丑陋,也没有关系。那也是雪,也是会让你爱到极致的雪。你会讨厌你越来越老的父母吗?事实恰恰是,他们越老,我们越爱他们,这是一样的道理……"

"可是这里夏天没有雪。"小伙子说,"不仅没有雪,还炎热无比。如果你夏天来过这里,就会感觉进入一个难以忍受的巨大的蒸笼。更糟糕的是,这里土地贫瘠,粮食产量极低。还有,矿产稀缺,植被稀少,交通不便……"

"夏天时我也来过这里啊!"中年男人说,"正因为交通不便,少人侵扰,这里才成为难得的世外桃源。正因为土地贫瘠,植被稀少,这里才从我们的工业文明中侥幸存留。你想想,假如土地肥沃,人口稠密,这里会变成什么样子?到处高楼大厦,厂房林立,人满为患,纵是再好的雪景,也不会有欣赏的心情,更别说到了这里就有'回家'的感觉了……"

大巴车进入景区,开得小心翼翼。中年男人将脸凑近车窗,不时发出惊呼声或者感叹声。中年男人生活在南方一个拥挤的城市,他也许真的爱上了这里,真的将这里当成他梦想中的另一个家。这一次他带来了妻女,他们会在这里过完春节,然后返回自己的城市,继续他们的生活。可是中年男人自己也知道,不管如何喜爱这里,他仍然是这里的过客。这一点,永远无法改变。

但是对小伙子来说,不一样。

大巴车停下来，游客们欢呼雀跃，奔向雪野。只有小伙子，背起双肩包，走向另外的方向。他需要翻越一座小山，回到他的村子。村子安静落后，土地贫瘠，交通不便，生活艰苦，却仍然生活着他年迈的父母。他在繁华拥挤的城市里打拼，但每年过年，他必须回来。

小伙子没有买到票。机票、火机票，都没有买到。他本想骑摩托车回来，但是后来，他想到了旅行团。他对这里的雪景已经没有了丝毫感觉，甚至，他憎恨这里的雪，这里的山，这里的封闭与安静，但是他知道，不管如何，过年之前，他必须回家。